CHRISTIAN LINKER

W0395445

IN FLU ENCE

FEHLER IM SYSTEM

THRILLER

bold

Ausführliche Informationen
über unsere Autoren und Bücher
www.readbold.de

MIX
Papier aus verantwortungsvollen Quellen
FSC® C083411

Originalausgabe
© 2020 bold, ein Imprint der dtv Verlagsgesellschaft
mbH & Co. KG, München
Lektorat: Beate Schäfer
Dieses Werk wurde vermittelt durch Agentur Brauer
Zitat S. 5: Unsichtbares Komitee, Der kommende Aufstand,
Edition Nautilus, Hamburg 2010. Aus dem Französischen von Elmar Schmeda.
Umschlaggestaltung: ZERO Werbeagentur GmbH
Gesetzt aus der Documenta
Layout & Satz: Gaby Michel, Hamburg
Druck und Bindung: CPI books GmbH, Leck
Gedruckt auf säurefreiem, chlorfrei gebleichtem Papier
Printed in Germany
ISBN 978-3-423-23011-7

Wie können die Schwachstellen der Computer-Netzwerke gefunden werden? Was die ernsten Hindernisse anbelangt, ist es falsch, ihre Zerstörung für unmöglich zu halten. 356 v. Chr. brannte Herostratos den Tempel der Artemis nieder, eines der sieben Weltwunder. In unseren Zeiten der vollendeten Dekadenz haben die Tempel nichts Imposantes mehr, außer der finsteren Wahrheit, dass sie bereits Ruinen sind.

Unsichtbares Komitee: *Der kommende Aufstand*

1

07.22 Uhr

Nein, nein.

Das hat nichts zu bedeuten.

Es wird nicht passieren. Schon gar nicht heute.

Das liegt nur an unserem viel zu alten Router.

Mit der Zahnbürste im Mund tippe ich wieder und noch mal aufs Handy, die Mails aktualisieren sich nicht. Ich wechsle von WLAN auf die mobilen Daten, aber nichts. Ich lasse das Handy runterfahren und neu starten. Dann spucke ich die Zahnpasta aus und spüle nach, gehe in die WG-Küche und mache mir einen Kaffee, gebe die PIN ein (beim Handy, meine ich, nicht beim Kaffeeautomaten), tippe auf Instagram. Die neuesten Beiträge sind fünf Stunden alt. Ich ziehe das Bild mit dem Daumen nach unten zum Aktualisieren, während ich mit der anderen Hand nach der Kaffeetasse angle. Bräsig dreht sich der kleine Kreis. Ohne Ergebnis. Genauso bräsig schiebt die Sonne ihren schmutzig-roten Rand über die Dächer der gegenüberliegenden Häuser. Ich trinke und verbrenne mir den Mund, what the fuck, ich stelle die Tasse ab. Das ungeputzte Fenster unserer Küche wirkt wie ein Fotofilter bei Instagram, gibt dem Frühmorgenlicht einen sepiamäßigen Stich.

Ich setze mich an den Tisch und klappe den Laptop auf. Wikipedia, meine Browserstartseite, lädt so mühsam, dass man sie beinahe ächzen hört. Vielleicht ist das auch nur das Schnarchen von Malte. Meinem Mitbewohner, der nie vor acht aufsteht. Ich normalerweise auch nicht.

Heute schon. Seit halb sechs hab ich wach gelegen und versucht, wieder einzuschlafen, ohne Erfolg. Ich stehe komplett unter Strom, ich hab mir schon die ganze Zeit alles Mögliche ausgemalt, das heute schiefgehen könnte. Und das *Unmögliche* eben auch. Vielleicht waren Manfreds kryptische Worte doch nicht als Witz gemeint und auch keine Poserei. *Bring den Chip möglichst bald zu Habakuk. Ihr habt nicht viel Zeit für diesen Leak. Es könnte nämlich sehr bald ein Ereignis eintreten, durch das sämtliche digitalen Daten vollkommen belanglos werden.*

Zum x-ten Mal öffne ich mein Portmonee und checke, ob der winzige Speicherchip noch im Münzfach liegt. Natürlich tut er das, wo soll er sonst sein.

Wieder wische ich auf meinem Handy rum. Nichts.

Ich würde gern meine Torbox auf neue Mails checken, weil Habakuk mir vielleicht noch letzte Infos für heute geschickt hat, aber das kann ich vergessen. Das Darknet ist ja auch im normalen Zustand schon extrem langsam, selbst wenn das »sichtbare« Internet keine Zicken macht.

Auf dem Bildschirm des Laptops hat sich unterdessen eine Art Sparversion von Wikipedia aufgebaut, nur eine schmale Spalte links mit Text, keine Bilder. In der Nachrichtenrubrik steht: *Cyberangriff.* Aber als ich drauftippe, erscheint nur eine Fehlermeldung. *Service unavailable.* Dafür kommt auf dem Handy endlich was durch. Neue Mails, aber ohne Belang; bei Twitter ist ebenfalls von *Cyberangriff* die Rede.

Cyberangriff.

So etwas geschieht nicht in der Realität, in der ich lebe. In meiner Realität knickt man auf der Treppe mit dem Knöchel um oder verpasst seinen Zug wegen Durchfall oder Blödheit. Oder man lässt meinetwegen sein Handy bei Starbucks liegen. So was ist alles schon passiert, nicht unbedingt mir, aber Freunden oder Freunden von Freunden. Aber ein Cyberangriff?

Ich schalte das Radio ein. Es ist steinalt, empfängt UKW und funktioniert tadellos.

»... melden seit dem frühen Morgen verschiedene Internetprovider massive Anstiege der übertragenen Datenmengen«, sagt eine Sprecherin. »Tausende Server sind vollkommen überlastet, Millionen Websites nicht erreichbar. Die Mobilfunknetze drohen zu kollabieren. In Sicherheitskreisen schließt man nicht aus, dass es sich um einen groß angelegten Cyberangriff handelt. Ob er von kriminellen Hackern ausgeht oder eventuell von auswärtigen staatlichen Stellen, ist zum jetzigen Zeitpunkt völlig offen ...«

Was für ein Albtraum.

Heute ist doch mein Tag! Der verdammte Tag, auf den ich mich wochenlang vorbereitet habe. Mein halbes Leben lang habe ich auf so eine Chance gewartet. Ich habe davon geträumt, ein Mal im Leben etwas wahrhaft Wichtiges zu tun. Bei einer richtig großen Sache mitzumachen. Oder wenigstens live bei einem historischen Ereignis dabei zu sein, das würde mir unter Umständen schon reichen. Fuck ... ich glaube, genau heute findet so ein historisches Ereignis statt. Ein epochales, wenn Manfred tatsächlich recht hat. Und es könnte mir meine wahrhaft wichtige Mission komplett versauen!

Aber wie kann er so was wissen? Kann man überhaupt über so eine Sache Bescheid wissen, ohne ... nun ja ... irgendwie daran beteiligt zu sein? Hat er da etwa selbst die Finger drin? Oder einfach eine Art sechsten Sinn? Malte hat mir mal erzählt, sein Uropa, der im Krieg sein Bein verloren hatte, hätte immer gewusst, wenn das Wetter umschlägt, noch bevor es im Wetterbericht kam – dann hat nämlich sein nicht mehr vorhandenes Bein gezuckt. Ob es bei Manfred so ähnlich war? Irgendein digitaler Phantomschmerz? Was für ein Quatsch. Irgendjemand zerschießt hier gerade das Internet, ein Staat oder eine Organisation oder was weiß ich. Und selbst wenn Manfred nicht zu den Leuten gehört, die das tun – irgendwas weiß er darüber. Und garantiert ist er nicht gleich zur Polizei gegangen oder zur Bundeskanzlerin, um das zu melden.

All das sollte mir Sorgen machen. Er hat mich gewarnt. Mich! Was hat das mit mir zu tun? CAP startet doch keinen Hacker-Großangriff, nur um mich von dem Treffen mit Habakuk abzuhalten. Nein. Oder doch? Nein. Nein? What the fuck.

Bis vorhin dachte ich noch, mein Treffen mit Habakuk wäre das mit Abstand Wichtigste, was heute passieren wird. Und zwar nicht nur in meinem persönlichen Terminkalender, sondern überhaupt in Deutschland. Unser Leak wird die Titelseiten der Zeitungen füllen. *Würde füllen. Hätte füllen sollen.* Aber wenn das Internet richtig crasht, gibt es nichts Unwichtigeres mehr als das. Oder? Vielleicht ist ja auch genau das Gegenteil wahr. Irgendwo muss es da eine Verbindung geben zwischen CAP und dem Chip in meinem Portmonee und Manfred und dem Cyberangriff. Alleine werde ich das nicht rauskriegen, aber gemeinsam mit Habakuk vielleicht schon. Eine wohlige Welle schwappt über mich hinweg – vielleicht werden wir doch noch Geschichte schreiben.

Treffen mit Habakuk um vierzehn Uhr. Wie komme ich nach Köln? Fahren überhaupt Züge? Die Bahn-App könnte es mir sagen, wenn sie nicht genauso tot wäre wie alle anderen Apps. Oder besorge ich mir rasch ein Auto? Immerhin bin ich früh dran, das verschafft mir Luft für unterschiedliche Optionen. Ich stecke Handy und Portmonee ein und stürze aus der Wohnung.

08.05 Uhr

Am Bahnhof herrscht ganz normales Pendlergewusel. Laut Anzeigetafel fallen einige Züge aus, andere sind verspätet – also eigentlich alles wie immer. Bloß hat die Tafel etliche Lücken, und die werden mehr. Vor den Fahrkartenautomaten haben sich lange Schlangen gebildet, die Leute stehen ratlos da. Zum Glück habe ich mir gestern schon ein Online-Ticket runtergeladen.

Niemand starrt mich an. Niemand deutet mit dem Zeigefinger und ruft: »Seht nur, da ist Amir! Seinetwegen spielt das Internet verrückt! Er hat nämlich einen Chip voll gestohlener Daten dabei. Und damit er die nicht weitergeben kann, legen böse Hacker das ganze Netz lahm! Los, steinigt ihn!«

Ein Junge rempelt mich an und ich fasse panisch in die Hosentasche. Portmonee ist da. Der Junge sieht meinen Schrecken und hebt beide Hände, wie um zu zeigen, dass er unbewaffnet ist.

»Sorry, mein Fehler«, murmelt er und läuft weiter, schaut sich nochmals zu mir um und läuft schneller. Sicher hält er mich für einen dieser Halbirren, die den ganzen Tag brabbelnd durch Bahnhöfe laufen und in ihrer eigenen Realität leben.

Welche Realität ist die richtige?

Durchatmen.

Ich schwitze doch gar nicht aus Angst, echt nicht, es ist einfach nur tierisch heiß, schon am frühen Morgen. Klimawandel. Oder schlicht Hochsommer oder beides, was weiß ich, ich muss durchatmen. Checke den Chip im Portmonee. Ist da. Checke wieder das Handy. Da tut sich fast nichts mehr. Zum Test rufe ich meine Mailbox an. Es tutet nicht mal. Ich versuche es mehrmals. Beim dritten Mal kommt ein Tuten, das schnell abbricht, der fünfte Versuch geht durch. Ich höre die vertraute Computerstimme: »Sie haben keine neuen Nachrichten.«

Hat Habakuk überhaupt meine Handynummer? Ich habe sie ihm nie gegeben, aber das muss nichts heißen.

Ein ICE nach München fährt ein, er hat fast zwei Stunden Verspätung, jedenfalls aus seiner Sicht. Für mich kommt er genau richtig. Die elektronische Anzeige neben den Türen ist ausgefallen, doch die anderen Reisenden am Gleis versichern mir, dass dieser Zug in Köln hält.

Seltsamerweise ist nur etwa die Hälfte der Sitzplätze belegt. Ich hatte mich auf völlig überfüllte Abteile eingestellt, keine Ahnung warum, vielleicht gehören solche Bilder einfach dazu, wenn man sich in der Fantasie einen bevorstehenden Zusammenbruch des Internets ausmalt. Aber je mehr ich versuche, mir ein solches Szenario auszumalen, desto klarer wird mir, was für ein Hirngespinst das ist. Okay, es gibt eine ernste Situation, einen Cyberangriff offenbar – von wem oder gegen wen auch immer –, aber so etwas gab es schon, das ist kein Grund zur Panik. In einer Stunde oder so kann es schon wieder vorüber sein, und wenn Malte aufsteht und seine Mails checkt, hat er von nichts was mitgekriegt. Vor allem hat es ganz sicher nichts mit mir zu tun. Nein-hat-es-nicht-auf-keinen-Fall.

Ich lasse mich auf einen Sitz an einem Tisch fallen, mir gegenüber fixiert ein Mann im Anzug den Bildschirm seines Laptops. Durchatmen.

Der Zug rollt, die Klimaanlage funktioniert und kühlt mich runter. Mein Handy hat sich sofort mit dem WLAN verbunden, aber das WLAN transportiert keinerlei Daten mehr. Nicht mal mehr Fehlermeldungen, der Webbrowser kapituliert und bemerkt so lapidar wie sachlich: *Sie sind offline.*

Weitere Testanrufe bei der Mailbox. Nichts. Testanruf bei Malte. Nichts. Anruf im Büro bei Loresa, bei Berkant, bei Solveig. Nichts. Berkants Handy, Solveigs Handy. Nichts.

Der Anzugträger fährt sich nervös mit der Hand über die Halbglatze, am Nebentisch hämmert ein älterer Typ im himmelblauen Poloshirt auf sein Notebook ein, und das Mädchen mit den Dreadlocks, das ihm gegenübersitzt, nimmt die großen blauen Kopfhörer ab und fragt in die Runde: »Hat hier irgendwer noch Netz?«

Kollektives Kopfschütteln.

Halt in Düsseldorf. Gestern noch hab ich mir ausgemalt, wie sie heute im Landtagsbüro sitzen und mitfiebern würden. Solveig. Berkant. Loresa. Wie sie auf meinen erlösenden Anruf warten, bis ich endlich melde, dass alles geklappt hat und der Chip sicher bei Habakuk angekommen ist. Sie würden sich abklatschen und Solveig würde wieder sagen, dass ich ein Sechser im Lotto sei. Aber jetzt? Machen sie sich Sorgen um die Mission? Um mich? Vermutlich haben sie genug mit sich selbst zu tun an diesem chaotischen Morgen, an dem nichts mehr funktioniert …

Seit Duisburg ist der Zug immer langsamer geworden. Jetzt rollt er aus dem Düsseldorfer Bahnhof heraus und nimmt ordentlich Fahrt auf, das ist doch ein gutes Zeichen. Solange der Zug fährt, kann es nicht so schlimm sein.

Aber das hätte ich besser nicht denken sollen, denn mitten auf freier Strecke schreien die Bremsen auf und der Zug kommt zum Stehen. Ich weiß, wie sinnlos es ist, immer wieder aufs Handy zu tippen, tue es aber trotzdem. Ich schließe alle Anwendungen bis auf das PDF mit dem Zugticket.

Aber niemand will es sehen, nur einmal spurtet eine untersetzte Zugbegleiterin kurzatmig durch unser Abteil, wenig später hören wir ihre Stimme aus dem Lautsprecher: »Unser Zug ist außerplanmäßig zum Halten gekommen.« Falls das jemand noch nicht bemerkt haben sollte. »Uns liegen keine Informationen über die Ursache oder die Dauer der Störung vor. Ich informiere Sie, sobald ...«

»Das ist Krieg«, sagt der Typ im Poloshirt mit düsterer Stimme und klappt sein Notebook zu, als habe es jetzt keinen Sinn mehr, noch irgendwas zu arbeiten. »Jede Wette, das waren die Russen.« Er schaut umher, auf der Suche nach Zustimmung oder Widerspruch.

Der Anzugträger runzelt die Stirn, das Mädchen mit den Dreads hat die Kopfhörer wieder aufgesetzt und reagiert nicht, vielleicht hat sie keinen Bock auf ein Gespräch oder hört jetzt offline Musik von ihrem Handy und kriegt nichts mit. »Krieg!«, wiederholt er trotzig.

Das klingt irgendwie, als befürchte er eine Konfrontation globalen Ausmaßes, aber seinem Gesicht nach zu urteilen, nimmt er die Sache vor allem sehr persönlich.

Und das tu ich ebenfalls. Für das Treffen mit Habakuk habe ich immer noch zwei Stunden als zusätzlichen Zeitpuffer. Aber wer weiß, wie lange dieser Zug stehen bleiben wird? Ich öffne alle möglichen Apps, wische auf dem Bildschirm herum, Internet, Mails, Telefon, nichts. Zwecklos.

»War ja abzusehen, dass das mal passiert«, echauffiert sich der Typ. »Das hat der Kreml schon lange geplant. Oder die Chinesen. Oder Nordkorea. Nein – die Mullahs im Iran! Genau. Seit Jahren haben kluge Menschen vor einem Cyberkrieg gewarnt, aber die Politik wollte ja nicht hören.«

Da dreht sich der Anzugträger zu ihm hin und brummt: »Ich glaube, Sie übertreiben. Es werden wohl irgendwelche Hacker sein, die Geld erpressen wollen wie damals bei WannaCry.«

Mit schnellen kurzen Schritten kommt die Zugbegleiterin angerauscht, eilt zurück durch unser Großraumabteil und verschwindet im nächsten. Wenn es einen Grund gibt, sich Sorgen zu machen, dann die Hektik dieser Frau. Weiß sie was, was wir nicht wissen?

Und was zur Hölle wusste Manfred? Mein Kopf dreht sich. Wie ist dieser Kontakt überhaupt zustande gekommen? Und was hat Solveig davon überzeugt, dass wir ihm vertrauen können? Hat uns der Typ reingelegt? Sind wir alle bloß Marionetten in einem hinterhältigen Spiel?

Unwillkürlich schaue ich auf meine Hände. Sie baumeln nicht an Fäden, jedenfalls nicht an sichtbaren. Mein Kopf dreht sich weiter, mein Magen dreht sich mit. Ich hab gar nicht gefrühstückt.

Gott sei Dank sitzen wir nur im Zug und nicht in einem Flugzeug.

»WannaCry hat nur bestimmte Firmen angegriffen und nicht die ganze Infrastruktur«, sagt jetzt der Typ im Poloshirt. »Diesmal ist es anders, glauben Sie mir. Vermutlich breiten sich in diesem Augenblick feindliche Computerwürmer in allen Kraftwerken aus und zerstören die Energieversorgung des ganzen Landes – ach, was sag ich – des ganzen Kontinents. Die wollen uns das Licht ausknipsen!«

Da grinst der Anzugmann und fragt: »Sie glauben nicht zufällig auch daran, dass der Klimawandel reine Erfindung ist und die Erde eine Scheibe?«

»Sie können das ruhig ins Lächerliche ziehen«, winkt der andere ab, »aber Sie werden sich alle noch wundern.«

»Ich wundere mich vor allem«, brummt der Anzugträger, »warum ich keine aktuelle Kopie meiner ganzen Kalkulationen auf dem Rechner habe. Die sind alle in der Cloud. Und das macht mir Sorge. Aber Panik zu verbreiten hilft doch wirklich niemandem.«

Panik.

Panik?

Warum klammre ich mich an das Treffen mit Habakuk? Ich weiß nichts über ihn, noch weniger als über Manfred. Von Manfred kenne ich ja immerhin das Gesicht. Trotzdem bin ich überzeugt, dass ich mit Habakuk reden muss über all das hier. Und dass sich dann irgendwas aufklärt. Ich brauche einen Kaffee.

»Auch Sie, junger Mann!«, sagt der Poloshirtmann plötzlich zu mir.

Ich habe dem Gespräch gar nicht mehr zugehört und zucke zusammen. Statt einer Antwort stehe ich auf und frage versöhnlich in die Runde: »Will jemand was vom Bordbistro?«

Poloshirt und Anzug winken dankend ab, das Mädchen mit den Dreads lüftet ein Ohr und fragt: »Hm?«

»Ob ich was vom Bistro mitbringen soll. Kaffee oder so.«

»Nee, danke.«

Schade. Mit ihr wär ich gern ins Gespräch gekommen, anstatt mich in die Debatte zwischen den beiden Männern verwickeln zu lassen. Aber ihr genügt wohl ihre Musik.

Ich laufe den Gang entlang und durch weitere Abteile, wo ebenfalls Leute miteinander diskutieren, während andere ratlos ihre von der Außenwelt abgeschnittenen Devices anglotzen. Vor dem Bordbistro hat sich ein Stau gebildet. Als Letzte steht eine Frau im Businesskostüm in der Reihe, die dreht sich zu mir um und legt den Zeigefinger auf die Lippen. Ich bemerke die gespannte Stille unter all den Leuten. Drüben im Bistro scheppert eine blecherne Stimme aus irgendeinem Gerät. Ich recke den Kopf und erkenne, dass auf dem Verkaufstresen ein kleines altes Radio mit weit ausgefahrener Antenne steht, ähnlich dem in unserer WG-Küche.

»… erklärte der Sprecher des Bundesamtes für Sicherheit in der Informationstechnik, kurz BSI. In der jetzigen Situation seien viele Menschen beunruhigt und versuchten nun erst recht, an Informationen zu kommen. Dadurch aber steigt die Datenmenge nochmals an, wodurch die Krise zusätzlich verschärft wird. Darum appelliert die Bundesregierung an alle Bürgerinnen und Bürger, möglichst offline zu gehen. Jedes Gerät, dessen Internetverbindung nicht lebenswichtig ist, solle abgeschaltet oder in den Flugmodus versetzt werden, damit die Datenleitungen für die Kommunikation von Rettungsdiensten und Sicherheitsbehörden entlastet werden können. Unterdessen hat …«

Irgendjemand weiter vorn ruft etwas, andere zischen »Psst!« oder »Klappe!« und ganz kurz droht ein richtiger Tumult, doch dann wird es wieder leise und alle lauschen auf das kleine alte Radio.

»… kommen ähnliche Meldungen aus Paris, London, Warschau, Washington und weiteren Hauptstädten. Allerdings können wir uns noch kein einheitliches Bild machen. Weil auch die Telefonie stark beeinträchtigt ist, erreichen wir unsere Korrespondenten fast nur über Kurzwelle. Für alle, die vielleicht jetzt erst eingeschaltet haben, wiederhole ich aber nochmals ausdrücklich: Kraftwerke, Atomanlagen und andere sensible Stellen arbeiten eingeschränkt, aber sicher, es gibt zum jetzigen Zeitpunkt keine Hinweise auf eine unmittelbare Gefahr für die Bevölkerung …«

»Das sagen sie doch immer!«, schimpft irgendjemand los. »Die belügen uns doch nach Strich und Faden!«

»Wer sind denn *die?*«, fragt jemand, und aus einer anderen Ecke ruft ein Mann: »Und was ist mit Moskau? Oder Peking? Sind die auch betroffen? Oder sind das die Angreifer?«

Wieder zischt es von allen Seiten: »Psst!«, »Leise!«, »Ruhe jetzt!«

»… hat der NATO-Generalsekretär eine Pressekonferenz angekündigt. Und wir versuchen noch einmal, in unser Hauptstadtbüro nach Berlin zu schalten. Bis dahin ein paar Takte Musik.«

Das könnte meine Gelegenheit sein, an einen Kaffee und einen Schokoriegel ranzukommen, aber alle hier hatten anscheinend dieselbe Idee. In dem Moment, als die Musik aus dem kleinen Radio kommt, schieben sich die Leute nach vorn zur Theke, rufen Bestellungen, wedeln mit Geldscheinen. Ich gebe es auf und will das Portmonee, das ich schon gezückt habe, wieder in die Hosentasche schieben. Doch ich halte kurz inne und öffne nochmals das Münzfach. Da liegt noch immer der winzige Speicherchip, völlig unberührt. Völlig ... irrelevant? Oder im Gegenteil ...? Mein Herz klopft, als sei ich kurz davor, bei etwas Unanständigem erwischt zu werden. *Es könnte nämlich schon sehr bald ein Ereignis eintreten ...*

Nein, nein, es ist ausgeschlossen, dass Crowd And Power hinter diesem Angriff steckt, nur um mein Treffen mit Habakuk zu verhindern. Klar – wenn wir Erfolg haben, könnte es CAP im Extremfall die Existenz kosten, und sicher wären diese Leute bereit, sehr weit zu gehen, um ihre Firma vor dem Bankrott zu retten. Und haben sie da nicht diese illegalen Kontakte nach Russland? Aber sie verfügen ganz sicher nicht über die Mittel, einfach mal eben das Internet lahmzulegen. Wer aber dann? Die Zusammenhänge müssen ganz anders sein. Nicht CAP ist die große Unbekannte in dieser Rechnung, sondern Manfred.

Ich stecke das Portmonee weg und gehe zurück zu meinem Platz, wo der Poloshirttyp darüber fabuliert, dass bestimmt in diesem Augenblick weltweit die Börsen zusammenbrechen.

Als er meine leeren Hände sieht, schaut er mich beinahe hämisch an und fragt: »War das Bordbistro schon ausgeplündert?«

»So ähnlich«, sage ich. »Bin gar nicht durchgekommen.«

»Da sehen Sie es«, sagt er zu dem Anzugträger, als sei das der ultimative Beweis, dass unsere Zivilisation unmittelbar vor dem Aussterben steht. Und vielleicht hat er ja recht. Wenn erst mal der Kaffee alle ist, gibt es kein Halten mehr.

Im Hinsetzen sehe ich, dass das Mädchen mit den Dreads WhatsApp-Nachrichten schreibt. Vielleicht auf Vorrat, damit die Nachrichten sich selbst versenden, sobald wieder ein Netz in Reichweite ist? Könnte ich eigentlich auch machen. Also eine Mail an Habakuk schreiben, dass ich hier festsitze.

Was er jetzt wohl gerade denkt? Habakuk? Bricht er in Jubel aus? Weil die Zerstörung des Internets im Grunde genau die Konsequenz ist, die man aus all seinen Prophezeiungen ziehen müsste? Oder ist er traurig, verzweifelt, einsam, abgeschnitten von seiner Plattform im Netz, von seinen Fans, seinen … *Jüngern?*

Ich hasse dieses Wort. Klar, es wird ja auch nur von Habakuks Gegnern verwendet. Damit er wie ein Guru dasteht und die Leser seines Blogs wie eine blökende Herde blinder Schafe. Bin ich ein Schaf? Ein Jünger?

■

Vor einem halben Jahr war ich noch nicht mal das. Ich war – sofern man die digitale Welt überhaupt in irgendwelche Klassen oder Schichten einteilen kann – ganz unten. Ein Tagelöhner des digitalen Proletariats. Ein Crowdworker. Oder besser gesagt, ich wollte einer werden, doch das war gar nicht so einfach. Ich bewarb mich online bei *Mechanical Turk* von Amazon, bei *Clickworker* und bei *Crowd And Power* und erhielt drei Absagen, die ungefähr denselben Wortlaut hatten: »Leider müssen wir dir mitteilen, dass deine Bewerbung abgelehnt wurde. Da unsere

Kriterien nicht öffentlich sind, können wir dir leider den Grund der Entscheidung nicht erläutern.« Keine Ahnung, ob jemals ein menschliches Wesen von meiner Bewerbung Notiz genommen hatte oder ob ich von irgendeiner künstlichen Intelligenz aussortiert worden war.

Also doch kellnern gehen oder Pizza ausliefern? Ich brauchte dringend Kohle! Seit fast drei Jahren lebe ich in meiner WG in Bochum, ich studiere Politikwissenschaften an der Ruhr-Universität. Und so grau, wie das klingt, ist es vermutlich auch. Trotzdem war für mich der Schritt ins Ruhrgebiet wie der Aufbruch in eine große, buntschillernde Welt. Ich komme nämlich ursprünglich aus Paderborn. Das sage ich immer, wenn die Leute mich fragen, woher ich denn *ursprünglich* komme. Ich weiß schon, dass sie das deswegen fragen, weil ich einen arabischen Namen habe. Meistens fragen sie vorher noch, welches denn jetzt der Vor- und welches der Nachname sei. Amir Karim, erkläre ich dann geduldig, der Vorname ist Amir und Karim ist der Nachname und nein, das ist kein Palindrom, sage ich meistens noch, es klingt nur ein bisschen so. Ja, ich weiß, es ist die totale Klugscheißerei, aber wenigstens kann ich dann den Leuten erklären, dass Palindrom ein Begriff oder ein Satz ist, den man vorwärts genauso lesen kann wie rückwärts, statt zu sagen, dass meine Eltern zwar aus Tunesien kommen, ich aber kein Tunesier bin, sondern Ostwestfale und deshalb ein ziemlicher Dickkopf. So viel Klischee muss sein. Doch obwohl meine Eltern Ärzte sind, entsprechen sie leider nicht dem Klischee, besonders wohlhabend zu sein. Zumindest kam ich mit dem Geld, was sie mir monatlich überweisen, einfach nicht mehr aus und fing an, mich nach Nebenjobs umzuhören. Am liebsten was mit Schreiben. Denn obwohl ich mich sehr für Politik interessiere, fällt mir das Reden schwer. Ich bin kein Visionär, schon gar kein Anführer. Eher jemand, der Hintergründe analysiert und Zusammenhänge aufdeckt. (Darum hat Solveig mich auch ausgesucht, um den Chip zu Habakuk zu bringen.) Ich könnte niemals in einem großen Saal am Mikrofon stehen und eine flammende Rede halten. Aber ich könnte ganz sicher eine schreiben. Wenn mich jemand nach meinem Berufsziel fragen würde, müsste ich wohl das Wort *Spin Doctor* gebrauchen. Allerdings hat es so einen negativen Touch. Und außerdem fragt mich meistens niemand. Nur meinem Mitbewohner Malte hatte ich mal davon erzählt und daraufhin brachte er mich auf die Idee mit dem Crowdworking.

»Das sind Plattformen, wo Firmen kleine Aufträge an verschiedene Leute vergeben können«, erklärte er. »Du meldest dich auf so einer Plattform an und dann kriegst du irgendwelche Jobs zugeteilt, die du am Rechner erledigst. Ich mach das schon seit 'ner Weile und bin inzwischen richtig gut. Komm locker auf zehn Euro die Stunde.«

Ich runzelte die Stirn.

»Okay, man wird nicht reich dabei«, gab er zu, »aber du hast die absolute zeitliche und örtliche Flexibilität. Du brauchst nichts weiter als deinen Laptop, kannst im Park arbeiten oder im Café, morgens oder abends oder nachts. Du loggst dich ein, wenn du Zeit hast, und malochst, solange du Lust hast, dann machst du Kasse und loggst dich wieder aus. Und da gibt es tausende Jobs, die mit Schreiben zu tun haben.«

»Klingt eigentlich gut«, sagte ich. »Und für wen arbeitet man da so?«

»Ach, keine Ahnung«, lachte er. »Meistens bekommst du gar nicht mit, wer der Auftraggeber ist. Und viele Jobs ergeben auf den ersten Blick eh keinen Sinn, es kommt dir wie Bullshit vor, weil der Auftraggeber die Arbeit in tausende einzelne Schritte zerlegt. Aber das ist ja der Sinn von Crowdworking. Dass tausende Leute rund um den ganzen Planeten gleichzeitig an einer Sache werkeln. Probier's einfach mal aus.«

Das tat ich, kassierte die schon erwähnten drei Absagen und klagte Malte mein Leid. Er riet mir, es wieder zu versuchen und diesmal bei meiner Selbstbeschreibung ein bisschen zu schummeln. Und vielleicht einen anderen Namen oder zumindest eine andere Mailadresse zu benutzen.

Tatsächlich: Auf meine erneute Bewerbung (ich nannte mich statt Karim einfach Müller) bekam ich eine Glückwunschnachricht von Crowd And Power, kurz CAP, international agierende Clickworking-Plattform mit Sitz in Köln, agile Community aus über fünfzigtausend motivierten Crowdies in mehr als dreißig verschiedenen Ländern. So lautete zumindest die Eigenwerbung. Doch um ein richtiger Crowdie zu werden, musste ich erst mal ein paar Online-Tests absolvieren. Ich versuchte meine Qualitäten als Texter herauszustellen. Dummerweise konnte das den Algorithmus aber nicht überzeugen. Um für Texte zugelassen zu werden, hätte ich in dem Test 85 Punkte schaffen müssen, kam aber nur auf 78. Hatte ich mich vielleicht zu elaboriert ausgedrückt? Ich weiß zwar, was Palindrome sind, aber meine Sprache klingt vielleicht nicht werbeaffin genug. Stattdessen bestand mein erster Job an einem späten Abend darin, Fotos zu sichten. Keine Ahnung, für wen und warum – ich klickte auf das Bild und dann auf ein Kästchen für *jugendfrei* oder *nicht jugendfrei*. Kriterien gab es keine, ich wusste nicht mal, in welchem Land der Auftraggeber saß und was für Gesetze es da gab. Danach sollte ich drei Schlagworte zum Inhalt eingeben. *Kind, Baum, Wiese*, schrieb ich. Oder war das zu allgemein? *Kind, Baum, Sommer.* Aber woran machte ich fest, dass auf dem Bild Sommer war? Kletterte das Kind nur zum Spaß auf den Baum oder war es auf der Flucht vor einem großen Hund? Vor einem unbekannten Verfolger? Und wen interessierte das? Für jedes Foto gab es drei Cent. Wow. Ich musste den Kopf ausschalten und einfach rein assoziativ drei Begriffe in das Formular hämmern, statt mir zu jedem Bild eine Geschichte auszudenken. Ich zog also das Tempo an und hatte nach einer guten halben Stunde fünfzig Bilder kategorisiert. Wenn das so weiterging, würde mein erster Stundenlohn sensationelle drei Euro betragen. Ich hätte mich ausloggen und den Quatsch bleiben lassen sollen. Aber ich bin halt ein Dickkopf. Und als ich kurz nach Mitternacht endlich mit den vorgegebenen vierhundert Bildern durch war, ploppte eine Glückwunschnachricht auf. Hurra, ich wurde von 78 auf 79 Punkte hochgestuft. Ich schnallte, dass diese Zahl offenbar nicht nur das Ergebnis meines Eingangstests darstellte, sondern auch eine Art Score für meine Arbeit.

Im nächsten Auftrag ging es wieder um Schlagworte, diesmal zu Audiodateien. Schnipsel aus privaten Gesprächen irgendwelcher Menschen, die wahrscheinlich gar nicht mitbekommen hatten, dass ein Gerät – vielleicht das eigene Handy? – sie belauschte und alles aufzeichnete. Angeblich ging es darum, die Fähigkeiten einer Spracherkennungssoftware zu trainieren. Bei manchen Gesprächssequenzen überkam mich große Fremdscham und ich klickte sie weg. Doch eigentlich brauchte ich kein schlechtes Gewissen zu haben, denn ganz bestimmt hatten all diese Leute irgendwann einmal irgendwelche Nutzungsbedingungen bestätigt, in denen genau das ausdrücklich drinstand …

Und schon hatte ich die magische Grenze von achtzig Punkten geknackt! Nur noch fünf Punkte und ich würde richtige Texte schreiben dürfen. Bestimmt war das besser bezahlt als das Sortieren von Bildern und Audios. Ich war jetzt ein echter Crowdie, wie sich die Mitglieder dieser *agilen Community* nannten.

Irgendwann später einmal stieß ich beim Googeln zufällig darauf, dass *Crowdie* eigentlich einen blassen schottischen Krümelkäse bezeichnet. Das, was vielleicht mit meinem Hirn passieren würde, wenn ich langfristig drei, vier Stunden am Tag als Crowdworker arbeitete. Seltsamerweise ödete es mich aber nicht mehr so an wie am Anfang. Irgendwie setzte diese Score-Geschichte etwas in mir in Gang, vielleicht dieses Belohnungszentrum im Kopf, von dem man immer in Artikeln über Suchtkrankheiten liest. Ich ging steil und stand nach nur zwei Tagen schon bei 83 Punkten.

Und noch eine weitere *Belohnung* bescherte mir der Job. Denn ohne CAP – beziehungsweise ohne das Googeln nach Hintergrundinfos zu dieser Plattform – wäre ich vielleicht niemals auf Habakuk gestoßen.

Habakuk ist Blogger und schreibt über Netzthemen. Wie tausend andere auch, klar, aber sein Blog ist einzigartig. Absolut reduziert. Reduzierter geht es gar nicht. Weiße Schrift auf schwarzem Hintergrund, Artikel auf Artikel, weiter nichts. Keine Bilder, keine Links, kein Menü, kein *About me*. Nichts als Worte. *Bleiwüste* würde ein altgedienter Layouter das nennen. Ein schönes Wort aus ferner Zeit, wo Buchstaben noch physisch auf Papier gedruckt wurden und nicht bloß aus Nullen und Einsen bestanden. Über meinen neuen Job schrieb Habakuk:

Bei Crowd And Power faseln sie von Community und zerlegen dabei den Menschen in kleinste Einzelteile. Wir leben in einer zersplitternden Gesellschaft und sollen auch uns selbst noch weiter zersplittern. »Teile und herrsche!« Man stelle sich ein angesagtes Café mit zehn Tischen vor, an denen zehn Crowdworker schweigend, verbissen fleißig vor ihren Laptops sitzen und nicht mal den Kopf heben, wenn die Kellnerin einen neuen Chai Latte vor sie hinstellt. Tolle Community. »Die Proletarier dieser Welt haben nichts zu verlieren als ihre Ketten«, schrieb Marx. Nein, ihr tragt keine Ketten, ihr seid völlig frei, flexibel, offen, eigenverantwortlich. Ihr habt euch eure digitalen Ketten selbst um eure Hirne und Herzen gelegt, freiwillig und eigenverantwortlich. Wenn ich an eurer Stelle wäre, würd ich auf diese Freiheit scheißen. Aber ich bin ja nicht an eurer Stelle, ich bin bloß Habakuk.

Ich gab ihm in jeder Hinsicht recht. Was mich aber nicht daran hinderte, weiter für CAP zu klicken und meinen ersehnten 85 Punkten entgegenzufiebern. Trotzdem abonnierte ich Habakuks Blog und sog von dem Tag an jeden Artikel auf, den er veröffentlichte. Ich liebte seine Sprache, seinen klaren Blick – und irgendwie auch den totalen Widerspruch zwischen dem, was er schrieb, und dem ganzen Rest meines Lebens. Längst nicht nur, was das Crowdworking betraf.

■

11.43 Uhr

»Meine Damen und Herren«, sagt die kurzatmige Zugbegleiterin durch den Lautsprecher, »wir bitten Sie noch um Geduld. Vielleicht haben Sie bereits Kenntnis darüber erlangt, dass es derzeit bundesweit Probleme mit dem Internet gibt, wovon leider auch die Betriebsabläufe unseres Unternehmens in Mitleidenschaft gezogen werden.« Sie spricht abgehakt und betont ihre Worte seltsam unnatürlich, als hätte sie sich vorher Stichworte notiert. »Wir erwarten in Kürze die Genehmigung zur Weiterfahrt, werden allerdings aus Sicherheitsgründen mit stark verminderter Geschwindigkeit ...« Murren hebt an im Abteil, das Mädchen mit den Dreads verdreht die Augen und Poloshirtmann nickt heftig, als habe er alles, was hier geschieht, minutiös vorausgeahnt. »... dass wir, sofern unserem Zug die Einfahrtgenehmigung erteilt wird, in voraussichtlich einer Stunde unseren nächsten planmäßigen Halt, Köln Hauptbahnhof, erreichen werden.«

Sie atmet schwer ein und aus wie am Ende einer komplizierten mündlichen Prüfung, dann erst schaltet sie ihr Mikrofon aus.

Routinemäßig greifen wir alle zu unseren Handys. Es ist schließlich eine Art Reflex, dass man den Lieben daheim oder den Geschäftspartnern oder dem Blind Date oder wem auch immer die erwartete Verspätung mitteilt. Kurz seufzen wir alle auf, als uns wieder einfällt, dass das gar nicht geht, und legen unsere Handys wieder weg. Fast eine synchrone Bewegung. Wir wissen zwar, dass es kein Netz gibt, bloß unsere Hände haben das noch nicht richtig verstanden. Ich schaue aus dem Fenster. Keine Ahnung, wo wir hier überhaupt festsitzen. Auf der einen Seite liegt eine Kleingartenanlage, auf der anderen Seite sieht man Lagerhallen. Die Fenster, die zu den Bahngleisen hinausgehen, sind zugemauert. Über dem Teerboden zwischen den Lagerhallen flimmert Julihitze. Im Zug hingegen ist es kühl. Immerhin funktioniert die Klimaanlage. Leider jucken davon meine Augen. Das liegt an den Kontaktlinsen. Ich muss mich zwingen, nicht mit den Fingern in den Augen herumzuwischen. Blöderweise habe ich weder das Pflegemittel für die Linsen eingepackt noch ersatzweise meine Brille. Was, wenn später keine Züge mehr zurückfahren und ich irgendwo strande? Ich Idiot. Dafür, dass ich so dringend Zeuge eines historischen Ereignisses werden wollte, bin ich verdammt schlecht vorbereitet.

Weiter hinten im Zug schreit eine Frau. Die Stimme überschlägt sich fast. »Ich will hier raus! Sofort! Wie kriegt man die Tür auf? Da muss es doch einen Notfallknopf geben! Warum ist denn hier niemand zuständig?«

Eine andere Frau will sie beruhigen, weitere Stimmen hallen durcheinander. Anzugmann, Poloshirtmann, Dreadlocksmädchen und ich wechseln unsichere Blicke. Muss man aufstehen, hingehen, eingreifen, sich einmischen? Ich hasse solche Situationen, wenn mitten in der gemütlichen Anonymität plötzlich irgendein aktives gemeinsames Handeln verlangt wird. Zersplitterte Gesellschaft, würde Habakuk sagen. Da rauscht mit Volldampf die Zugbegleiterin heran, braust an uns vorbei und nimmt sich der Sache an.

Poloshirtmann hebt dräuend einen Finger und sagt: »Ich versteh das gut. Ich will auch hier raus. Zu Fuß geht es ganz sicher schneller. Warum machen die nicht einfach die Türen auf? Bestimmt versicherungstechnische Gründe. Als wären wir keine mündigen Bürger! Man wird in diesem Staat nur noch bevormundet. Kein Wunder, dass das System irgendwann komplett zusammenbricht.«

Da nimmt Dreadlocksmädchen die Kopfhörer ab, wirft dem Mann einen vernichtenden Blick zu und sagt: »Niemand hier zwingt Sie zu irgendetwas. Aber Sie zwingen uns die ganze Zeit, Ihren Tiraden zuzuhören. Wenn Sie einfach ein bisschen Aufmerksamkeit brauchen – okay. Aber dafür können Sie doch professionelle Hilfe in Anspruch nehmen.«

Poloshirtmann klappt den Mund zu einer Antwort auf, sieht kurz wie ein Fisch aus, klappt den Mund wieder zu. Dreadlocksmädchen hat längst die Kopfhörer wieder aufgesetzt und das Gesicht abgewandt.

Wow. Das war cool. Ich betrachte sie aus dem Augenwinkel und erinnere mich an meine frühe Jugend, an meine ersten, noch sehr unschuldigen Fantasien in Bezug auf das weibliche Geschlecht. Die handelten oft davon, dass ich mit einem fremden Mädchen aus reinem Zufall irgendwo strande oder eingeschlossen bin – im Aufzug oder es gibt eine Autopanne oder so was in der Art. Man wird quasi zu einer Schicksalsgemeinschaft und daraus ergibt sich mehr, man kommt sich näher … was einem halt mit dreizehn so durch den Kopf geht. Mit Dreadlocksmädchen würde ich gerne stranden, aber sie wollte sich von mir ja nicht mal einen Kaffee bringen lassen.

Manchmal wäre ich gern ein Aufreißertyp, ich meine – die Leute sagen mir oft, ich hätte so schöne Augen, die langen Wimpern … Darum trage ich ja auch meistens Kontaktlinsen, damit das zur Geltung kommt, und mein letztes Selfie bei Insta (natürlich schön mit Filtern abgestimmt) hat immerhin fast achtzig Likes. Einmal bekam ich sogar über zweihundert Likes für ein kurzes Video. Ich tanze nämlich gern, so hip-hop-mäßig. Streetdance. Das würde ich aber niemals vor Publikum tun. Meine Freundin (als sie noch nicht meine Exfreundin war) hatte das Video darum auch heimlich aufgenommen. Aber selbst wenn – in einem ICE kann man schlecht tanzen, um sich interessant zu machen. Man müsste schon eher was sagen, etwa zu dieser Sache hier. Dummerweise fällt mir selten spontan was Geistreiches ein, ich sitze meistens einfach nur da wie ein unbeteiligter Beobachter. Das ist meine Standardposition. Eigentlich war ich ja auf dem besten Wege, aus dieser unbeteiligten Rolle auszubrechen, indem ich Habakuk den Chip übergebe und er zusammen mit Solveig etwas richtig Großes daraus macht. Einen Skandal, der das Bewusstsein der Menschen verändert, vielleicht sogar die Rechtslage. Es könnte Gerichtsverfahren geben, Gesetze würden novelliert …

Dann wird zwar weiterhin niemand meinen Namen kennen,

man wird mich nicht in Berichten und Dokumentationen erwähnen, aber mir reicht schon das Bewusstsein, dass ich an dieser Sache mitgewirkt habe. Als wertvolles Bindeglied.

So jedenfalls hatte ich mir das ausgemalt. Aber ohne Netz kein Skandal, kein neues Bewusstsein.

Es sei denn, das alles hier führt zu etwas noch viel, viel Größerem …

Ob Habakuk wohl Erfolg bei Frauen hat? Und wieso frage ich mich so einen Scheiß? Ich weiß ja gar nichts über ihn. Nicht wie er aussieht, wie alt er ist, woran ich ihn überhaupt erkennen soll. Muss ich auch gar nicht. Er wird *mich* erkennen. Falls ich überhaupt jemals ankomme.

■

Als Crowdie bei CAP von 78 auf 83 Punkte zu kommen, war wesentlich einfacher gewesen, als die restlichen zwei Punkte bis zur 85 zu ergattern. Stundenlang recherchierte ich auf den Websites irgendwelcher Firmen die E-Mail-Adressen der jeweiligen Einkaufsabteilungen. Zwölf Cent pro Adresse. Ein stupider Copy-and-Paste-Job, nur waren die meisten Websites auf Englisch oder Französisch, manche auf Japanisch, darum brauchte ich manchmal fast fünf Minuten, um den richtigen Kontakt zu finden. Nach einer halben Stunde kam die Mitteilung, dass der Job erledigt sei – mir wurden sagenhafte 1,08 Euro gutgeschrieben. Erst jetzt kapierte ich, dass ich ja nicht allein auf CAP unterwegs war. Offenbar hatten viele andere Crowdies zeitgleich mit mir an derselben Aufgabe gearbeitet. Die Community beruhte also auf Konkurrenz, auch wenn auf der Startseite von CAP das Bild einer Gruppe sehr schöner, sehr junger und sehr fröhlicher Menschen prangte, die mit ihren Laptops auf einer sonnigen

Wiese sitzen. Da wurden wir Crowdies als *Workforce* angepriesen, die *weltweit, Tag und Nacht, qualifizierte crowd-generierte Mikrotasking-Lösungen liefert.* Das Wort Mikrotasking gefiel mir. Es beschrieb doch irgendwie mein ganzes Leben.

Darüber könnte Habakuk ja mal was loslassen. Aber CAP war nur eine von vielen Zielscheiben seines Zornes. Er wetterte über alles, was mit Digitalisierung zu tun hatte. Allerdings merkte ich nach einer Weile, dass er eine Art Intimfeindschaft mit einem Instagram-Sternchen namens Kalliope Lisitzki pflegte. Sie macht irgendwie in Style & Fashion, doch sie gehört nicht zu den Großen ihrer Branche wie *BibisBeautyPalace;* bei Insta folgen ihr gerade mal fünfhunderttausend Leute. Klar, das sind sehr viele, aber ich wunderte mich trotzdem, warum Habakuk ausgerechnet sie als Lieblingsgegnerin auserkoren hatte. Weil ich neugierig war, suchte ich bei Instagram nach Kalliope und kam rasch dahinter, woran es lag. Nämlich an ihrer besonderen Haltung. Alles an ihr war Ironie.

Das neueste Foto zeigte eine etwas pummlige, dezent geschminkte junge Frau, vielleicht zwei oder drei Jahre älter als ich. Sie schaute bewusst verpeilt an der Kamera vorbei und ließ lässig eine ihrer langen schwarzen Locken in die Stirn sowie eine Zigarette aus dem Mundwinkel hängen. Dazu hatte sie geschrieben:

kalliopes_selfrecreation der #lippenstift von @thetys_beauty knallt und lässt mich eindeutig weniger emo-mässig aussehen; kuss an euch #hater da draussen. und mein neues #rouge von @miss_sunstyle lässt die wangen leuchten, als wäre ich wirklich am leben und nicht der emo-zombie, der ich angeblich bin

Die Kommentare waren ein Schlachtfeld.

ruzzi_puzzi boaaah du wirs immer hässlicher du fette kuh wann nimmst du dir endlich n strick und hängst dich auf?
miamiabruchmueller wow, du bist so stark, dass du dich von den ganzen Hatern nicht unterkriegen lässt, du inspirierst mich voll total, hab dir PN geschickt, schreib doch mal zurück, dass würd mir voll viel bedeuten ♥ ♥ ♥
olaf_der_alteseppel @ruzzi_puzzi geh kacken
janni_aus_schwerin der arme Lippenstift tut mir voll leid, dass er an sowas wie deinem Mund kleben muss. hör einfach auf mit Posten, das wird immer schlimmer
lilalaramaus super @kalliopes_selfrecreation das sieht echt gut aus! Und sag mal deine Haare? Neu gefärbt? Mach mal den Link in die Kommies, wo du das Zeug dafür bestellt hast. Kussi!
miamiabruchmueller denkst an die PN? ♥ ♥ ♥ ♥ ♥ ♥

Habakuk schrieb auf seinem Blog:

Bevor es Menschen wie Kalliope gab, war die Ironie das letzte Mittel zum Widerstand. Ironie ist Zweifel. Aber wenn der Zweifel selbst angezweifelt wird, was bleibt dann noch zu denken? Nichts mehr. Da draußen gibt es tausende Beauty-Blogger und YouTuber, die ihre fucking überflüssigen Scheißkonsumprodukte dümmlich lächelnd in die Cams ihrer Laptops halten und sich dafür von der Industrie ein paar Cent bezahlen lassen. Du kannst sie hassen oder ignorieren oder am besten einfach verarschen. Doch Kalliope kannst du nicht verarschen. Das tut sie schon selbst. Leute, die du nicht verarschen kannst, sind quasi unangreifbar. Schnallt ihr nicht, ihr Hater, dass ihr Kalliopes Spiel spielt? Warum wollt ihr unbedingt unfreiwillig Mitarbeiter des Monats in Kalliopes postironischer Beauty-Verkaufsschau-Verarschungs-Verarsche sein? An eurer Stelle würde ich damit aufhören. Aber ich bin ja nicht an eurer Stelle, ich bin bloß Habakuk.

Und Kalliope postete wiederum einen Screenshot von diesem Artikel und schrieb dazu:

kalliopes_selfrecreation welche ehre, der herr #habakuk hat schon wieder über mich geschrieben. leider hat der feigling auf seinem blog keine kommentarfunktion. er wird schon wissen, warum. ihr könnt eure meinung ja hier bei mir in die kommentare schreiben. ich mach mir währenddessen erst mal einen leckeren wellness-tee von @love_is_fruity.

So ging das hin und her. Er bezichtigte sie, *als Henkersmagd der totalen Ökonomisierung uns allen auf dem Schafott der Selbstvermarktung die letzten Fetzen Würde vom nackten Leib* zu reißen. Sie nannte ihn einen *famegeilen Klickbaiter.*

Eigentlich hätte ich mir gern eine Tüte Popcorn besorgt und für den Rest des Abends rückwärts durch Habakuks Blog und Kalliopes Insta-Profil gescrollt, um mir die ganze Staffel dieser coolen Serie reinzuziehen. Aber ich wollte ja meine fucking 85 Punkte! Bei meinem nächsten Job wurden mir Sätze angezeigt, die der Chatbot eines Serviceportals zum Kunden sagen könnte, und ich musste sie danach bewerten, wie a) freundlich, b) kompetent, c) lösungsorientiert, d) menschlich ich sie fand. Nummer d) hätte eine eigene Doktorarbeit verdient, ich meine – was ist menschlich? Aber ich war inzwischen auf Tempo gedrillt und klickte mich souverän durch die Umfrage, während in meinem Kopf nochmals die Bilder von Kalliope entlangzogen, die ich vorhin angesehen hatte. Immer hatte sie diesen absichtlich verpeilten Blick drauf, als habe ihr niemand gesagt, dass gerade ein Foto gemacht wird. (Wobei die meisten Bilder natürlich Selfies waren.) Und fast immer war da diese eine Locke in der Stirn oder die Zigarette im Mundwinkel. Sie strahlte so eine extrem coole Fuck-off-Haltung aus, dass all die in den Texten markierten Beauty-Produkte wie aus Versehen hingestreut wirkten. Ob Habakuk vielleicht einfach nur auf sie stand? Ich würde ihn das gern mal fragen.

Überhaupt hätte ich ihn gern tausend Sachen gefragt, aber sein Blog hatte kein Impressum und auch keine anderen Kontaktmöglichkeiten. Und außerdem hatte ich keine Zeit, denn da ploppte die Glückwunschnachricht von CAP auf. 85 Punkte, yeah! Ab sofort durfte ich Texte korrigieren, redigieren und verfassen. Doch – keine Ahnung, was ich erwartet hatte – der erste Text-Job enttäuschte mich extrem. Ich sollte eine Produktbeschreibung zu einem Gamecontroller verfassen. Von dem Controller gab es zwei Fotos, der Text sollte maximal 150 Wörter haben, pro Wort winkten 2 Cent. Leider fiel mir nicht das Geringste ein. Ich googelte Controller und stellte fest, dass bestimmte Wörter einfach immer wieder vorkamen: *Haptik*, *strapazierfähig* und *Spielspaß*. Also mixte ich diese Wörter durcheinander, bis ich auf exakt 150 kam, denn ich wollte mir keinen Cent entgehen lassen. Ziemlich zufrieden mit mir schickte ich den Text ab und wollte mich dem nächsten widmen, da kam prompt eine Antwort: Der Text sei zu steif, bitte auflockern. Na gut. Ich lockerte den Text auf und schickte ihn erneut weg, bekam abermals eine Antwort: Zu redundant. Bitte ändern. What the fuck?

Ich ging in die Küche, um mir ein Bier zu holen. Am Tisch saß Malte, der ebenfalls gerade clickworkte. Ich schaute über seine

Schulter. Auf der einen Bildschirmhälfte war eine Excel-Tabelle geöffnet, auf der anderen erkannte ich Scans irgendwelcher Kassenzettel.

»What the fuck?«, fragte ich wieder.

»Irgendeine Software hat automatisch Belege gescannt und die Zahlen in diese Tabelle übertragen«, erklärte Malte, ohne von seinem Bildschirm aufzusehen. »Aber bei solchen Kassenbons sind manchmal Fettflecken drauf oder so, darum muss ich überprüfen, ob die Software die Zahlen alle richtig erfasst hat.«

»Krass«, sagte ich, nahm eine Flasche Bier aus dem Kühlschrank und hebelte sie auf. »Eigentlich sollte Digitalisierung doch bedeuten, dass wir Menschen von Maschinen unterstützt werden und dass sie uns stupide Tätigkeiten abnehmen. Aber hier läuft es genau umgekehrt.«

Da ließ er doch für einen Augenblick von seinem Laptop ab und schaute mich an.

»Du klingst ja wie Habakuk«, grinste er.

»Ach, du kennst ihn?«

»Ich lese alles von dem«, nickte er. »Der bringt die Dinge echt gut auf den Punkt.«

»Jep, absolut.« Ich trank einen Schluck. Dann sagte ich: »Schon beknackt, oder? Wir lesen sein Zeug, geben ihm recht, aber verhalten uns genau gegenteilig.«

»Tja«, meinte er. »Ich sorge mich auch vor dem Klimawandel und fahre trotzdem gerne Auto und esse am liebsten ein riesiges Steak.«

Was wollte er damit sagen? Vermutlich gar nichts, denn längst hatte er sich wieder in seine Kassenzettel vertieft. Ich ging zurück in mein kleines, unaufgeräumtes Zimmer, wo kein Licht brannte außer dem diffusen Leuchten meines Bildschirms, stellte die Bierflasche neben das Mauspad und befreite meinen

Text von Redundanzen – ohne dass ich eine Ahnung hatte, was genau der Typ gemeint hatte, der mir da Feedback gab. Er (oder sie) hatte nicht mal einen Namen genannt. War das auch ein Bot? Hatte in einem anderen Teil dieser Welt ein anderer Crowdie den Satz: »Zu redundant. Bitte ändern.« als a) freundlich, b) kompetent, c) lösungsorientiert, d) menschlich eingestuft? Könnte sein. Vor allem Nummer d). Um eine Maschine als Mensch zu tarnen, muss man sie nur muffig genug machen.

Verdammt, gab es denn keinen Weg, Kontakt zu Habakuk aufzunehmen? Zu *#habakuk,* wie Kalliope immer schrieb … Moment mal.

Hashtag?

Yes!

Genau das war der Weg.

2

12.37 Uhr

Der Zug tastet sich auf die stählerne Brücke vor, als misstraue er den Tausenden von Nieten, die das schwarze Ungetüm zusammenhalten. Unter uns wälzt sich der Rhein dahin, die kleinen Wellen glitzern in der Julisonne und kurz irritiert es mich, dass dieser Strom so unverdrossen weiterfließt, während alle Datenströme abgerissen sind. Beim Anblick der Bahnhofshalle, in die wir nun endlich einfahren, schnürt sich mir unwillkürlich der Hals zu. Sie ist nämlich so gut wie leer. An unserem Gleis stehen keine Reisenden, die auf den Zug warten, sondern zwei Bundespolizisten in Schusswesten und mit umgehängten Maschinenpistolen. Auf einem anderen Gleis ist ebenfalls ein Zug eingefahren, die Menschen steigen eilig aus und steuern mit ihrem Gepäck auf die Rolltreppen zu, die nach unten und zu den Ausgängen führen. Auch dort Polizei. Sämtliche Anzeigetafeln sind tot.

»Meine Damen und Herren, bitte beachten Sie«, hören wir wieder die Zugbegleiterin aus den Lautsprechern, »unsere Fahrt endet leider hier. Wir bitten Sie, auszusteigen und zügig das Gleis zu räumen. Bis auf Weiteres muss der gesamte Bahnbetrieb eingestellt werden.« Diesmal kein Murren, die meisten Fahrgäste im Abteil sind längst aufgestanden. Die Zugbegleiterin schiebt pflichtgemäß hinterher: »Vielen Dank für Ihre Reise mit der Deutschen Bahn.« Dafür erntet sie vereinzelte Lacher.

Alle raffen ihr Zeug zusammen außer mir, ich habe nicht mal einen Rucksack dabei. Wenn ich wirklich hier strande, hab ich nichts weiter als die Klamotten, die ich trage. Reflexhaft greife ich zum Handy, völlig sinnlos, stecke es in die Hosentasche. Was heute Abend ist, spielt keine Rolle, ich muss zu Habakuk, über alles andere denke ich später nach. Dreadlocksmädchen hat die blauen Kopfhörer in den Nacken geschoben und hievt einen großen Seesack aus dem Gepäcknetz.

»Brauchst du Hilfe?«

»Nee, geht schon, danke.«

»Also, wie du vorhin dem Typen mit dem Poloshirt Bescheid gesagt hast ... das hatte Klasse.«

»Aha.«

»Sag mal – ähm. Kennst du dich in Köln aus?«

»Geht so. Wo musst du hin?«

»Kennst du das Weisshauskino?«

»Ja, das ist auf der Luxemburger Straße.«

Wir schieben uns mit den anderen Leuten den Gang entlang zur Tür.

»Wie komm ich dahin?«, frage ich.

»Mit der Stadtbahn. Linie achtzehn. Falls die fährt.«

»Und wenn nicht?«

Da dreht sie sich kurz zu mir um und legt den Kopf schräg. »Dann musst du laufen.«

»Schon klar, ich meine bloß ... ohne Google Maps bin ich ziemlich aufgeschmissen.«

»Frag dich halt durch.«

Genau das tu ich doch gerade, denke ich. Aber sie hat keinen Bock, mir zu helfen.

Beim Aussteigen sagt sie noch: »Ich würde an deiner Stelle am Dom vorbeilaufen und Richtung Nord-Süd-Fahrt gehen, das ist bestimmt ausgeschildert. Frag dich durch bis Barbarossaplatz, da beginnt die Luxemburger.«

»Okay, danke.«

Sie sieht sich nicht noch einmal um, sondern schlängelt sich trotz ihres schweren Gepäcks mit erstaunlicher Geschicklichkeit durch die Masse der Menschen, die einen Moment lang wie ausgespuckt vor dem Zug auf dem Bahnsteig stehen, bevor sie sich in Bewegung setzen. Und bevor ich die Rolltreppe erreiche, habe ich Dreadlocksmädchen aus den Augen verloren.

■

Ich war besessen von dem Gedanken, Habakuks Aufmerksamkeit auf mich zu ziehen. Kalliope pflegte seinen Namen mit einem Hashtag zu versehen. Und mir war eingefallen, dass Habakuk (natürlich mit irgendeinem Account unter einem ganz anderen Namen) diesem Hashtag folgen musste, denn wie sonst sollte er stets unmittelbar mitkriegen, wenn sie ihn irgendwie erwähnte? Doch ich war nicht der Erste, der die Idee gehabt hatte. Unter #habakuk tauchten mehrere Fotos von einer jungen Frau auf, die jeweils einen Zettel in die Kamera hielt, auf dem stand: »Lieber Habakuk, bitte schreib mir mal, es ist wichtig!« Und eine Mailadresse. Er schien sich noch nicht bei ihr gemeldet zu haben, sonst hätte sie das Bild nicht immer wieder neu gepostet, dachte ich. Vielleicht sollte ich mir etwas überlegen, das weniger plump daherkam.

Also googelte ich ein bisschen. (Komisch, dass mir bei dem Wunsch, etwas Originelles zu schreiben, als Erstes das Googeln in den Sinn kam … Ich suchte halt nach Infos über ihn – irgendwas, wo ich anknüpfen konnte.) Ich stellte fest, dass viele andere Blogger sich mit ihm befassten, er wurde sogar in Artikeln von SPON, VICE und *ZEITonline* erwähnt. Ich hatte gar nicht mitbekommen, dass er so bekannt war, zumindest innerhalb einer gewissen Szene. Oder *Filterblase,* wie man heute sagt. Ein Influencer eben, nur ganz anders als Kalliope und ihresgleichen. Die einen hielten Habakuk für einen Wichtigtuer, andere verglichen ihn mit anonymen Künstlern wie Banksy oder *Barbara,* manche nannten ihn schlicht einen Propheten.

Sogar in die Politik schien er es irgendwie geschafft zu haben, denn eine Landtagsabgeordnete zitierte ihn mehrfach in ihren Reden; Solveig Sander, eine Hinterbänklerin zwar, aber immerhin. Sie war »netzpolitische Sprecherin« ihrer Fraktion und ich empfand eine gewisse Eifersucht auf ihren Redenschreiber, dass er Dinge schrieb, die in einem echten Parlament gesprochen wurden und hinterher in der Zeitung kamen oder zumindest in kleinen YouTube-Clips ihrer Partei auftauchten, während ich für CAP klickte.

Apropos Prophet. Tatsächlich gibt es in der Bibel ein Buch namens »Habakuk«. Es handelt von einem Typen, der angeblich vor über zweieinhalbtausend Jahren in Israel lebte. Er wetterte gegen die Ungerechtigkeiten seiner Zeit und prophezeite ein kommendes Strafgericht – eine Art Apokalypse oder so. Sein »Buch« innerhalb der Bibel ist recht kurz. Ich überflog es am Handy und markierte mit dem Finger folgende Textstelle:

> Er schleppt sie weg in seinem Netz und rafft sie fort in seinem Fischgarn; er freut sich darüber und jubelt. Deshalb opfert er seinem Netz und bringt seinem Fischgarn Rauchopfer dar; denn durch sie hat er reichen Gewinn und ein üppiges Mahl.

Ich fotografierte eine leere Wand in meinem Zimmer, fügte die Worte in das Foto ein und postete es bei Instagram zusammen mit dem Hashtag #habakuk.

Passte doch ganz hervorragend zu seinen Themen ... *schleppt sie weg in seinem Netz* ... das klang ja wie aufs Internet gemünzt. Ich bekam eine Handvoll Likes – hauptsächlich von Leuten, die mir folgten, aber auch drei von welchen, die ich nicht kannte. Und spät am Abend, als ich gerade ins Bett gehen wollte, einen Kommentar:

> Wahrhaftig, reiche Beute täuscht den hochmütigen Helden; er wird keinen Erfolg haben.

Sollte das eine Beleidigung sein? Oder eine Art Test? Der Account trug den Namen *Ambakoum,* hatte kein Profilbild, keine Beiträge, keine Follower und folgte: niemandem.

Außer seit heute mir.

Und offenbar dem Hashtag #habakuk. Ich googelte mit fliegenden Fingern parallel auf meinem Handy und meinem Laptop, ich fand den Satz im Buch Habakuk, Kapitel 2, Vers 4, kopierte den zweiten Teil des Satzes in die Antwortzeile:

> Reißt er auch wie die Unterwelt seinen Rachen auf und ist er auch wie der Tod unersättlich.

Gleichzeitig fand mein Laptop die Bedeutung von *Ambakoum.* Es ist ein männlicher Vorname. Der stammt aus einer zweitausend Jahre alten Übersetzung der hebräischen Bibel in die altgriechische Sprache und bedeutet natürlich: Habakuk.

Er, also *Ambakoum,* antwortete diesmal wenig biblisch, vielmehr sehr direkt:

Was bist du für ein Schlaumeier?

Berechtigte Frage. Ich überlegte kurz, dann fiel mir eine Entgegnung ein, die ihn vielleicht provozieren konnte. Ich schrieb:

An deiner Stelle würde ich versuchen, es herauszufinden. Aber ich bin ja nicht an deiner Stelle, sondern bloß Amir.

Darauf bekam ich eine PN von ihm. Mit nichts weiter als einer vollkommen kryptischen E-Mail-Adresse.

■

12.52 Uhr

In einem Pulk von Menschen gleite ich die Rolltreppe hinab zur Fress- und Konsummeile des Bahnhofs, die Richtung Eingangshalle führt. Die Rolltreppe aufwärts ist abgesperrt, unten steht wieder ein Polizist. Wir werden in eine wabernde Menschenmenge gekippt und verschmelzen mit ihr. Die fließende Masse trägt mich fort, als würden wir auf einem gigantischen Schweißfilm dahingleiten. Schon klebt mir mein T-Shirt am Rücken. Im Zug hat wenigstens die Klimaanlage funktioniert. Die hochsommerlichen Ausdünstungen unter der Decke mischen sich mit einer flirrenden Unruhe, von der alle hier erfasst sind, ich auch, ohne dass ich sagen könnte, was sie ausmacht. Meine Finger schnellen zum Handy in der Hosentasche und lassen es los, ohne es herauszuziehen.

Irgendwo da vorne sehe ich noch den Anzugmann aus dem Zug, dann erreiche ich die Eingangshalle. Der Zugang zur

Stadtbahn ist ebenfalls abgesperrt, ich werde wohl tatsächlich laufen müssen. Oder ein Taxi nehmen. Wobei – akzeptieren die überhaupt noch Kartenzahlung? Akzeptiert überhaupt noch irgendjemand meine Bankkarte? Ohne Internet? Ich schiebe mich durchs Gewühl der gestrandeten Reisenden, vorbei an sich auftürmenden Kofferbergen und hitzig diskutierenden Bahnmitarbeitern Richtung Ausgang, quetsche mich durch die Tür und wäre, würden nicht von hinten so viele Menschen nachdrängeln, fast zurückgetaumelt, so hart knallt mir die flirrende Hitze auf dem Bahnhofsvorplatz gegen den Kopf. Ich gehe ein paar Schritte mitten auf den Platz hinaus, raus aus der Menschenmenge, wo ich wenigstens eine Armlänge Freiraum um mich herum habe. Links führt eine breite Freitreppe zum Dom empor, der sich wie ein gotisches Gebirge aus dem umliegenden Beton erhebt. Dort drin wäre es jetzt sicher angenehm kühl, aber ich habe keine Zeit. Mir bleibt eine Stunde, um mich in dieser Stadt zurechtzufinden und das Kino zu erreichen, wo Habakuk mich treffen will. Gestern hat er mir ein Onlineticket geschickt. Reihe 12, Platz 2. (Ganz hinten, ganz am Rand – ich hatte gleich den Saalplan des Kinos online gecheckt; sicher hat er für sich selber den Platz Nummer 1 gebucht, damit er direkt am Gang sitzt und sofort unauffällig verschwinden kann.) Ein Kinosaal sei einer der wenigen öffentlichen Orte innerhalb einer Großstadt, wo es garantiert keine Überwachungskameras gebe, hat er geschrieben, und wo auch niemand mit seinem Handy filme. Das Ticket habe ich natürlich nicht ausgedruckt, aber immerhin offline auf dem Handy gespeichert. Wobei mir fraglich erscheint, ob heute überhaupt Filme gezeigt werden – ob man dafür wohl Internet braucht? Oder generell für den Betrieb eines Kinos? Keine Ahnung. Kann sein, dass es geschlossen ist. Aber vielleicht kommt Habakuk ja trotzdem und womöglich erkennt er mich auch so. Ich gehe davon aus, dass er meine Social-Media-Profile gecheckt und einige Fotos von mir angesehen hat.

»Ich muss Sie bitten, weiterzugehen.«

Die Polizistin steht plötzlich vor mir, ich habe sie gar nicht kommen sehen.

»Wieso?«, frage ich. »Darf man hier nicht stehen?«

»Sie sehen doch, was hier für ein Gedränge herrscht«, gibt sie zurück. »Gehen Sie bitte weiter, zu Ihrer eigenen Sicherheit. Und Sie auch bitte.«

Die Polizistin meint offenbar eine Frau, die in meiner Nähe steht und immer wieder ratlos auf ihr Handy tippt. Jetzt steckt sie es ein, zuckt mit den Schultern und sagt zu mir: »Seit dieser Silvesternacht damals ist der Bahnhofsvorplatz so was wie heiliger Boden. Sobald irgendwas komisch ist in Köln, wird hier immer sofort alles geräumt. Unnötige Panikmache.«

»Im Gegenteil«, erwidert die Polizistin. »Wir sind hier, damit erst gar keine Panik entstehen kann.«

»Ist ja wie mit der Henne und dem Ei«, knurrt die Frau und geht.

Auch ich setze mich wieder in Bewegung und laufe zu den Schildern, die einen sehr großen Taxistand ausweisen. Nur sind leider keine Taxen zu sehen, bloß eine Ansammlung von Menschen mit Rollkoffern und Rucksäcken. Als jetzt doch ein einsames Taxi angebraust kommt, bricht eine richtige Rangelei aus.

Ich lasse die Leute hinter mir, gehe ein Stück die Straße entlang und treffe auf eine weitere Menschentraube. Die Leute umringen ein Auto, dessen Türen offen stehen. Das Radio ist auf volle Lautstärke gestellt und die Umstehenden lauschen in gespannter Stille. Ich dränge mich so dicht heran, dass ich aufschnappen kann, was eine Frauenstimme im Radio sagt.

»... haben wir zum jetzigen Zeitpunkt keine Hinweise dazu«,

sagt sie gerade. »Klar ist nur, dass heute in den frühen Morgenstunden Millionen von Geräten quasi von allein damit begonnen haben, Anfragen an irgendwelche Server zu schicken. Also nicht nur Computer und Handys, sondern alle möglichen internetfähigen Dinge – Fernseher, Autos, Überwachungskameras, Spielekonsolen, smarte Kühlschränke, Heizungssteuerungen und so weiter. Die dadurch erzeugte Datenmenge sprengt alles bisher Dagewesene. Und diese ...«

»Aber wie ist das überhaupt möglich?«, fragt ein Redakteur dazwischen.

»Einer denkbaren Erklärung zufolge«, antwortet die Frau, »hat über Wochen, vielleicht sogar Monate eine schleichende Infektion der Geräte stattgefunden. So langsam, dass es nicht bemerkt wurde. Vereinfacht gesagt, haben wir es mit intelligenten Computerwürmern zu tun, die sehr lernfähig sind und selbstständig Schwachstellen in Computersystemen finden können. Und – nun ja, irgendjemand hat diese Würmer losgeschickt und sie so programmiert, dass sie alle gemeinsam heute Morgen ihren Angriff starten.«

»*Angriff,* sagen Sie«, hakt der Redakteur ein, »gegen wen richtet sich denn dieser Angriff?«

»Auch das können wir nicht erkennen. Der Datenverkehr kommt von überallher und strömt überallhin, anders als bei bisherigen sogenannten DDoS-Attacken gibt es offenbar überhaupt kein konkretes Ziel. Außer ... also in gewisser Weise scheint das Internet selbst das Ziel dieses Angriffs zu sein. Wer immer der Urheber ist, will offenkundig die gesamte digitale Infrastruktur lahmlegen.«

»Und über diesen Urheber liegen noch keinerlei Erkenntnisse vor? Vorhin bekamen wir Meldungen, dass sich die Terrormiliz IS dazu bekannt haben soll ...«

»Das halte ich für Trittbrettfahrerei. Der IS ist ganz sicher nicht in der Lage, einen solchen Angriff zu planen und auszuführen.«

»Wer wäre denn überhaupt zu so etwas in der Lage? Rein technisch gesehen?«

»In den letzten Jahren haben viele Stellen massiv aufgerüstet, was den Einsatz von KI – also von Künstlicher Intelligenz – in Kombination mit Schadsoftware betrifft. Sowohl Militärs und Geheimdienste als auch kriminelle Hackergruppen.«

»Ich frage Sie jetzt ganz direkt.« Die Stimme des Redakteurs wechselt in eine dramatische Tonlage. »Befinden wir uns im Cyberkrieg?«

»Das Wort Krieg würde ich zum jetzigen Zeitpunkt nicht in den Mund nehmen ...«

Jemand aus der Menschentraube äfft sie nach: »Ha, zum jetzigen Zeitpunkt! Was sollen wir damit anfangen?«

Wie schon vorhin im Zug wird der Zwischenrufer schnell zum Schweigen gebracht.

» ... sind alle Maßnahmen rein präventiv«, fährt die Frau derweil fort. »Die Innenminister der Länder haben größtmögliche Polizeipräsenz im öffentlichen Raum angeordnet, um das Sicherheitsgefühl der Bevölkerung zu stärken. Auch das Technische Hilfswerk ist einsatzbereit. Alles rein vorsorglich. Wir haben keine Berichte über Ausschreitungen oder Plünderungen und dergleichen und ich möchte betonen: Sie können sich ganz normal bewegen, Sie können einkaufen, tanken, was immer Sie wollen – lediglich Kartenzahlung ist zum jetzigen Zeitpunkt nicht möglich. Und Bargeldabhebungen leider auch nicht. Trotzdem gibt es nicht den geringsten Anlass, jetzt mit Panikkäufen die Supermärkte und Tankstellen zu stürmen.«

Fuck, genau wie befürchtet! Dabei bezahle ich immer und

überall mit Karte. Auf dem Konto habe ich rund dreihundert Euro und CAP schuldet mir noch zirka hundertfünfzig. Falls dieses Guthaben nicht mit dem Zusammenbruch des Netzes pulverisiert wurde. In meinem Portmonee stecken vielleicht noch dreizehn Euro. Sowie ein höchst geheimer Speicherchip voll brisanter Informationen. Informationen, die *zum jetzigen Zeitpunkt* womöglich absolut belanglos geworden sind? Oder im Gegenteil erst richtig bedeutsam? Noch immer kann ich mir nicht vorstellen, dass es da einen Zusammenhang gibt. Aber eigentlich konnte ich mir bisher sowieso nichts von dem vorstellen, was da gerade geschieht.

»Wie geht es nun weiter?«, fragt der Redakteur. »Was passiert, wenn die Situation andauert? Wenn den Leuten das Bargeld ausgeht? Oder wenn Tankstellen und Supermärkte leergekauft sind? Soweit ich weiß, laufen heutzutage alle Logistiksysteme übers Internet. Ohne Internet können gar keine neuen Waren ausgeliefert werden.«

»Also bitte«, hält die Frau dagegen. »Bis vor ein paar Jahren ging das auch ohne Internet. Ich sage nicht, dass alles reibungslos funktionieren wird, aber selbstverständlich ist die Versorgung der Bevölkerung gewährleistet. Darum hier nochmals meine Bitte an alle Hörerinnen und Hörer: Bleiben Sie besonnen, warten Sie weitere Informationen ab, lassen Sie das Radio eingeschaltet und schalten sie sämtliche internetfähigen Geräte in Ihrer Reichweite aus. Sobald wir neue ...«

Der Rest geht im Durcheinanderrufen der Umstehenden unter. Vieles klingt einfach ratlos, aber es mischen sich auch aggressive Töne darunter. Ein paar Leute sind furchtbar wütend. Vermutlich wissen sie selber nicht, auf wen. Zum jetzigen Zeitpunkt.

Ich ziehe mein Handy aus der Hosentasche und will es ausschalten. Doch mein Finger zögert. Solange das Teil an ist, wird es wieder und wieder versuchen, eine Verbindung zum Netz herzustellen. Und ist damit Teil des ganzen Problems. Nur ein winziger Teil zwar, ein Tropfen im Meer, aber Millionen von Tropfen ergeben ziemlich viel Wasser. Trotzdem bringe ich es nicht über mich. Ich muss erreichbar bleiben! Beziehungsweise wieder erreichbar werden. Was, wenn plötzlich das Netz wieder funktioniert und Habakuk schreibt mir?

■

Keine Ahnung, warum er ausgerechnet auf meinen Kontaktversuch eingegangen ist. Etliche Interviewanfragen von Fans und Journalisten hatte er abgelehnt, die auf ähnliche Art wie ich probiert hatten, an ihn heranzukommen. Nur mit mir schrieb er hin und wieder. Nicht oft – vielleicht ein- oder zweimal die Woche und über nichts Persönliches, es ging um Gesellschaft, Netzpolitik, solche Sachen. Trotzdem beschlich mich nach einer Weile das Gefühl, dass er womöglich gar keine Freunde hatte, niemanden zum Reden außer mir. Und mir kam in den Sinn, dass er vielleicht dasselbe von mir dachte. Okay, ich habe nie viele Freunde gehabt, und die wenigen, die es gibt, sind seit Ende der Schulzeit weit übers Land verstreut. Auch zu meiner Exfreundin habe ich nur noch ganz sporadisch Kontakt. Wir kannten uns ebenfalls noch von der Schule. Und in Bochum hatte ich noch niemanden *kennengelernt,* wie man so sagt, also keine Frau, abgesehen von einer unbedeutenden Partyknutscherei. Ich bin wohl ein Eigenbrötler, und das stört mich gar nicht weiter. Mein Mitbewohner Malte ist ganz ähnlich drauf, wir passen in dieser Hinsicht gut zusammen. Zwischendurch hatte ich tatsächlich mal den Verdacht gehabt, *er* sei es, mit dem ich da schrieb, also Malte und nicht Habakuk. Dass Malte mich reingelegt hätte, ein

Riesen-Prank, aber Unsinn, warum sollte er das tun? Und einmal saßen wir zusammen in der Küche, während ich mit Habakuk schrieb und er beim Bier in einer Zeitung blätterte, er konnte es also gar nicht sein. Ich erzählte ihm trotzdem nichts von meinem Kontakt mit dem mysteriösen Propheten. Erstens ging ich davon aus, dass Habakuk es nicht gut fände, wenn ich mit jemand Drittem darüber gesprochen hätte. Zweitens kam mir der Kontakt wie etwas Kostbares und höchst Zerbrechliches vor, das nur mir gehörte.

Die Mail-Adresse, die er mir damals geschickt hatte, war sehr kryptisch gewesen. Von dem Anbieter hatte ich noch nie gehört: *Torbox*. Und die Toplevel-Domain kannte ich bisher nur aus reißerischen Artikeln über das Darknet: *onion*. Ich musste mir extra den sagenumwobenen TOR-Browser herunterladen, in die bodenlose Finsternis des Darknet hinabsteigen und mir dort ebenfalls solch eine kryptische Mail-Adresse zulegen, bevor ich ihm schreiben konnte. Er lud mich daraufhin zu einem Chat ein.

Ich so:

Hallo Habakuk. Da bin ich.

Er so:

wmdg?

Echt jetzt? Voll der Teenagerdialog, dachte ich. Aber irgendwie auch eine fast schon existenzielle Frage: Was machst du gerade? So banal und zugleich hochphilosophisch. Und vor allem – in dem Moment, wo ich mich frage, was ich gerade mache, unterbreche ich doch genau das, was ich mache, um etwas anderes zu tun, nämlich über das, was ich bis zu der Sekunde davor gemacht habe, nachzudenken. Ein bisschen wie in der Quantenphysik, wie bei Schrödingers Katze, die so lange in ihrer dunklen Kiste gleichzeitig tot und lebendig ist, bis einer die Kiste öffnet und nachguckt. Okay, ich gebe zu, das waren schon ziemlich nerdige Gedankenspiralen, die sich da in meinem Kopf drehten, aber genau die schrieb ich ihm. Und er:

Cool. Darf ich das bei Gelegenheit verwenden? Auf meinem Blog?

Wow! Was für ein Kick! Habakuk fand meine Gedanken gut! Das fühlte sich noch tausendmal besser an als das Erreichen der 85-Punkte-Marke bei CAP.

Na gut, irgendwie war es Hirnwichserei, über solche Sachen zu schreiben. Aber es machte Spaß.

Irgendwann fragte ich Habakuk, warum er sich ausgerechnet an Kalliope derart festgebissen hatte.

Ich weiß schon, von wegen Ironie und so. Aber da steckt doch mehr dahinter?

Habakuk schrieb:

Es steckt immer mehr dahinter als davor, rein räumlich gesehen, denn zwischen dir und dem Objekt, das du betrachtest, ist der Raum begrenzt, doch hinter dir und hinter dem Objekt ist der Raum unbegrenzt.

Manchmal übertrieb er es mit der Hirnwichserei …

Wusstest du, dass man auf Plattformen wie megaboost.com schon für 35 Euro 5000 Follower kaufen kann? Immer mehr Likes und Kommentare und Produktbewertungen kommen nicht von echten Menschen, sondern von Bots. Vermutlich werden inzwischen ganze Beziehungsgeflechte von Bots unterhalten – der eine Bot fängt Beef mit dem anderen Bot an oder ein weiterer Bot verliebt sich in einen anderen oder so, na ich weiß nicht, ob es das wirklich gibt, aber es ist doch denkbar, oder? Alles, was denkbar ist, wird auch kommen.
Jedenfalls glaube ich, dass fast alle erfolgreichen Influencer irgendwann in ihrer Karriere einmal Follower und Likes gekauft haben. Vielleicht nur am Anfang, als kleine Anschubfinanzierung sozusagen, um überhaupt irgendwen auf ihren Kanal aufmerksam zu machen, bevor das Ding von allein zu laufen beginnt. Niemand abonniert schließlich einen Kanal, der keine Abonnenten hat, oder? »Wer hat, dem wird gegeben«, heißt es schon in der Bibel.

Was hatte er nur immer mit der Bibel?

Aufmerksamkeit ist das kostbarste Gut der digitalen Welt. Die Währung, in der wir unser Leben abrechnen, unsere Freundschaften und Beziehungen. Unsere Jobs, unsere Hobbys.
Doch die Jagd nach Aufmerksamkeit macht uns zunehmend fertig. Das ständige Liken und Kommentieren, überall diese perfekten Vorbilder. Als stünden wir alle immer auf einer Bühne, deren Scheinwerfer niemals ausgehen. Bis jeder Rest an Authentizität verloren ist …
Aber dann kommt Kalliope und ist angeblich total natürlich und authentisch. Sie gaukelt uns vor, dass es Hoffnung gäbe.

Das ist das allerschlimmste. Hoffnung zu machen, wo es keine Hoffnung gibt. Und darum ist sie auch DIE Allerschlimmste.

Ich schrieb:

Klingt gut ausformuliert. Hast du das aus einem deiner Beiträge rauskopiert?

Und er:

Ha, nee. Eher umgekehrt. Wenn du findest, dass es gut formuliert ist, dann werde ich es morgen in meinen nächsten Beitrag reinkopieren ;-)

Etwas wohlig Warmes durchströmte mich. Er hatte recht mit dem, was er über Aufmerksamkeit schrieb. Aufmerksamkeit ist eine Währung und er, Habakuk, bezahlte mich gerade ziemlich gut. Beziehungsweise *beschenkte* er mich. So sagt man doch, oder? *Aufmerksamkeit schenken*. Und nicht nur das. Er schenkte mir ein Gefühl von Resonanz. Von Wirksamkeit. Ich hatte Einfluss auf das, was er schrieb. Ein Influencer hinter dem Influencer. Geil.

Ich fragte ihn:

Hasst du sie eigentlich? Kalliope?

Darauf bekam ich lange keine Antwort.

■

13.04 Uhr

Es tut gut, die angespannte Atmosphäre rund um den Bahnhof hinter mir zu lassen. In der Innenstadt geht es ziemlich bunt zu. Business People bevölkern die Cafés und Restaurants, Bänke und Ränder von Brunnen, haben ihre Krawatten gelockert oder die hochhackigen Schuhe abgestreift, man plaudert oder blinzelt einfach in die Sonne. Ihre Arbeit steht still, aber sie wollen anscheinend nicht nach Hause gehen. Vielleicht ist der Spuk ja in ein, zwei Stunden schon wieder vorbei. Eine Sportsbar lockt mit den Worten: *Happy hour, solange wir offline sind!* Der Satz steht mit Kreide auf einer Tafel neben der Tür, durch die Fenster sieht man drinnen große tote Flachbildschirme an den Wänden und davor stehen Leute mit Cocktails in den Händen. Offenbar fördert der Kollaps des Internets die Geselligkeit. Jedenfalls *zum jetzigen Zeitpunkt.* Vor einem Brauhaus werden sogar Karnevalslieder gesungen. Den Rheinländern wird ja nachgesagt, dass sie jede Situation von der heiteren Seite nehmen. Mir fällt aber auf, dass bereits einige Läden geschlossen und verrammelt sind. Vor einem Juweliergeschäft stehen zwei Wachleute mit verschränkten Armen und gucken böse in der Gegend herum. An der nächsten Ecke schlägt ein Mann auf einen Geldautomaten ein. Niemand versucht ihn anzusprechen und zu beruhigen, alle machen einen großen Bogen um ihn. Ich auch.

Von Weitem höre ich eine krächzende Stimme. An der Kreuzung dort drüben stößt jemand irgendwelche Drohungen und Verwünschungen aus. Ich erkenne einen älteren Typen mit ungekämmten weißen Haaren, er steht auf einer umgedrehten Bierkiste wie auf einem Podium und ruft: »Das ist das Ende! Kehrt um und tut Buße!«

Die meisten Leute gehen achtlos vorüber, manche grinsen.

Zwei Jugendliche filmen das Schauspiel mit ihren Handys. Wenn irgendwann YouTube zurück ist, wird das sicher ein Hit. Sie drehen sich um, halten ihre Handys hoch und machen Selfies mit diesem lächerlichen Propheten im Hintergrund, dann gehen sie weiter.

»Erwartet das Ende!«, ruft der ihnen nach.

Ich gehe an ihm vorüber, halte plötzlich inne und wende mich langsam zu ihm um. Von wegen Prophet ... das wird doch nicht ...? Ich gehe ein paar Schritte zurück in seine Richtung und verharre. Er sieht mich scharf an und schleudert mir entgegen: »Das erste Siegel ist geöffnet! Die Apokalypse hat begonnen.«

Klingt nach Bibel. Wie bei Habakuk. Jetzt bleiben weitere Leute stehen. Vielleicht nicht seinet-, sondern meinetwegen. Wenn ich schon hier stehe und so gebannt lausche, denken sie vermutlich, dann passiert hier vielleicht was Interessantes. Und je mehr stehen bleiben, desto spannender wirkt das Ganze. Genau wie die Sache mit den gekauften Followern, es funktioniert auch analog. Oder hat schon immer so funktioniert. Rasch hat sich eine kleine Menschentraube gebildet, wieder machen einige Leute Fotos. Fürs Erinnerungsalbum an damals, an diesen einen verrückten Tag, an dem wir kein Internet hatten. So werden wir wahrscheinlich später mal sagen. Wisst ihr noch? Ein paar Stunden lang waren wir offline und alle haben voll am Rad gedreht.

»Kehrt um und tut Buße!«, lamentiert der Kerl. »Erwartet das Ende!«

Sein Repertoire ist anscheinend recht limitiert. Niemals würde Habakuk so bescheuert herumzetern. Nein, echt nicht. Das ist er auf gar keinen Fall. Außerdem bin ich mir sicher (keine Ahnung warum), dass er eher in meinem Alter sein muss, irgendwas zwischen zwanzig und dreißig. Kann ja sein, dass dieser Typ hier auch ohne Internet-Zusammenbruch jeden Tag an irgendeiner Kreuzung steht und den Weltuntergang predigt – ein psychotischer Obdachloser oder so. Die Fußgängerzonen solcher Großstädte sind doch voll von verschrobenen Gestalten. Sie fallen einem nur meistens nicht so auf, weil man von einem Termin zum anderen rennt oder auf seine Shoppingtour fokussiert ist. Oder eh die ganze Zeit auf sein Handy glotzt. So wie ich jetzt gerade wieder. Auch psychotisch irgendwie.

Ich löse mich aus der Gruppe der Umstehenden und lasse den verstrahlten Schreihals mit seinem Publikum zurück, frage mich weiter durch. Raus aus der Fußgängerzone, über eine große Kreuzung, die von Autos restlos verstopft ist. Erst jetzt fällt mir auf, dass alle Ampeln ausgefallen sind. Anscheinend werden die auch übers Internet gesteuert. Zwei einsame Polizisten versuchen, den Knoten zu entwirren und den Verkehr zu regeln, doch nichts bewegt sich vor- oder rückwärts. Offenbar wollen doch sehr viele Menschen nach Hause, die meisten sind sicher Pendler. Da werden sie Geduld brauchen. Ich schlängle mich durch die Blechlawine hindurch und laufe weiter. Vorbei an Straßenbahnhaltestellen mit blinden Anzeigetafeln, an denen unverdrossen ein paar ältere Menschen stehen und fast trotzig die leeren Gleise hinauf und hinab schauen. Laufe vorbei an einem Supermarkt, vor dessen Tür sich bereits eine Schlange gebildet hat, weil nicht alle gleichzeitig mit ihren Einkaufswagen in den Laden hineinpassen. Vorbei an einer Schule, vor deren Tor besorgte Eltern stehen, die sich überzeugen wollen, ob es ihren Kindern gut geht. Keine Ahnung, was sie eigentlich befürchten. Vielleicht haben sie bloß Sorge, dass sie ohne Handynetz einfach nicht mitkriegen würden, *falls* irgendwas passiert.

Und endlich erreiche ich diesen Barbarossaplatz. Lange bevor ich ihn sehen kann, höre ich ihn. Als hätten sich hunderte Autofahrer verschworen, so lange und so infernalisch auf ihre Hupen zu drücken, bis das Internet zurückkommt. Ich betrete eine Apokalypse aus Hass und Höllenlärm.

■

Habakuk schrieb mir lange nicht. Als müsse er erst in Ruhe über meine letzte Frage nachdenken. Dafür bekam ich etliche Mails mit Absagen. Schon wieder. Diesmal kamen sie aus Berlin, direkt aus dem Bundestag. Ich hatte mich in den Büros verschiedener Abgeordneter um einen Praktikumsplatz beworben. Natürlich viel zu spät. Es war schon Mai, das Semester endete im Juni. Leider, leider derzeit keine Stellen vorhanden beziehungsweise schon besetzt, viel Erfolg für Ihre Bemühungen, bla, bla, schönes Leben noch. Die Absagen hätten von Bots verfasst sein können oder von einem Crowdie wie mir. Oder sie stammten von denjenigen Praktikanten, die einfach schneller gewesen waren als ich und nun schon eine Stelle hatten.

Eigentlich gab es für mich keinerlei Verpflichtung, irgendein Praktikum zu absolvieren, aber ich wollte unbedingt eines machen. Ich brauchte Praxiserfahrung, ich brauchte mal andere Leute um mich herum, einen Tapetenwechsel, wollte wenigstens für eine Weile aus dieser Bude hier rauskommen. Und ein Bett irgendwo in Berlin würde sich für kleines Geld ergattern lassen, musste ja nichts Tolles sein. Aber in Berlin wollten sie mich wohl nicht. Jedenfalls nicht im Bundestag. Mir war natürlich klar, dass es für einen Politikstudenten tausende möglicher Praktika gab. So unklar das Jobprofil eines Politologen ist, so vielfältig wären die Einsatzfelder. Und in Berlin gibt es so viele Stiftungen und Organisationen, die einen wie mich doch sicher brauchen könnten, von mir aus auch Lobbyisten. Nur reizte mich das nicht. Ich wollte nicht im Hintergrund für einen Club arbeiten, der seinerseits im Hintergrund bleibt. Ich wollte im Hintergrund für einen richtigen, gewählten Politiker arbeiten. Hinter der Bühne von jemandem, der selber richtig im Rampenlicht steht.

Ich weiß gar nicht mehr genau, wie ich auf Solveig Sander kam. Vielleicht durch einen gesponserten Link auf Facebook oder durch eine Empfehlung des unergründlichen Algorithmus von YouTube im Anschluss an irgendein anderes Video – jedenfalls wurde ich auf sie aufmerksam. Sie saß zwar nur im Landtag von Nordrhein-Westfalen und nicht im Bundestag, und sie schien in ihrer Fraktion auch nicht gerade die große Nummer zu sein. Doch sie polarisierte mit manchen ihrer Positionen. Etwa der Forderung, das Internet müsse langfristig verstaatlicht werden. Das hielt ich für Blödsinn, aber mir fiel auf, dass sie – oder ihr Redenschreiber – offenbar ein Fan von Habakuk war. Darum baute ich einen Nebensatz in meine Bewerbungsmail ein, der mich interessant wirken lassen sollte: *... so inspiriert mich auch der Austausch mit Netzaktivisten wie zum Beispiel dem Blogger Habakuk.*

Ich wollte doch eigentlich nicht damit rumposen, dass ich Kontakt zu ihm hatte. Klar. Aber ich konnte der Versuchung nicht widerstehen. Ich hängte meinen Lebenslauf an die Mail an und schickte sie ab. Keine Stunde später kam der Anruf und am übernächsten Tag fuhr ich zum Vorstellungsgespräch nach Düsseldorf.

Dort passierte ich die Sicherheitsschleuse und bekam einen Besucherausweis, den ich mir schick an die Knopfleiste meines Hemds heftete. Das Hemd hatte ich mir extra noch schnell gekauft, dazu trug ich Jeans und Sakko und hatte damit offenbar den Dresscode für Herren unter fünfunddreißig getroffen, wenn ich mir so ansah, wer da durchs Foyer und die breite, geschwungene Treppe hinauf- und hinunterlief. Die jungen Frauen trugen ganz überwiegend Röcke und Stiefel und die Haare als Dutt. Natürlich gab es da auch Männer im Anzug, Frauen im Businesskostüm, einige waren vielleicht sogar Abgeordnete, aber mich interessierten nur die Jüngeren, das Heer der Praktikanten, wissenschaftlichen Mitarbeiter, Assistenten – Leute, die den Politikbetrieb am Laufen hielten. Während ich an der Bar im Foyer wartete, dachte ich an Habakuk. Ich hatte zwar keine Vorstellung von seinem Gesicht, aber ich war mir unwillkürlich sicher, dass er mir einen verächtlichen Blick schenken würde, wenn er mich hier sähe. An deiner Stelle würde ich nicht drauf setzen, als kleines Rädchen im Getriebe was zu verändern, sondern lieber versuchen, das große Rad zu drehen. Solche Formulierungen liebte er. Aber er war ja nicht ich.

»Herr Karim?« Ein etwa Vierzigjähriger in Jeans, Hemd und Sakko streckte mir die Hand hin. »Berkant Yilmaz. Wir hatten vorgestern telefoniert.«

»Richtig. Hallo.« Ich schüttelte seine Hand und wusste weiter nichts zu sagen. Berkant Yilmaz war der Referent der Abgeordneten Sander. Schrieb er auch ihre Reden?

»Wir gehen nach oben ins Büro«, sagte er und lächelte. »Nehmen Sie den Kaffee ruhig mit.«

Ich folgte ihm die Treppe hoch und durch lange Gänge, bevor wir einen relativ kleinen Raum betraten, in dem zwei Schreibtische einander gegenüberstanden. An der Wand gab es noch eine Art Katzentisch.

»Das könnte Ihr Arbeitsplatz sein«, sagte er und wies lächelnd auf den Stuhl davor. »Bitte.«

Ich hockte mich hin und drehte mich zu ihm, er setzte sich hinter seinen Schreibtisch und klickte in seinem Computer herum, sicher rief er meine Bewerbung auf den Bildschirm. Verrückterweise wurde mir erst in diesem Augenblick bewusst, dass ich nie zuvor im Leben irgendein Bewerbungsgespräch geführt hatte.

»Sie sind also ein Fan von Habakuk.«

Das sollte wohl die Gesprächseröffnung sein. Netter Zug von diesem Yilmaz, dass er erst mal ein bisschen Smalltalk anfing, bevor er mich nach meinen Fähigkeiten, meiner Motivation und all dem Zeug fragte.

Also plauderten wir ein bisschen über den Blog und das große Rätsel, wer denn eigentlich dahinterstecken mochte, bis er unvermittelt das Thema wechselte: »Erzählen Sie mir von Ihrem Job bei CAP.«

Das brachte mich aus dem Konzept.

»Na ja, ich ... klicke.«

»Sie klicken.« Er legte den Kopf schräg.

»Ich ... ja, ich mach eben so Zeugs für ...« Idiot! Kannst du keinen einzigen vollständigen Satz rauskriegen? »Es ist halt Crowdworking, da weiß man oft gar nicht ... aber ich bin inzwischen ganz schön schnell.«

Immerhin dieser Textbaustein passte doch in ein Vorstellungsgespräch, oder?

Er zog die Augenbrauen hoch, warf einen kurzen Blick auf den Bildschirm, sah mich wieder an und fragte: »Kennen Sie irgendjemanden bei CAP persönlich? Also, ich meine nicht andere Clickworker, sondern jemanden aus der Firma? Hatten Sie da schon mal Kontakt?«

»Nein ... warum?«

»Ach, nur so interessehalber. Ist nicht wichtig.«

Er sah wieder auf seinen Bildschirm und ich spürte sofort, dass es ganz im Gegenteil wirklich wichtig sein musste. Und dass meine Antwort ihn nicht froh machte.

»Okay … also Ruhr-Uni«, murmelte er, »da hab ich auch mal studiert. Bochum ist mehr fancy, als man so denkt, hm?«

Ich wollte nicken, doch ich konnte mich nicht dagegen wehren zu überlegen, ob es, rein grammatisch, tatsächlich eine Steigerung für das Wort *fancy* gibt. Und warum ich es so dermaßen bescheuert finde, wenn Leute seines Alters überhaupt solche Wörter benutzen. Er seinerseits fragte sich sicher, warum er die Stelle in meinem Anschreiben überlesen hatte, wo ich schrieb, dass ich Autist sei. Wenn ich jetzt nicht endlich mal was Vernünftiges sagte, würde das hier in einem vollständigen Desaster enden.

»Also, wie ich ja schon geschrieben habe«, setzte ich wieder an, »halte ich die Agenda von Frau Sander für absolut zukunftsweisend, und es wäre mein Ziel, an diesen Themen mitzuarbeiten. Vor allem hinsichtlich einer konsequenten Demokratisierung des Internets …« Na bitte, geht doch. Ich musste mir einfach nur vorstellen, ich würde gar nicht sprechen, sondern schreiben, und schon kamen geschliffene Sätze aus meinem Mund. Doch sein hohles Lachen unterbrach mich.

»Demokratisierung«, wiederholte er. »Ich halte den Begriff inzwischen für nicht mehr so zielführend.«

Verdammt!

Ich widersprach: »Aber auf YouTube gibt es eine Rede von Frau Sander, da hat sie …«

»Schon gut«, unterbrach er mich, »ich kenne die Rede, ich habe sie schließlich geschrieben. Aber haben Sie zufällig auch den Blogbeitrag von Habakuk gelesen, der sich auf diese Rede bezog?«

»Ich weiß das jetzt nicht direkt, kann sein … keine Ahnung.«

»Da schrieb er, dass das Wort *Demokratisierung* heute eigentlich nur noch benutzt wird, wenn man irgendwelche arabischen

Länder bombardiert. Sie wollen doch das Internet nicht etwa bombardieren, Herr Karim?«

Gegen meinen Willen musste ich grinsen. Das war typisch Habakuk. Auch Yilmaz lachte kurz, dann fragte er mich unvermittelt: »Wie haben Sie das angestellt? Mit Habakuk?«

»Bitte?«

»Na, Sie schreiben hier in Ihrer Bewerbung, Sie stünden im Austausch mit ihm. Ich habe vergeblich versucht, Kontakt zu ihm aufzunehmen. Wie viele andere auch. Ohne Antwort. Ich kenne niemanden, dem es gelungen ist.«

»Ich habe halt seine Mail-Adresse.«

Dieser lapidare Satz war mir einfach rausgerutscht. Ein bisschen frech für ein Vorstellungsgespräch, aber plötzlich war meine ganze Unsicherheit fort. Ich spürte, dass ich etwas hatte, was er wollte. Keinen blassen Schimmer warum, aber es war so.

»Sie möchten es nicht erzählen?«

Ich lächelte bloß.

Er sah mich eine Weile an und ich hielt seinem Blick stand. Ich war unerklärlicherweise absolut cool, ich hätte für Stunden so sitzen können.

Schließlich sagte er: »Okay, Herr Karim, wir freuen uns, wenn Sie ab Juli für vier Wochen unser Team verstärken.«

Das war alles. Er stand auf. Verrückt.

Es hätte mich echt stutzig machen sollen.

■

13.40 Uhr

Dieser Barbarossaplatz ist gar kein Platz, wie ich dachte, also kein Ort mit Bäumen und Brunnen und Bänken, sondern bloß ein verwirrender Knoten aus etlichen einander kreuzenden Straßen und Stadtbahnlinien, in dem sich hunderte Autos rettungslos verknäult haben. Hier versucht die Polizei gar nicht mehr, irgendwas zu regeln, sondern bloß die Lage unter Kontrolle zu halten. Beamte gehen von Wagen zu Wagen, um die aggressiven Insassen zu beruhigen, zwei Polizisten stehen vor einem großen Sparkassengebäude und winken die Leute fort, die wohl nachsehen wollten, ob man nicht doch noch Bargeld abheben kann. Andere fügen sich in ihr Schicksal, etwa zwei Frauen, die auf der Motorhaube ihres Wagens sitzen und Döner essen, andere Fahrer haben ihre Sitze in Liegeposition heruntergefahren und lesen Zeitung. Wobei die Zeitung eigentlich keinen Informationswert mehr hat, denn die Welt, von der die Blätter berichten, die gibt es inzwischen nicht mehr. Jedenfalls *zum jetzigen Zeitpunkt.* Vor einem Imbissladen hat sich wieder mal eine Menschentraube um ein Radio herum gebildet. Ich bin eigentlich neugierig, ob es aktuelle Entwicklungen gibt, aber vor allem bin ich inzwischen spät dran. Wieder und wieder sehe ich auf mein Handy – nicht nur in der Hoffnung, es könnte plötzlich wieder ein Netz finden (tut es nicht), sondern vor allem wegen der Uhrzeit. Mit vielen anderen Fußgängern schiebe ich mich im Slalom um die Autos herum bis zur anderen Seite des Platzes, wo die Luxemburger Straße beginnt. Die ist allerdings sehr viel länger, als ich dachte. Ich folge der Autokolonne, die sich im Schneckentempo stadtauswärts bewegt. Zu Fuß bin ich schneller als sie. Leider weiß ich die Hausnummer des Kinos nicht und kann natürlich auch nirgendwo nachsehen. Ich erinnere mich daran, als ich ein kleines Kind war – da gab es in Telefonzellen noch Telefonbücher. Megadicke Wälzer, die an einer Stange verankert nach unten hingen. Man konnte sie nach oben drehen und dann wie ein normales Buch aufschlagen, um Nummern und Adressen zu suchen. Das gibt es heute nicht mehr. Zumindest habe ich geschnallt, dass ich die Luxemburger Straße von Anfang an hinunterlaufe. Damit ist immerhin ausgeschlossen, dass ich in die falsche Richtung gehe. Doch als ich eine Frau nach dem Kino frage, streckt sie nur den Arm so weit aus, als wollte sie zum Horizont zeigen.

»Das ist noch richtig weit«, sagt sie.

»Okay, danke.«

Ein Blick auf die Uhr, dann verfalle ich in einen leichten Trab. Wird er auf mich warten? Wenn ja, wie lange? Kommt er überhaupt? Lebt er in Köln und kann mit dem Fahrrad zum Kino fahren? Vielleicht wohnt er selbst auch nicht hier und sitzt in diesem Augenblick in einem von diesen Autos fest? Oder in einem Zug auf freier Strecke? Ich renne schneller. Die Straße scheint wirklich bis zum Horizont zu gehen. Leute schauen mir nach. Gucken, wo ich wohl hinlaufe. Oder wovor ich weglaufe. Als hätten sie noch nie gesehen, dass jemand einen Bürgersteig entlangsprintet. In so einer Ausnahmesituation ist das Gehirn wohl darauf gepolt, jede noch so kleine Veränderung der Umgebung sofort skeptisch zu registrieren. Instinkte. Hunderttausend Jahre alt. Werden auch das Internetzeitalter überleben. Meine Beine brennen, meine Lunge kocht, ich verfalle wieder in einen Trab, bleibe stehen, atme tief durch, wische mir den Schweiß von der Stirn. Gehe weiter. Meine Zunge klebt am Gaumen. Ob ich mir rasch eine Flasche Wasser kaufe? Nein. Keine Zeit. Und kein Geld. Grotesk! Erst jetzt wird mir das richtig bewusst. Ich habe dreizehn Euro, und die sind, solange man nirgends mit Karte bezahlen kann, mein ganzes Vermögen in diesem Augenblick. Ich kann kein Bargeld abheben, kein Bahnticket kaufen, in keinem Hotel einchecken; ich kenne überhaupt niemanden in dieser Stadt oder in der ganzen Region, bei dem ich auf dem Sofa pennen könnte, nicht mal Freunde von Freunden von Freunden. Ich werde zu Fuß nach Bochum zurücklaufen müssen, oder wenigstens nach Düsseldorf, da kenne ich ja inzwischen ein paar Menschen durch das Praktikum. Aber natürlich habe ich weder ihre Adressen noch ihre Festnetznummern, nein, ich muss nach Hause zu meiner Studenten-WG laufen, das kann ein oder zwei Tage dauern, keine Ahnung, und so lange muss ich mit dreizehn Euro auskommen, unfassbar. Ich könnte natürlich versuchen, per Anhalter zu fahren, aber wenn ich mich hier so umsehe, würde das noch länger dauern.

Und dann gibt es da noch Manfred. Manfred, der mir den Chip anvertraut hat. Den Chip und die kryptische Ankündigung von all dem, was gerade hier geschieht. Er weiß irgendwas – etwas, von dem ich mir nicht mal vorstellen kann, was es sein soll. Und er hat eine Art Einladung ausgesprochen. *Falls du mal abhauen musst – du oder auch dieser Habakuk – ich habe immer ein sicheres Plätzchen für Outlaws frei.*

Ich habe ihn wirklich für einen Spinner gehalten. Doch in der Welt von heute sind die Spinner von gestern womöglich die einzig normalen Leute. Vielleicht sollte ich lieber ihn suchen und nicht Habakuk. Ich müsste ihn finden und zur Rede stellen. Ihn fragen, was er mit der ganze Sache zu tun hat. Müsste ihn packen und schütteln und anschreien, dass er gefälligst das Netz wieder heile machen soll. Denn wenn er schon wusste, dass es kaputtgehen könnte, dann weiß er doch sicher auch, wie man es repariert.

Unsinn.

Das Date mit Habakuk ist inmitten dieser verrückten Welt das einzig Reale, was mir bleibt. Darum weiter, bloß weiter, nur bis vierzehn Uhr zum Kino kommen, vielleicht ist er wirklich da, Habakuk, vielleicht wird dann eh alles anders, wenn wir uns treffen, wenn wir zusammen weiterziehen, er und ich, wir wären doch bestimmt ein gutes Team.

Ich nähere mich einem großen Gebäudekomplex und sehe Blaulicht, sehr viel Blaulicht, ich entdecke die Schilder: *Landgericht. Amtsgericht. Arbeitsagentur.* Davor eine Polizeikette und davor wiederum eine Menschenmenge. Was wollen die? Warum zur Hölle wollen die ausgerechnet jetzt zum Jobcenter? Keine Ahnung, muss ich auch nicht verstehen, genauso wenig wie die Helikopter-Eltern vorhin an dieser Schule oder wie die Wut all dieser Autofahrer – als hätten die noch nie im Stau gestanden, als gäbe es irgendwas Wichtiges zu verpassen, ausgerechnet jetzt, wo sowieso das ganze Land stillsteht, ja die ganze Welt. Instinkte halt.

Ich laufe weiter, über eine große Kreuzung hinweg, sehe wieder aufs Handy, noch zwei Minuten, ich beginne wieder zu rennen. Und wäre um ein Haar an dem Kino vorbeigerannt, denn es liegt auf der anderen Seite der mehrspurigen Straße. Völlig unscheinbar zwischen einem Fitnesscenter und einer Bank, die Türen sind geschlossen und alles dunkel hinter den Scheiben. Nach Luft ringend mache ich kehrt, schiebe mich durch die Autoreihen, stolpere über den grünen Mittelstreifen, die verwaisten Straßenbahngleise und die beiden kaum befahrenen Straßenspuren, die stadteinwärts führen; schleppe mich zum Eingang des kleinen Kinos und starre auf den in seiner Lakonie geradezu unverfrorenen Zettel, den jemand mit Tesafilm von innen an die Scheibe geklebt hat: *Geschlossen.*

Trotzdem ziehe, reiße, rüttle, randaliere ich an den Griffen und meine Faust hämmert gegen das Glas, noch bevor ich merke, was ich da tue. Plötzlich verstehe ich die ganze Wut der anderen. Geschlossen! Bullshit! Nicht mal warum, nicht mal wie lange, keine einzige bekackte Information, nichts, es gibt einfach keine Informationen mehr, keine gottverdammten Daten, kein *Okay, Google, zeig mir dies und sag mir jenes,* kein verficktes *Alexa, spiel Musik, bestell Klopapier, sag mir, wer ich eigentlich bin!*

Die Hand tut mir weh. Ich beruhige mich und schaue mich um. Nicht weit von mir steht eine große, etwas stämmige Frau ungefähr in meinem Alter. Sie hat offenbar meinen Wutausbruch beobachtet, doch jetzt, da ich mich zu ihr herumdrehe, wendet sie sich ab. Dabei wirft sie eine lange schwarze Locke aus ihrer Stirn nach hinten, als wolle sie damit eine lästige Fliege verscheuchen, beziehungsweise mich. Dann sehe ich, wie sie sich eine Zigarette anzündet. Fast beneide ich sie darum, denn sie hat etwas, um sich die Zeit zu vertreiben, und sie weiß, was sie mit ihren Fingern anstellen soll, während ich … What the fuck! Diese schwarzen Locken und die Zigarette – spinne ich? Ganz langsam gehe ich von hinten auf sie zu, bis sie sich abrupt wieder zu mir umwendet. Nee, oder?

3

Nein, ich hasse sie nicht.

Als Habakuk mir das schrieb, hatte ich schon beinahe vergessen, auf wen sich diese Frage überhaupt bezog. Er schrieb:

Es gäbe sehr gute Gründe für mich, sie zu hassen, aber ich fürchte, ich kann gar nicht hassen. Niemanden.

Das klingt, als würdest du das bedauern.

Hass macht vieles einfacher. Glaube ich zumindest.

Cooler Text übrigens, was du zum Thema Demokratisierung geschrieben hast. Ist schon älter, ich weiß, hab ich aber erst neulich gelesen. Frage: Was wäre denn ein besserer Ausdruck? Also was würdest du sagen anstelle von »Demokratisierung«?

»Fair«, würde ich sagen. Fairness ist noch mehr als Demokratie. Demokratie kann auch unfair sein, wenn immer nur die Mehrheit entscheidet und auf die Minderheiten keine Rücksicht genommen wird. Ein faires Netz, das wäre ein Anfang.

Und was genau wäre »fair«?

Stell dir vor, ein Netzwerk wie Facebook würde seine internen Standards und Regeln offenlegen und zur Abstimmung stellen. Jeder User auf der Welt könnte Vorschläge einbringen, Voten abgeben, es würde ein echtes Grundgesetz entstehen, an dem alle mitwirken können. Stell dir vor, man würde Amazon in eine Genossenschaft umwandeln und wir wären nicht mehr Kunden, sondern Mitglieder, wir könnten Einfluss nehmen auf die Arbeitsbedingungen der Mitarbeiter, auf die Produktionsbedingungen der Waren. Und so weiter. Bevor du jetzt sagst, »Genossenschaft« klingt voll vintage – ja, es war vielleicht alles schon mal da. Die Lösung der »sozialen Frage« im zwanzigsten Jahrhundert. Wir kriegen bloß den Arsch nicht hoch, diese Lösungen aufs Internet anzuwenden. Okay, es gibt einzelne Leute, die zum Beispiel über eine Verstaatlichung des Internets nachdenken. Aber da ist niemand mit Einfluss. Alle werkeln bloß an den Symptomen rum, keiner ist fähig oder willens, mal das ganz große Rad zu drehen. Wir suchen den Fehler im System, aber das System IST der Fehler.

War Solveig Sander auch nur jemand ohne Einfluss, der an den Symptomen rumwerkelt? Vielleicht für Habakuk, dem konnten die Visionen nicht groß genug gedacht sein. Für mich hingegen war sie die erste Prominente, die ich jemals traf. Was ich damit meine – zum ersten Mal begegnete ich einer Person live und real, die ich zuvor lediglich aus Videos, von Websites und aus der Zeitung kannte. Ich hatte auf dem YouTube-Channel ihrer Partei und der Website des Landtages Interviews, Pressekonferenzen und Reden von ihr angeschaut und wunderte mich an meinem ersten Praktikumstag beinahe darüber, dass sie beim Kaffee in ihrem Büro ganz normal plauderte. Der Kaffee war natürlich fair gehandelt wie die Kekse, die es bei Meetings gab, selbst das Mineralwasser, und Loresa musste ständig irgendwelche Bahnreisen für sie buchen, weil Solveig so gut wie nie mit dem Auto fuhr. Öko und fair, voll gegendert und netzkritisch ging es zu, aber das hatte nichts Verkrampftes, wie ich erst dachte, sondern die Atmosphäre im Büro war meistens extrem locker. Loresa Pohl ist übrigens neben Berkant Yilmaz die einzige weitere Person des kleinen Teams. Sie ist höchstens ein oder zwei Jahre älter als ich, und ich verliebte mich sofort in ihren knallroten Mund. Leider hat sie einen Freund. Ich wollte trotzdem ein bisschen mit ihr flirten und sie mit meinen schönen Augen beeindrucken.

Doch als ich an einem Morgen mal nicht mit Kontaktlinsen, sondern mit Brille ins Büro kam, sagte Loresa: »Wow, die steht dir gut. Sehr seriös. Damit kann ich dich gleich viel mehr ernst nehmen.«

Das verwirrte mich komplett.

Übrigens duzen sich alle im Team, auch Solveig bot mir gleich das »Du« an. Loresa ist für alles Organisatorische zuständig, während Berkant die politischen Themen von Solveig bearbeitet. Den *Content,* wie er es nennt. Mein Job war anfangs überwiegend Korrespondenz. Ich beantwortete »Bürgeranfragen« – manchmal noch ganz klassische Briefe auf Papier, aber hauptsächlich E-Mails sowie Kommentare auf Facebook, Twitter und Instagram. Auf dem Büroserver gab es Textdateien mit Antwortbausteinen zu allen möglichen Themen, sodass ich oft nur die Anrede und den Gruß individuell ergänzen musste. Es war ein bisschen wie bei CAP, und da ich mir durchs Clickworking ein hohes Tempo antrainiert hatte, war ich ziemlich effizient darin. Genauso wie im Löschen von Hassbotschaften. Es ist durchaus beeindruckend, auf wie viele verschiedene Arten man eine Politikerin beschimpfen, bedrohen und mit detaillierten Mord- und Vergewaltigungsfantasien überziehen kann.

»Anfangs hab ich auf so was sogar manchmal geantwortet«, sagte Solveig eines Abends zu mir. »Oder ich habe solche Kommentare einfach stehen lassen, damit die Menschen mal sehen, mit was ich mich hier herumschlagen muss. Aber inzwischen wird nur noch gelöscht. Ich will diesen Leuten kein Forum bieten, und das Schlimmste scheint für sie ohnehin zu sein, wenn sie kein bisschen Resonanz auf ihren Hass kriegen.«

Ja, Resonanz. Ich musste an Habakuk denken. Sie offenbar auch, denn unvermittelt sagte sie: »Berkant hat mir übrigens erzählt, dass du diesen mysteriösen Blogger kennst. Habakuk.«

»Ja – nee. Geht so. Wir schreiben uns manchmal.«

Bis jetzt hatte sie im Türrahmen gelehnt, wie zu einem kurzen Plausch. Nun kam sie herein, schloss die Tür und setzte sich auf Berkants Platz. Er selber war bei irgendeinem Meeting, Loresa hatte längst Feierabend, wir waren allein.

Solveig blickte an die Decke, als suche sie nach dem richtigen Einstieg für eine längere Unterredung, doch dann sah sie mich unverwandt an und sagte schlicht: »Ich will mit ihm reden. Kannst du mich mit ihm zusammenbringen?«

Ich zuckte fast zusammen. Als wir Kinder waren, hatten meine Eltern mir beigebracht, dass man das nicht sagt: *Ich will.* Sondern dass man sagt: Ich hätte gerne bitte dies und jenes. Oder: Könnte ich vielleicht, eventuell, wenn es keine Umstände macht … Quatsch. Hier saß eine Frau, die wusste, was sie wollte, und die das einfach aussprach. Darum ist sie auch Politikerin und ich bin Clickworker. Sie ist jünger als Berkant, achtunddreißig, um genau zu sein (ihr Geburtsdatum steht ja in der Wikipedia und auf der Landtags-Website), aber da sie die sehnige Erscheinung einer Marathonläuferin hat (sie läuft tatsächlich

Marathon; steht auch bei Wikipedia), wirkt ihr Gesicht unter den kurzen hellen Haaren ein wenig älter und strenger. Sie hat seit ihrer Jugend eine eisenharte Parteikarriere durchgezogen, ist mit zäher Ausdauer Schritt für Schritt die Leiter hinaufgestiegen und fast wie nebenbei Mutter geworden (hauptsächlich kümmert sich ihr Mann um die beiden siebenjährigen Zwillingsmädchen), sie hat sich Respekt, Anerkennung und einen guten Listenplatz erkämpft. Sie sah mich an, auf diese schnörkellose Art, es war eine ganz einfache, klare Ja-oder-Nein-Frage, und sie würde über meine Antwort nicht diskutieren, sie würde ein Nein fraglos akzeptieren und in diesem Falle auch niemals wieder darauf zurückkommen. Und genau davor fürchtete ich mich plötzlich.

»Ja … theoretisch.« Ich räusperte mich. »Darf ich denn fragen, um was es geht?«

»Um einen Leak. Ich habe vor einigen Wochen auf einer Tagung eine Person kennengelernt, die für eine große Internetfirma arbeitet. Eine Firma, die gigantische Mengen an Metadaten sammelt. Laut dieser Person verkauft die fragliche Firma ihr Datenmaterial an eine ausländische Stiftung, die ein Interesse daran hat, in Deutschland die öffentliche Meinung zu beeinflussen bis hin zu Wahlen.«

»Es geht um Wahlmanipulation?«

»Na, nicht im Sinne von Wahlfälschung«, sagte sie. »Die haben nicht vor, Wahlcomputer zu hacken oder so was. Aber sie wollen ganz gezielt die Menschen beeinflussen – das kann man durchaus Manipulation nennen. Wenn das auffliegt, könnte es einen richtigen Skandal geben. Die Firma ist zwar kein Silicon-Valley-Gigant wie Facebook, aber zumindest für deutsche Verhältnisse würde es ein ordentliches Erdbeben auslösen. Und dieser Mitarbeiter traut sich nicht, das selbst durchzuziehen. Darum hat er sein Material mir angeboten. Und ich würde es gern gemeinsam mit Habakuk veröffentlichen.«

Ein Erdbeben. Also mich jedenfalls erschütterte es jetzt schon. Denn plötzlich fiel mir eine Sequenz aus meinem Bewerbungsgespräch mit Berkant wieder ein.

»Lass mich raten«, sagte ich. »Die Firma ist CAP. Crowd and Power.«

»Korrekt.«

Ich griff nach der Wasserflasche auf meinem kleinen Katzenschreibtisch und nahm einen großen Schluck.

»Meine Bewerbung kam euch wohl wie gerufen.«

»Du bist ein Sechser im Lotto«, lächelte Solveig.

So was hatte noch nie jemand zu mir gesagt. Für meine Eltern zum Beispiel war ich eher eine Art Schuldschein. Na, nee, das ist ungerecht. Natürlich lieben sie mich. Weil ich eben ihr Kind bin. Aber auch nur deswegen. Nicht für irgendetwas, das ich kann oder tue. Sechser im Lotto fühlte sich hammermäßig gut an. Doch etwas verstand ich nicht.

»Warum ausgerechnet Habakuk?«, fragte ich.

»Er hat eine hohe Reichweite«, antwortete sie. »Und ich mag seinen Blog, die Art, wie er schreibt.«

»Es gibt Blogger mit hundertmal mehr Reichweite«, wandte ich ein. »Und genauso gut könntest du das Material an Wikileaks weitergeben, damit die es veröffentlichen.«

»Die haben genug eigene Skandale um die Ohren«, winkte sie ab. »Außerdem würde das zu viel Aufmerksamkeit auf Wikileaks selber lenken.« Sie beugte sich vor und erklärte: »Ich stelle mir das so vor. Wir sprechen mit Habakuk, und wenn er mitmacht, kann er das ganze Material auf seinem Blog zum Download einstellen. Und ich mache dann dazu etwa zeitgleich eine Pressekonferenz.«

»Aber warum … Ach so.«

Mann, war ich langsam! Erst jetzt schnallte ich es.

»Du willst gerade Habakuk, weil er selber absolut anonym ist«, stellte ich fest. »Du willst jemanden als Partner für die Aktion, der eine hohe Reichweite hat und zugleich nichts von der ganzen Aufmerksamkeit auf sich selber zieht. Damit du die Aufmerksamkeit ganz allein für dich hast.«

»Willkommen in der Politik.« Sie lächelte wieder und erhob sich. »Ich muss los, Termine im Wahlkreis. Und du solltest ruhig mal Feierabend machen, es ist schon nach sieben. Mach dir einen schönen Abend und denk über meine Frage nach.«

■

14.02 Uhr

»Du bist Kalliope Lisitzki!«, rufe ich entgeistert.

»Und wer bist du?«, fragt sie mit dem gelassenen Ton einer Prominenten, die ständig auf der Straße erkannt und angesprochen wird.

»Du bist Kalliope von Insta«, stammle ich. »Das … kann überhaupt nicht sein.«

»Doch«, meint sie lapidar. »Aber ich bin gerade außer Dienst. Also falls du mich um ein Selfie bitten wolltest, muss ich dich enttäuschen. Gibt ja eh gerade kein Netz.«

Sie zieht an ihrer Zigarette.

»Was machst du hier?« Ich starre sie immer noch fassungslos an.

Sie zuckt mit den Schultern, worauf sofort diese eine widerspenstige Locke zurück in ihre Stirn fällt. Jetzt sieht sie wirklich genauso aus wie auf Instagram, nur dass ich sie mir immer viel kleiner vorgestellt habe. Ich bin knapp eins neunzig, und sie ist beinahe ebenso groß.

»Was machst du hier?«, wiederhole ich.

»Das geht dich überhaupt nichts an«, erwidert sie. Es klingt nicht empört, eher unschlüssig.

Was meine Verwirrung noch steigert.

Ich stammle: »Aber du ... solltest überhaupt nicht hier sein.«

»Bitte?«

Klar, sie muss mich für komplett gestört halten. Dafür bleibt sie aber ziemlich cool. Sicher bin ich in ihrem Influencer-Dasein nicht der erste gestörte Typ, von dem sie blöde angelabert wird.

»Ich weiß nicht, ob du es wusstest«, meint sie und bläst eine Rauchwolke aus, »aber das hier ist ein öffentlicher Ort. Hier kann jeder herumlaufen, wie es ihm passt.«

»Das meine ich nicht, sondern ich ... entschuldige.« Ich muss mir noch einmal den Schweiß von der Stirn wischen. »Ich bin hier mit jemandem verabredet.«

»Aber nicht mit mir«, meint sie.

»Genau«, sage ich. »Und das ist gut so.«

»Warum ist das gut?«

»Das ... weil ...« Ich kann keinen einzigen klaren Gedanken mehr fassen.

Was ist, wenn Habakuk im nächsten Augenblick um die Ecke kommt und mich hier mit Kalliope zusammen sieht? Der muss doch denken, ich will ihm eine Falle stellen, ihn pranken oder was weiß ich, wobei ... Fuck, nein. Oder doch? Hat er im Gegenteil *mir* eine Falle gestellt? Will er *mich* pranken? Sind Habakuk und Kalliope in Wahrheit ein Team und der ganze Beef ist nur Inszenierung? Vielleicht steht er jetzt irgendwo und filmt das alles, um … nein, Bullshit, nichts ergibt Sinn, ich mache unwillkürlich einen, zwei, drei taumelnde Schritte rückwärts.

»Bist du okay?«, fragt sie. »Ist dir schlecht?«

Nur entfernt registriere ich, wie irgendwo ein Motor aufheult. Sekunden später jagt ein roter BMW mit irrer Geschwindigkeit die Straße hoch. Da ist wohl jemand endgültig durchgedreht, aus dem Stau ausgebrochen, über den Grünstreifen und die Bahngleise gebrettert.

Jetzt düst der Wagen in Gegenrichtung zurück in die Innenstadt. So ein Vollidiot, denke ich und wende mich ab, da registriere ich aus dem Augenwinkel, wie der Wagen ausbricht und zwar genau in unsere Richtung, er beschleunigt noch einmal und schießt direkt auf uns …

»Weg da, Amir!«, schreit Kalliope, macht einen Satz auf mich zu und packt meinen Arm, zerrt mich weg, sie hat erstaunlich viel Kraft, der BMW knallt über die Bordsteinkante und verfehlt uns nur um Haaresbreite, die Reifen quietschen, das Auto kommt Zentimeter vor der Kinotür zum Stehen.

Da ist die Wut wieder, noch viel stärker als vorhin, ich reiße mich von Kalliope los und will dem Wahnsinnigen am Lenkrad meine ganze Hilflosigkeit ins Gesicht schreien, da leuchtet am Heck des Wagens weißes Licht auf. Eine Millisekunde zu spät kapiere ich: Er hat den Rückwärtsgang eingelegt. Ein schnauzbärtiges Männergesicht, das sich zu uns umwendet. Reifen, die schreiend durchdrehen. Der Gestank von verbranntem Gummi in der Luft. Dann löst der Typ die Handbremse und lässt seinen Wagen wie ein Katapultgeschoss rückwärts auf uns zuschnellen.

Wieder reißt Kalliope an mir, ich komme ins Taumeln und knalle mit der Schulter auf etwas extrem Hartes. Ein Betonkegel, einer von mehreren, sie stehen auf dem Bürgersteig vor dem

Eingang der Bank neben dem Kino. Ich begreife, dass wir hinter den Kegeln in Sicherheit sind, will mich abrollen, schlage dabei mit dem Hinterkopf auf den Boden. Erst im allerletzten Augenblick lenkt der Wagen ein. Die Beifahrertür schrappt unter fiesem Knirschen an einem der Poller entlang, helle Kratzer im roten Lack. Dann verschwindet das weiße Licht, weil er den Vorwärtsgang eingelegt hat, der Motor heult auf und der Wagen schießt zurück auf die Straße. An der nächsten Kreuzung biegt er schlingernd ab und ist so plötzlich verschwunden, wie er aufgetaucht war.

What the ...

»Du blutest«, sagt Kalliope, die neben mir kniet.

Ich fasse an meinen Hinterkopf und spüre, wie es warm und klebrig über meine Finger rinnt, betrachte ratlos meine blutige Hand.

»Der wollte dich umbringen«, flüstert Kalliope. Sie ist leichenblass.

Ich setze mich auf und fasse wieder an meinen Hinterkopf.

»Umbringen ...«, wiederhole ich, »Unsinn, der ist bloß durchgedreht und ...«

Und hat, nachdem er mich verfehlt hat, in den Rückwärtsgang geschaltet, um mich doch noch zu erwischen? Sie hat recht.

»Wir müssen die Polizei anrufen, die müssen den Kerl schnappen, bevor er noch wirklich jemanden totfährt«, sagt sie und hat schon ihr Handy in der Hand, bevor es ihr wieder einfällt. »Was für eine Scheiße«, flucht sie und steckt es weg.

Dann beugt sie sich zu mir. »Dreh mal den Kopf, lass mich mal schauen. Puh, eine ganz schöne Platzwunde. Du musst ins Krankenhaus.«

»Nein, das geht nicht!«, rufe ich und springe auf wie von Sinnen. Das fühlt sich an, als würde mir jemand eine Lanze in den

Hinterkopf rammen und die Rückseite meines linken Augapfels aufspießen.

Einen Moment sehe ich Kalliope nur verschwommen. Sie kniet immer noch auf dem Boden und schaut irritiert zu, wie ich mein Portmonee aus der Hosentasche ziehe und mit zitternden Fingern das Münzfach öffne. Der Chip ist natürlich noch da.

Meine butterweichen Knie geben nach und ich sinke wieder auf den Boden. Auf einmal sind etliche Leute um uns herum. Drüben in der Staulawine stehen mehrere Autotüren offen. Ein Mann drückt mir ein Paket Taschentücher in die Hand, ein anderer sagt: »Das müssen Sie ärztlich versorgen lassen, junger Mann.« Und eine Frau ruft: »Ich habe alles ganz genau gesehen, also falls Sie eine Zeugin brauchen. Der Wagen hatte ein Hamburger Kennzeichen, leider hab ich mir den Rest nicht gemerkt.« Eine zweite Frau ruft: »Dahinten beim Arbeitsamt ist ganz viel Polizei, ich laufe schnell hin und sage dort Bescheid. Das hat ja wie ein Attentat ausgesehen! Ein richtiger Mordanschlag!«

Natürlich! Der Chip!

Oh my god – er wollte mich töten wegen der Daten, die Manfred gestohlen hat! Weil das Internet zusammengebrochen ist. Weil er denkt, dass ich damit etwas zu tun habe. Aber wer zur Hölle soll mir das glauben? Wenn es überhaupt stimmt.

Ich stütze mich auf und stöhne: »Keine Polizei.«

Ich klammere mich an die widersinnige Hoffnung, dass Habakuk doch noch aufkreuzt, und wenn dann Polizisten rumspringen, schreckt ihn das garantiert ab. Ungeschickt fummle ich ein Taschentuch aus der Packung und drücke es gegen meine Wunde

»Gehen Sie ins Krankenhaus«, beharrt einer der Männer. »Ich würde Sie mit meinem Auto hinfahren, aber Sie sehen ja … ich kann hier nicht wenden.«

Die Frau, die sich als Zeugin angeboten hat, kramt in ihrer

Handtasche, beugt sich zu mir hinab und reicht mir eine Visitenkarte.

»Falls Sie doch zur Polizei gehen, was ich Ihnen dringend raten würde, dann geben Sie meinen Namen an«, sagt sie.

»Vielen Dank«, sagt an meiner Stelle Kalliope, nimmt die Visitenkarte und schiebt sie in die Brusttasche von meinem Hemd.

Ich nicke bloß, die Hand mit dem Taschentuch noch immer gegen den Hinterkopf gepresst.

»Kann man sonst noch irgendwas für Sie tun?«, fragt eine andere Frau.

Kalliope schüttelt an meiner Stelle den Kopf. Als wäre sie für mich irgendwie zuständig. Allmählich löst sich der kleine Pulk um uns herum wieder auf und die Leute gehen zurück zu ihren Autos.

Jemand ruft Kalliope zum Abschied zu: »Passen Sie gut auf Ihren Freund auf.«

Freund! Wenn ich könnte, würde ich lachen.

»Attentat«, wiederholt Kalliope. »Das war wirklich ein Anschlag.«

Ich blicke an ihr vorbei und die Straße hinab, als könnte der Wagen im nächsten Moment zurückkommen und es noch einmal versuchen.

»Warum will dich jemand töten?«, fragt sie mich. Ihre Stimme klingt bohrend.

»Ich bin ... oder *war* hier verabredet«, murmle ich. »Eine wichtige Sache, kann ich dir nicht erzählen, du würdest ... warte.«

Irgendwo in meinem mit Schmerz und Verwirrung vollgepumpten Kopf ploppt eine Erkenntnis auf wie ein Pop-up-Fenster. Darin steht nur ein Wort, mein eigener Name. Amir. Ich kneife die Augen zusammen und fixiere sie.

»Woher weißt du, wie ich heiße?«

Sie zuckt nur mit den Schultern.

»Du hast meinen Namen gerufen«, sage ich. »Vorhin, als du mich fortgezogen hast. Ähm – danke übrigens, dass du so schnell reagiert hast. Ich weiß gar nicht, ob ich sonst jetzt hier sitzen würde, wenn du nicht ...«

»Schon gut«, winkt sie ab.

»Aber du hast meinen Namen gerufen«, wiederhole ich. »Du weißt irgendwas über mich und das hat mit Habakuk zu tun, aber du willst es nicht zugeben.«

»Deinen Kopf hat es anscheinend schlimmer erwischt, als ich dachte«, antwortet sie, steht federnd auf und streckt mir eine Hand hin. »Ich bringe dich zum Krankenhaus.«

■

»Es geht um Mikrotargeting«, sagte Solveig. »Du weißt, was das ist?«

Jedenfalls hat es nichts mit Mikrotasking zu tun. Obwohl indirekt ja vielleicht doch? Solveig und ich hatten für diese Besprechung das Landtagsgebäude verlassen und schlenderten am Rhein entlang. Ich sagte: »Mikrotargeting ist eine PR-Kampagne, bei der man verschiedene Zielgruppen sehr individuell anspricht.«

Ich klang wie ein braver Schüler, der seiner Lehrerin zeigen will, was er alles schon weiß.

»Streng genommen gibt es nicht nur *eine* Kampagne«, erwiderte sie, »sondern tausende. Millionen sogar. Im Grunde bekommt jeder User seine eigene, ganz auf ihn zugeschnittene Kampagne serviert.«

»Ja, schon klar«, sagte ich. »Aber wie funktioniert das?«

»Nehmen wir an, wir würden selber so was starten«, begann sie, »und wir hätten genug Daten. Wir wüssten zum Beispiel, nur mal angenommen, dass du zwei Katzen hast, dass du gerne Avocado isst und dass dein Auto mit Diesel fährt. Dann locken wir dich erst mal mit einem tollen Rezept für Guacamole. Und unter dem Rezept platzieren wir den Link zu einem Bericht über das Gerücht, dass die gegnerische Partei ein komplettes Dieselverbot in Erwägung zieht. Was nicht stimmt, aber immerhin halbwegs realistisch klingt. Und dort siehst du einen Link auf einen weiteren Artikel, in dem behauptet wird, die gegnerische Partei würde die Einführung einer Katzensteuer planen. Was natürlich komplett erfunden ist, aber weil du so sauer wegen der Dieselgeschichte bist, passt die Katzensteuer gut in dein Bild von dieser gegnerischen Partei. Du *willst* es glauben, dass diese Fake News stimmen, weil wir dich emotionalisiert haben. Vielleicht teilst du dann den Artikel auf Facebook, und es gibt genug Leute in deinen Kontakten, die das wiederum plausibel finden, weil sie eh alle Politiker für hirnamputiert halten und sich furchtbar gern aufregen, egal über was. Du bekommst Likes und Kommentare und fühlst dich wiederum bestätigt. Und wenn wir dich weiter mit dieser Mischung aus Unterhaltung und Halbwahrheiten, Bullshit und Resonanz mästen, dann kriegst du vielleicht am Wahltag deinen Arsch hoch und gehst ins Wahllokal und machst dein Kreuz da, wo wir es haben möchten.«

»Hm«, machte ich, »ich glaube nicht, dass ich mich von Guacamole und Cat-Content politisch umdrehen lassen würde.«

»Nee, du nicht«, lachte Solveig, »du bist verloren. Trotzdem helfen uns auch deine Metadaten, in deinem Umfeld die richtigen Leute zu finden. Wir setzen auf die, die wackeln. Wir wollen die richtigen Leute motivieren, am Ende wählen zu gehen, und wir demotivieren die anderen so lange, bis sie hoffentlich am Wahltag lieber zu Hause bleiben. Das kann am Ende den Unterschied machen. Bei knappen Entscheidungen geht es ja manchmal nur um ein paar zehntausend Stimmen. Wer da über die richtigen Daten verfügt und sie geschickt zu benutzen weiß, kann das Zünglein an der Waage sein. Mit *uns* und *wir* meine ich natürlich nicht wirklich uns, klar, sondern zum Beispiel diese Stiftung, der CAP ihre gesammelten Daten verkauft. Beziehungsweise im Endeffekt irgendwelche Algorithmen, die mit all diesen Daten gefüttert werden und dann vollautomatisch durch Millionen von Social-Media-Profilen pflügen, um jedem einzelnen User – und nur ihm – seinen jeweils passgenauen Content nahezubringen.«

»Aber CAP ist kein soziales Netzwerk«, wende ich ein. »Ich verstehe nicht ganz, welche interessanten Daten die dort haben.«

»Nun«, meinte Solveig, »du hast als Clickworker doch auch schon mal irgendwelche Kontaktinformationen gesammelt oder irgendwelche Bilder kategorisiert oder Audiodateien und so Zeugs. Dabei entstehen haufenweise Metadaten, die sich kombinieren lassen, gewissermaßen als Abfallprodukt. So geraten Millionen echter Menschen ins Raster, ohne dass sie selber besonders viele Daten von sich preisgegeben hätten. Wusstest du, dass jeder von uns im Durchschnitt eins Komma fünf Gigabyte Daten erzeugt? Jeden einzelnen Tag? Am interessantesten ist immer noch, wer mit wem interagiert. Nicht zuletzt auch ihr selber, ihr Crowdies oder wie ihr euch nennt. Es entstehen Persönlichkeitsprofile über Gruppen von Menschen, über persönliche Einstellungen, Werte, Ideen, denen man dann wiederum andere Menschen zuordnen kann und so weiter.«

Ich runzelte die Stirn. Was Solveig mir da erklärte, verstand ich nicht ganz und gleichzeitig kam es mir vor, als ob auch sie selbst das nicht vollständig durchdrungen hatte, sondern nur etwas referierte, was sie sich mehr oder minder erschlossen hatte. Trotzdem spürte ich beinahe so was wie ein schlechtes Gewissen, als sei ich durchs Clickworken unversehens Teil einer großen, bösartigen Verschwörung geworden.

»Kann man überhaupt jemals online sein, ohne sich ungewollt in so was zu verstricken?«, überlegte ich.

»Das habe ich mich auch schon oft gefragt. Eigentlich müsste man das Internet noch mal ganz von vorne denken. Manche Leute sagen, die Menschheit war vielleicht noch gar nicht bereit für die Digitalisierung, es hat uns einfach überrollt.« Sie schaute einen Moment versonnen in die Ferne. »Man müsste es als einen ersten Versuch abhaken und dann mit allem, was wir heute wissen, noch mal von vorn beginnen.« Sie lächelte in sich hinein, dann schob sie nach: »Aber das geht natürlich nicht.«

Nee, wohl nicht, dachte ich.

Da wussten wir beide ja auch noch nicht, dass das Internet schon bald komplett zusammenbricht …

»Noch mal zurück zu dieser Stiftung, die die Daten kaufen will«, sagte ich. »Was sind das für Leute?«

»Das ist eine russische Organisation. Ich habe die gecheckt mithilfe unserer eigenen Russlandexperten, also aus der Parteizentrale, aber was Genaues kriegt man nicht raus. Es sind alles Strohmänner, und hinter denen steht vielleicht der Kreml oder der Geheimdienst oder irgendein Oligarch – was letztlich eh alles auf dasselbe rausläuft. Und welche Ziele die verfolgen, ist genauso diffus. Sie wollen die AfD stark machen oder eher die Linkspartei unterstützen oder weiß der Geier; am ehesten geht es ihnen wohl darum, dass sich unsere Gesellschaft weiter spaltet und polarisiert.«

Wir waren stehen geblieben und ich musste mich unwillkürlich umdrehen, ob uns nicht jemand aus der Ferne beobachtete.

»Und wie könnt ihr das beweisen?«, fragte ich.

»Unser Kontaktmann bei CAP hat uns Material in Aussicht gestellt. In erster Linie sind das wohl einige hundert E-Mails zwischen der Geschäftsleitung von CAP und dieser Stiftung, darunter etliche Mails von Jessica Morena persönlich.«

»Wer ist das?«

Solveig sah mich überrascht an und lachte. »Deine Chefin, gewissermaßen«, sagte er. »Co-Gründerin und CEO von CAP. Du hast dich nie damit befasst?«

»Nee, so richtig nicht«, musste ich zugeben. »Außerdem haben Crowdworker keine Chefs, wir sind ja Freelancer. Die einzige Chefin, die ich habe, bist du.«

»Na, das hast du schön gesagt«, meinte sie und zwinkerte.

»Und wie wird dir dieser Kontaktmann das Material übergeben? Übers Darknet?«

»Nein, er misstraut jeder Art von Datenübertragung. Er wird uns demnächst einen Speicherchip übergeben. Und es wäre am besten, wenn auch du dieses Zeug nicht erst irgendwo hochlädst, damit du es an Habakuk schicken kannst, sondern es ihm ebenfalls persönlich gibst.«

»Habakuk persönlich geben?«, entfuhr es mir und Solveig machte: »Psst, nicht so laut bitte.«

»Sorry.«

»Hat er denn überhaupt schon angebissen? Also Habakuk?«

»Er denkt darüber nach«, sagte ich.

Das klang fast wie eine Ausrede, stimmte aber wirklich.

»Gut«, sagte Solveig, »lass uns mal langsam zurück zum Büro gehen.« Sie sah auf die Uhr. »In einer halben Stunde kommen deine Schüler.«

Ja, toll. Großartig. Eine Schulklasse aus Solveigs Wahlkreis hatte sich zum Besuch im Landtag angekündigt. Mein Job sollte es sein, diese Horde pickliger Achtklässler durchs Gebäude zu führen und auf die Besuchertribüne, wo sie dem Parlament bei der Arbeit zuschauen konnten. Ich würde ihnen einen Vortrag darüber halten, wie ein Landtag funktioniert und welche Themen dort verhandelt werden, und am Schluss gäbe es bei Cola und Keksen ein kurzes Treffen mit Solveig. Ich erinnere mich noch sehr gut an meine Zeit in der achten Klasse – da war ich der Einzige weit und breit, der sich halbwegs für Politik interessierte. Aber sogar mich hätte ein Besuch im Landtag gelangweilt, denn wenn schon Politik, hätte ich ja wohl mindestens die Bundeskanzlerin treffen wollen oder den US-Präsidenten. Doch im Moment war meine aufregendste Aussicht, einmal Habakuk im Reallife zu treffen.

Dass er über meine Frage nachdachte, wusste ich übrigens gar nicht mit Sicherheit, ich hoffte es bloß. Ich hatte ihm von meinem Praktikum erzählt und einfach den Plan geschildert, den Solveig sich überlegt hatte, und sonst nur noch geschrieben:

Was sagst du? Bist du dabei?

Das war inzwischen drei Tage her und ich hatte noch keine Antwort bekommen. Entweder, er musste ziemlich ausführlich darüber nachdenken – oder aber er war sauer, dass ich ihn für politische Zwecke einspannen wollte, und hatte schlichtweg den Kontakt für immer abgebrochen, ohne es mir mitzuteilen. Vielleicht war er längst schon genauso überraschend aus meinem Leben verschwunden, wie er einst aufgetaucht war.

Ich konnte darüber jetzt nicht nachdenken, ich hatte eine Schulklasse herumzuführen.

»Nirgendwo wird so viel über eure Lebenswirklichkeit entschieden wie auf Landesebene«, sagte ich zu den Jugendlichen und blickte in ziemlich leere Gesichter. »Angefangen vom Kindergartengesetz über die Konzepte zur Ganztagsgrundschule bis zu den Vorgaben für eure Abiturprüfungen – all das wird hier im Landtag beschlossen.«

Beinahe fühlte ich körperlich, wie Habakuk neben mir stand und flüsterte: »Was sollen diese Kids mit Wörtern wie *Lebenswirklichkeit* und *Landesebene* anfangen? Nichts als Phrasen! Sag ihnen lieber, dass an diesem Ort hier all die kleinen Hamsterräder geschmiedet werden, in die man sie hineinpfercht, damit sie als marktkonforme, karrieregeile Streber wieder rauskommen, deren größter Lebenstraum eine Doppelhaushälfte ist und ein SUV und eine preisgünstige Ganztagsbetreuung für ihre eigenen Kinder, damit die auch so werden wie sie.« Und obwohl mir das alles genau so durch den Kopf ging, wie Habakuk es sagen würde, kam es natürlich nicht über meine Lippen.

Nur ein Mädchen stach aus der Gruppe heraus, mit ihren punkigen Klamotten und ihren sehr klaren Fragen, die sich aber alle auf den Klimawandel bezogen, und für Klimapolitik, musste ich leider zugeben, ist am Ende doch eher die Bundesebene entscheidend. Dieses Mädchen wollte das große Rad drehen. Und ich werkelte an den Symptomen herum. Hm.

■

14.35 Uhr

Von Weitem sieht es so aus, als würde vor dem Krankenhaus ein Sommerfest gefeiert. Doch unter den weißen Planen der Pavillons, die man hier in aller Eile aufgestellt hat, finden sich kein

Grill und keine Cocktailbar, sondern alte Stühle und Bänke, von irgendwoher zusammengetragen, um einen zweiten Wartebereich zu errichten. Natürlich sammeln sich hier draußen nur die leichteren Fälle; Leute, die sich beim Gemüseschälen geschnitten haben oder die beim Joggen umgeknickt sind. Ein Grüppchen junger Männer besticht durch blutige Nasen und geschwollene Augen, sicher Ergebnis einer handfesten Prügelei. Unweit sitzt auch ein Polizist, der wohl kein Patient ist, sondern im Zweifel für Ruhe und Ordnung sorgen soll, doch alles geht ziemlich gesittet zu. Ein paar Leute, vor allem jüngere, glotzen uns an. Sie wissen, dass ich der Mann bin, der mit dem Mann geredet hat, der wusste, dass das Internet zusammenbrechen wird.

Nee.

Unsinn.

Sie gucken nicht mich an, sondern natürlich Kalliope. Ein Mädchen holt das Handy raus, um sie zu fotografieren, zögert, steckt es wieder weg. Ich mustere alle Menschen misstrauisch, denn dieser Wahnsinn von eben steckt mir noch in den Knochen … Quatsch, das stimmt gar nicht, die Angst fängt überhaupt jetzt erst an, sich richtig auszubreiten.

Auf dem Weg zum Krankenhaus bin ich schweigend und angespannt neben Kalliope hermarschiert. Solange wir die Straße entlanggingen, mussten wir ja damit rechnen, dass der rote BMW wieder auftaucht. Was, wenn der Typ es noch mal versucht? Also habe ich mich ganz darauf konzentriert, den Wagen möglichst früh zu erkennen. Aber nichts ist passiert. Und ich habe auf meine Fragen keine Antwort bekommen. Warum weiß sie, wer ich bin? Stecken sie und Habakuk unter einer Decke? Sind sie in Wahrheit nicht verfeindet, sondern ziehen hier zusammen was durch, einen Riesenprank oder so? Es gäbe da noch eine andere Option, die fast noch näher liegt, aber die will ich gar nicht zu Ende denken. Und plötzlich werden meine Knie weich – jetzt, wo wir vor diesem BMW in Sicherheit sind und die ganze Anspannung für einen Moment von mir abfällt … taumle ich? Kalliope greift nach meinem Ellbogen und dirigiert mich zu einem improvisierten Tresen, damit ich mich bei der Krankenschwester dort anmelden kann. Als ich die Plastikkarte meiner Krankenversicherung zücke, winkt sie ab.

»Die Karte können wir im Moment nicht einlesen.« Sie schiebt mir einen Zettel hin. »Bitte schreiben Sie mir hier Namen und Adresse auf, dazu die Krankenkasse und die Versichertennummer.« Sie beugt sich ein wenig vor, um meinen Hinterkopf zu begutachten. Ich drehe mich und lüfte das Taschentuch. »Ordentliche Platzwunde«, sagt sie. »Haben Sie Schwindel? Übelkeit? Mussten Sie erbrechen?«

»Ich habe keine Gehirnerschütterung, glaube ich. Falls Sie das meinen.«

Und meine Knie zittern auch nicht mehr.

»Okay, dann nehmen Sie bitte Platz. Ich muss Sie leider um sehr viel Geduld bitten, Sie sehen ja, was hier los ist …«

Ich nehme meine Karte sowie den Zettel und einen Stift und will mich auf eine der Bänke hocken. Kalliope nickt zu dem Polizisten hinüber. Als wir vorhin an der Polizeikette vor der Arbeitsagentur vorbeigekommen sind, war die Stimmung dort viel zu gereizt, wir konnten keinen der Beamten ansprechen. Jetzt erwidere ich ihren Blick und nicke, dann gehen wir beide auf den uniformierten Mann zu. Der hat allerdings wenig Interesse an uns, er möchte lieber den kleinen Schlägertrupp im Auge behalten. Trotzdem schildern wir ihm, was mit dem roten BMW passiert ist. Und während Kalliope und ich die ganze Szene noch mal im Detail durchgehen, erscheint es mir auf einmal zwingend logisch: Das war ein gezielter Anschlag. Der Mann ist nicht einfach bloß ausgetickt. Er hat einen Plan verfolgt, welchen auch immer. Sein Gesicht war nicht wutverzerrt oder wie weggetreten, im Gegenteil, er war hoch konzentriert. Leider erinnere ich mich nicht richtig, wie er aussah, jedenfalls nicht an seine Frisur oder seine Augen, bloß an diesen Schnauzbart.

Ob Manfred Feinde hat? Ja, natürlich. Wer in so einer Sache drinsteckt, hat tausend Feinde, Millionen. Und irgendwer – BKA? CIA? Russischer Geheimdienst? – denkt jetzt, ich würde auch dazugehören. Und vielleicht tu ich das sogar? Ich habe mir verkniffen, den Chip in irgendein elektronisches Gerät zu schieben – genau, wie Solveig mir geraten hat. Also habe ich nicht die geringste Ahnung, was wirklich drauf ist auf dem Ding. Nee, vermutlich denke ich viel zu groß. Wenn das wirklich Absicht war, dann arbeitet der Typ für CAP. Oder? Würde diese Jessica Morena so weit gehen? Vielleicht nicht im normalen Leben, aber im Schutz des allgemeinen Chaos eben vielleicht doch.

»Also für mich klingt das doch eher nach einem Verkehrsdelikt«, sagt der Polizist. »Wir wollen ja alle hoffen, dass diese Cyberkalypse spätestens morgen wieder vorbei ist. Dann sollten Sie einfach zur nächsten Dienststelle gehen und ganz normal Anzeige erstatten.«

»Aber …«, will Kalliope widersprechen.

Doch er sagt: »Ich kann jetzt nicht einfach eine Fahndung herausgeben nach irgendeinem roten BMW mit zerkratzter Seitentür. Selbst wenn ich wollte … bitte haben Sie Verständnis. Alle Einheiten sind im Einsatz, um die öffentliche Ordnung aufrechtzuerhalten, und wir haben strikte Anweisung, den Funkverkehr für prioritäre Fälle freizuhalten.«

»Können Sie nicht funken wie sonst auch?«, fragt irgendein völlig Unbeteiligter.

Der Polizist fährt zu ihm herum und knurrt: »Das ist doch heute alles digital. Und die paar analogen Kanäle, die wir noch haben, sind überlastet. Aber keine Sorge«, jetzt fixiert er wieder die Typen mit den zerschundenen Gesichtern, »mit denen da werde ich auch fertig, ohne dass ich Verstärkung holen muss.«

Die scheinen ihm das zu glauben und gucken lieber stumm vor sich hin.

Ich frage: »Was heißt Cyberkalypse?«

»Hä?«, macht er.

»Den Ausdruck haben Sie gerade benutzt.«

»Ach, na das hier.« Er macht eine kreisende Handbewegung. »Das alles, die ganze Situation. Cyberkalypse. Guter Ausdruck, oder? Haben sie vorhin im Radio gebraucht.« Er zeigt auf den Eingangsbereich des Krankenhauses.

»Sollen wir mal hören, ob es was Neues gibt?«, frage ich Kalliope.

Sie nickt und wir betreten das Foyer, wo ebenfalls etliche Menschen darauf warten, versorgt zu werden. Mir ist nicht klar, ob es durch die Internetkrise mehr Unfälle gibt als normal oder ob das hier einfach nur eine Art Stau ist, weil das Krankenhaus im Offline-Zustand schlicht viel langsamer arbeitet als sonst. In einer Ecke steht ein Radio auf einem Tisch und darum herum stehen und sitzen Menschen und hören konzentriert zu.

»… sind Russland und Weißrussland allem Anschein nach kaum oder zumindest weniger betroffen«, sagt eine Frauenstimme im Radio. »Völlig unklar ist die Lage in China. Offensichtlich haben die chinesischen Behörden sicherheitshalber sämtliche Internetverbindungen zum Ausland selbst gekappt. In NATO-Kreisen wird inzwischen Russland als Urheber der Aggression eingestuft, mit offiziellen Schuldzuweisungen hält man sich aber bislang noch zurück. Für den frühen Abend deutscher Zeit wurde eine Dringlichkeitssitzung des UN-Sicherheitsrates einberufen.«

Bei Russland muss ich direkt wieder an CAP denken.

Kalliope murmelt: »Klingt nicht, als wäre die Sache schnell wieder vorbei.«

»Sorry, ich muss bitte mal durch«, ruft ein Mann hinter uns.

Er trägt Arbeitsklamotten wie ein Hausmeister und schiebt einen breiten Wagen vor sich her, auf dem sich altertümlich anmutende Apparate stapeln. Erst denke ich, das seien irgendwelche Drucker, aber dann erkenne ich es. Es sind Faxgeräte. Wir treten zur Seite und lassen ihn vorbei. Eine Ärztin im weißen Kittel kommt ihm entgegen und ruft: »Na, endlich. Das wurde aber auch Zeit.«

»Ich musste den ganzen Keller durchsuchen«, erwidert der Hausmeister. »Seien Sie froh, dass wir die Dinger überhaupt noch haben, die hätten längst verschrottet sein sollen.«

»Okay, okay«, sagt die Ärztin. »Hier ist die Liste – als Erstes brauchen wir eine Verbindung zwischen der Radiologie und der Chirurgie ...«

Wir wenden uns ab.

»Hast du noch ein Taschentuch?«, fragt Kalliope.

Wortlos reiche ich ihr die Packung, die mir vorhin der Mann gegeben hat, es ist noch ein letztes drin. Sie zieht es heraus und geht damit zu einem Spender für Desinfektionsmittel, der neben dem Eingang steht, damit Besucher sich die Hände saubermachen können. Sie hält das Taschentuch unter den Spender, der sprüht zischend sein Zeug darauf, dann reicht sie es mir.

»Brennt bestimmt ein bisschen«, sagt sie, »ist aber sicher sinnvoll.«

Ich werfe das alte, inzwischen ziemlich verbrauchte Taschentuch in einen Mülleimer, nehme das neue und presse es auf die Wunde. Das brennt tatsächlich, aber vor allem verwirrt mich ihre Freundlichkeit. Mein dröhnender, schmerzender Kopf ist voller Puzzleteile, die nicht zusammenpassen. Von wegen live bei einem historischen Ereignis dabei sein. Ich hab mich als winziges Rädchen in einer riesengroßen Sache verhakt, von der ich nicht die geringste Ahnung habe. Jemand will meinen Tod. Und der, auf den ich die ganze Zeit gehofft habe, ist nicht da. Oder ... sitzt neben mir und will es aus irgendeinem Grund nicht zugeben?

Ich hocke mich wieder draußen auf die Bank und sie sich daneben. Ich drehe mich zu ihr und frage: »Was genau hast du mit Habakuk zu tun?«

»Jetzt fängst du schon wieder damit an«, brummt sie. »Was soll das?«

Ich habe kurz den Impuls, meine Karten aufzudecken. Ihr zu sagen, dass ich mit Habakuk verabredet war und dass das der Grund ist, warum mich die Begegnung mit ihr derart irritiert. Dann könnte sie ja ebenfalls ihre Karten aufdecken. Aber wenn ich mich irre und alles nur ein aberwitziger Zufall ist, dann hätte ich mich verplappert.

Ein Krankenwagen biegt in die Zufahrt ein und hält fast direkt vor uns. Die hinteren Türen öffnen sich und zwei Sanitäter bugsieren eine Trage heraus, auf der ein leichenblasses Mädchen von vielleicht sechzehn Jahren liegt. Ein zweites Mädchen kommt herausgeklettert und redet dabei unaufhörlich auf ihre Freundin ein, die bloß apathisch in den Himmel starrt. Die Krankenschwester von der Anmeldung verlässt ihren Tresen und sieht sich die Neuankömmlinge an.

»Alkoholvergiftung«, berichtet einer der Sanitäter. »Am Aachener Weiher ist eine Riesenparty im Gange, Hunderte von Jugendlichen saufen da. Keine Ahnung, wie sich das ohne WhatsApp rumsprechen konnte. Es werden immer mehr, wir fahren sofort wieder hin.«

Das Mädchen wird auf eine andere Liege umgebettet und einigermaßen in den Schatten geschoben.

Die Krankenschwester beugt sich zu ihr runter und sagt: »Gleich kommt jemand, wir beeilen uns.«

Dann verschwindet sie im Innern des Gebäudes, während die Sanitäter ihre Trage zurück in den Wagen schieben, einsteigen und wieder abrauschen.

»Du kannst doch wenigstens sagen, woher du verdammt noch mal meinen Namen kennst«, bohre ich.

Kalliope zuckt mit den Schultern und meint: »Du bist anscheinend ein Fan von Habakuk, meinem liebsten Intimfeind, ja? Vielleicht stalkst du mich ja auf Instagram und darum ist irgendwie dein Name bei mir hängen geblieben?«

»Das glaubst du doch selbst nicht«, brumme ich. »Für mich gibt es nur eine logische Erklärung.«

Da hebt die Freundin des betrunkenen Mädchens den Kopf und ihr Blick bleibt an uns hängen. Also natürlich nicht an mir, sondern an Kalliope. Sie macht einen Satz auf uns zu und ruft: »Oh, mein Gott! Du bist Kalliope von Insta!« Schon hat sie ihr Handy in den Fingern. »Darf ich ein Selfie mit dir machen? Oh, bitte, bitte, ich bin ein Riesenfan von dir!«

Die anderen Leute recken die Hälse und begaffen Kalliope nun völlig hemmungslos. Durch den kleinen Ausbruch dieses Mädchens vor uns ist Kalliope plötzlich zur öffentlichen Person mutiert, auch für diejenigen, die noch nie von ihr gehört haben. Wenn dieses Mädchen Fotos mit ihr machen will, dann muss sie ja wohl prominent sein, also lieber mal glotzen und nichts verpassen.

»Ich bin nicht im Dienst«, sagt Kalliope, genau wie vorhin. »Und gerade gibt es eh kein Internet.«

»Ja, aber später vielleicht wieder oder morgen«, bettelt das Mädchen. »Bitte, bitte, das ist so unglaublich, dass ich dich hier treffe.«

»Find ich nicht«, erwidert Kalliope. »Außerdem ist das hier ein Krankenhaus. Du solltest dich lieber um deine Freundin kümmern.«

»Boah, wie gemein!«, schimpft das Mädchen. »Und ich dachte immer, du wärst voll nett, irgendwie so.«

»War ich nie.«

»So ist das also.« Das Mädchen fuchtelt mit dem Handy herum, als wäre das eine Waffe, die sich auf Kalliope richtet. »Das kriegst du zurück. Wenn das Netz wieder da ist, poste ich, wie du mich hier behandelt hast.«

»Ja, mach das«, sagt Kalliope gelassen. »Und vergiss nicht, mich zu markieren.«

Das Mädchen stampft mit dem Fuß auf und trollt sich zurück zu ihrer Freundin, hockt sich neben die Liege und sagt: »Du glaubst nicht, wer da hinten sitzt. Kalliope von Insta! Aber die ist voll die doofe Kuh.«

Ihre Freundin dreht sich mühsam zu ihr, vielleicht will sie auch einen Blick auf Kalliope werfen, doch dann fängt sie an zu würgen und kotzt dem Mädchen direkt auf die Füße.

Unfreiwillig muss ich grinsen. Irgendwie hatte ich mir Habakuk genau so vorgestellt. Es war mir bloß nicht klar gewesen. Warum zur Hölle verstellt sie sich mir gegenüber immer noch?

4

Vor ein paar Tagen noch schrieb Habakuk:

> Diese Solveig Sander ist ja wohl eher das, was man eine Hinterbänklerin nennt. Und sie möchte, dass ich sie nun ins Rampenlicht katapultiere? Na ja. Warum eigentlich nicht. Ich hab mir angesehen, was für Positionen sie vertritt – ist mir ganz sympathisch. Und vor allem wäre das mal was Neues. Ich muss wirklich dringend mal was Neues machen. Das passt mir ganz gut in den Kram. Und vor allem bin ich neugierig, um was für Material es sich handelt.

Ich saß in der Bahn auf dem Weg nach Düsseldorf, es war ein regenfrischer Sommermorgen und die Sonne stach durch die Fenster. Ich hielt eine Hand über das Display. Damit ich nicht geblendet wurde. Und damit mir niemand über die Schulter blickte. Seit ich auf dem Handy *Orfox* installiert hatte, konnte ich auch unterwegs ins Darknet abtauchen. Das fühlte sich immer ein bisschen kribbelig an, als würde ich in aller Öffentlichkeit auf dem Handy Pornofilme schauen. Ich versuchte, möglichst stumpf auf das Gerät zu gucken wie alle anderen Fahrgäste um mich herum auch. Aber innerlich führte ich einen Freudentanz auf. Jetzt musste ich ihn nur noch dazu überreden, sich mit mir im Reallife zu treffen. Wobei das vermutlich die viel höhere Hürde wäre.

Ich schrieb zurück:

> Apropos, was Neues ausprobieren: Ich bekomme das Material auf einem Speicherchip. Den müsste ich dir persönlich übergeben. Das heißt natürlich, dass wir uns am besten mal live …

Ich hielt inne, dann löschte ich den angefangenen Satz wieder. Ich wollte nicht zu aufdringlich klingen. *Persönlich übergeben* war ja klar genug, da würde er schon schnallen, dass ich ihn treffen wollte. Aber er antwortete erst mal nicht.

Trotzdem betrat ich das Büro mit stolzgeschwellter Brust und verkündete Berkant feierlich: »Habakuk ist an Bord. Also er ist grundsätzlich bereit, das Material zu veröffentlichen. Ob er sich dafür mit mir treffen will, dazu habe ich noch keine Rückmeldung von ihm.«

»Na, immerhin sind wir einen Schritt weiter«, sagte Berkant zufrieden. »Und jetzt von der Glitzerwelt der tollkühnen Whistleblower zurück zum schnöden Praktikantenalltag.« Er stand auf und legte mir ein paar Blätter mit Text auf den kleinen Katzenschreibtisch. »Ein Gastbeitrag von Solveig für den *Tagesspiegel*. Könntest du den sicherheitshalber noch mal durchgehen? Also nach Grammatik und Rechtschreibung. Inhaltlich ist das schon fix.«

»Klar«, brummte ich und ließ mich auf meinen Stuhl fallen.

Doch dann sprang mich die Überschrift an. *Zehn Thesen für ein faires Netz.*

»Hey«, rief ich und sah auf.

Berkant grinste. »Ja, Herr Praktikant. Das war ein guter Vorschlag, diese Formulierung mit dem fairen Netz. Solveig fand es auch super. Hab ihr natürlich gesagt, dass das deine Idee war, ich klaue ja nicht. Bin schließlich ein Ehrenmann.« Er klopfte sich lachend auf die Brust, dann mir auf die Schulter. »Weiter so, Amir.«

Und sofort war das Gefühl von Stolz zurück, ich streckte den Rücken durch und nahm einen Bleistift, um den Text durchzugehen. In den Stolz mischte sich bloß ein kleiner Zwiespalt. Hätte ich sagen sollen, dass das *faire Netz* gar nicht meine Formulierung war, sondern die von Habakuk? Anscheinend bin ich selbst wohl eher kein Ehrenmann. Doch Habakuk schien mich für einen zu halten. Jedenfalls schrieb er mir an diesem Abend:

> Ich habe beschlossen, dass ich dir vertrauen will. Enttäusch mich bitte nicht! Melde dich, sobald du diesen Chip hast. Dann schicke ich dir Infos zum Treffpunkt.

Yes! Treffpunkt!

Als ich anderntags mit beinahe triumphalem Gefühl Berkant von meinem Erfolg berichtete, sagte der bloß: »Aha, okay.«

Es klang verdrossen.

»Was ist los? Freut dich das nicht?«

»Doch, doch. Aber es gibt eine kleine Planänderung. Manfred macht plötzlich Druck. Keine Ahnung, wieso, er sagt es mir nicht, aber aus irgendeinem Grund hat er es auf einmal unglaublich eilig.«

»Bitte? Wer ist Manfred?«

»Unser Whistleblower. Der Typ von CAP. Und er will sich ausschließlich mit dir treffen. So schnell wie möglich.«

»Was? Ich komm nicht mit…«

»Ich hab ihm mitgeteilt, dass Habakuk mit uns kooperieren wird. Also genau genommen mit unserem Praktikanten. Dir. Und er hat geantwortet, dass er den Chip dann am besten direkt an dich übergeben will. Weil das so am einfachsten und schnellsten sei und am sichersten, damit der Chip nicht durch zu viele verschiedene Hände geht.«

Seine Enttäuschung war ihm anzumerken. Ich musste ein Grinsen unterdrücken. Er fühlte sich offenbar ausgebootet, sicher hätte er gern selber diesen Manfred getroffen.

»Siehst du darin ein Problem?«, fragte ich. Es sollte eigentlich konziliant klingen, doch wie ich mich das sagen hörte, wirkte es eher forsch.

»Ich kann nicht einschätzen, ob es gefährlich ist«, entgegnete Berkant. »Ich habe dich in diese Sache reingezogen und fühle mich für dich verantwortlich. Aber du bist natürlich erwachsen und entscheidest selbst.«

»Kein Ding«, antwortete ich. »Ich mach es.«

Berkant nickte und kritzelte mit Bleistift etwas auf einen Zettel, den er mir rüberschob. Darauf standen ein Datum, eine Uhrzeit, eine Adresse in Köln. Ich holte mein Handy raus und wollte die Adresse bei Google Maps eingeben, aber Berkant schüttelte den Kopf.

»Merke es dir und vernichte den Zettel«, sagte er. Ganz schön geheimnisvoll.

»Was ist denn dort?«, fragte ich. »Du hast doch bestimmt nachgeschaut.«

»Eine öffentliche Tiefgarage.«

»Wow«, murmelte ich und schaute nochmals auf die Uhrzeit. »Spät am Abend in einer Tiefgarage. Echt filmreif.«

»Und du sollst was Schickes anziehen.«

»Versteh ich nicht.«

»Ich auch nicht.« Berkant zuckte mit den Schultern. »Vielleicht erkennt er dich auf diese Weise? Keine Ahnung. Mach es halt.«

Was Schickes. Ich besitze genau einen einzigen Anzug und der hängt natürlich nicht in meiner Bochumer WG, sondern im Schrank meines alten Zimmers unter dem Dach meines Elternhauses. Ich war seit Wochen nicht bei meinen Eltern in Paderborn gewesen und es würde ziemlich schräg wirken, wenn ich mal eben rüberfahren und den Anzug holen würde. Ich hatte dazu keinen Bock und eigentlich auch keine Zeit, weil das Treffen schon am nächsten Tag anstand. Von wegen schick. Von wegen erkennen. Wenn der Typ darauf bestand, mich zu treffen, dann musste er wohl was über mich wissen. Irgendwas, das mich für ihn interessant machte? Na, zumindest wüsste er, wie ich aussehe. Jeans und Hemd und Sakko würden reichen.

Das hatte ich zumindest gedacht, doch als ich am späten Abend des folgenden Tages bei besagter Tiefgarage ankam, war ich hoffnungslos underdressed. Es handelte sich nämlich um die Tiefgarage der Philharmonie, wie mir klar wurde, und gerade war ein Konzert zu Ende gegangen. Frauen in Abendkleidern und Männer in dunklen Anzügen strebten zum Eingang der Tiefgarage und steuerten auf den Kassenautomaten zu. Ich war von der Situation überrascht, aber unwillkürlich auch ein wenig erleichtert. In meiner Fantasie hatte ich mir ausgemalt, im Dunkeln durch verlassene unterirdische Stockwerke zu tappen und bei jedem Geräusch ängstlich zusammenzuzucken. Ich liebte den uralten Film *Die Unbestechlichen,* wo Bob Woodward alias Robert Redford seinen Informanten *Deep Throat* in einer Tiefgarage traf. Unlängst hatte ich aber auch einen Roman gelesen, wo gleich im ersten Kapitel ein Blogger in einer ganz ähnlichen Situation beinahe umgebracht wird. Und wer konnte schon sagen, ob Manfred nicht längst enttarnt war und von irgendwelchen fiesen Agenten verfolgt wurde?

Hier aber schien es keine fiesen Agenten zu geben und auch

keine Dunkelheit. Über dem Kassenautomaten jedenfalls brannte Licht und glänzte im fettigen Haar eines Penners, der neben dem Automaten stand und irgendetwas von den Konzertbesuchern einsammelte. Zumindest kam er mir äußerlich wie ein Penner vor, mit seinem struppigen Bart und den verschiedenen Schichten verfilzter Pullover, die er trotz der milden Sommernacht übereinandertrug. Manfred? Ich reihte mich in die Schlange der festlich gekleideten Menschen ein und rückte langsam näher. Nun bekam ich mit, dass der Verfilzte die Leute in höflichem Ton fragte, ob sie denn ihre gebrauchten Eintrittskarten entbehren könnten. Alle konnten und überließen sie dem Mann anstandslos und ohne irgendwelche Fragen zu stellen. Vielleicht war das eine Art Sitte hier – auch wenn ich mir darauf keinen Reim machen konnte. Schließlich war ich an der Reihe und wusste nicht weiter. Ich hatte kein Parkticket zu bezahlen und keine Eintrittskarte abzugeben. Immerhin kam ich blitzartig auf den Gedanken, dass ich diesen Mann auf keinen Fall fragen durfte, ob er Manfred sei. Vielleicht war er ja wirklich ein fieser Agent, arbeitete für die Gegenseite und hatte es darauf abgesehen, den Namen meines Informanten zu erfahren.

»Entschuldigung – wollen Sie bezahlen?«, fragte eine Frau hinter mir. »Oder würden Sie mich ansonsten bitte vorbeilassen?«

Peinlich berührt machte ich einen Schritt zur Seite und stand ziemlich dämlich herum, aber wenigstens nicht mehr im Weg.

Der Penner musterte mich.

»Darf ich Sie fragen, ob Sie gerade aus dem Konzert kommen und wohl so freundlich wären, mir Ihre Eintrittskarte zu überlassen?«

»Ich – nein, ich war nicht im Konzert.« Ohne es zu wollen, klopfte ich mir mit der Hand die Taschen meines Sakkos ab, als könnte sich dort auf wundersame Weise dennoch eine Karte materialisiert haben. Ich wollte irgendwas zu ihm sagen, ihm die Gelegenheit bieten, sich zu erkennen zu geben.

Also fragte ich: »Sie machen mich ziemlich neugierig. Was tun Sie mit all diesen Eintrittskarten?«

»Verkaufen«, sagte er schlicht. »Die gelten als Fahrausweis zweiter Klasse im Verkehrsverbund. Nachher gehe ich rüber zum Hauptbahnhof und spreche am Ticketautomaten die Leute an, die nach Bonn oder Wuppertal oder Leverkusen oder so fahren. Bei mir gibt es Sonderpreise, das Ticket zu drei Euro. Da sparen die bis zu hundertfünfzig Prozent.«

»Coole Geschäftsidee«, sagte ich bloß und schob ratlos die Hände in die Hosentaschen. Keinerlei Hinweis darauf, dass er mich erwartet haben könnte

Er sammelte weiter Karten ein, ich stand sinnlos dabei und überlegte fieberhaft, ob das ein komischer Test war oder ob dieser Manfred irgendwo anders auf mich wartete.

»Ob Sie wohl so freundlich wären, mir Ihre Eintrittskarte zu überlassen?«, fragte der Penner gerade einen breitschultrigen Mann, dessen perfekt sitzende silberne Fliege farblich auf sein zurückgekämmtes, grau meliertes langes Haar abgestimmt zu sein schien.

»Selbstverständlich«, sagte der Fliegenmann und hielt ihm die Karte hin, während er und der Penner einen ziemlich vertrauten Blick miteinander tauschten. Fliegenmann setzte hinzu: »Ich hatte doch gesagt, du sollst dir was Schickes anziehen.«

Ich zuckte zusammen. Obwohl er ausschließlich den Penner ansah und mich in keiner Weise beachtete, mich nicht mal ansatzweise mit den Augen streifte, war ich mir absolut sicher, dass ich gemeint war.

Der Mann ging weiter ins Parkhaus hinein und ich folgte ihm

in einigem Abstand. Ich sah, wie er ein kryptisches Ding mit einer winzigen Antenne aus der Tasche seiner Anzughose zog und wie gleich darauf ein schwarz schimmernder Tesla seine elektronischen Türgriffe ausfuhr. Wow, so was hatte ich noch nie live gesehen! Ohne sich auch nur einmal nach mir umzudrehen, öffnete er die Fahrertür und stieg ein. Verwirrt blieb ich stehen und zögerte.

Nichts geschah. Der Mann, der Manfred sein musste, saß hinter dem Lenkrad, machte aber keine Anstalten, sich anzuschnallen und den Motor zu starten. Er wartete. Auf mich! Oder?

Ich zwang mich, zu dem Wagen zu gehen und die Beifahrertür zu öffnen. Mehr als mich anschreien und rausschmeißen würde er ja wohl nicht tun, falls ich mich irrte.

Doch er knurrte bloß: »Setz dich und schließ die Tür.«

Das tat ich. Dann erst wandte er sich mir zu und betrachtete mich.

»Wie willst du ihn transportieren?«, fragte er. »Den Chip?«

Mich störte ein wenig, dass er mich ungefragt duzte. Aber okay, er war der geheimnisvolle Whistleblower und ich halt nur der Praktikant. Ich zog mein Portmonee hervor, öffnete das Münzfach und räusperte mich.

»Hier drin, wenn Sie nichts dagegen haben.«

Ich hätte ihn wohl einfach zurückduzen können, aber mir war überhaupt nicht nach solcher Kumpelhaftigkeit.

»Passt schon.« Mit einer sparsamen Bewegung legte er einen kleinen weißen Speicherchip hinein, ohne dass ich erkannt hätte, woher er ihn in diesem Augenblick geholt hatte. Vielleicht hatte er ihn die ganze Zeit über in der Hand gehabt, wie bei einem billigen Zaubertrick.

»Wenn Sie mir eine Frage gestatten.« Wieder räusperte ich mich. »Wozu der ganze Aufwand?«

»Schon mal von Edward Snowden gehört?«, fragte er zurück. »Oder von Julian Assange? Chelsea Manning? Ich habe keine Lust, den Rest meines Lebens im Exil zu verbringen. Für den Fall, dass die Sache auffliegt, bleibe ich lieber im Hintergrund.«

»Das meinte ich nicht. Ich meine – warum bestellen Sie mich extra hierher, wozu diese Kulisse mit dem Konzert und so weiter?«

»Kulisse? Es war ein ganz wunderbares Konzert, und das ließ sich terminlich für ein Treffen mit dir verbinden.« Er grinste. »Außerdem wollte ich, dass du Shadow kennenlernst.«

»Wen?«

»Den Mann, der die Eintrittskarten sammelt. Sein Name ist Gerd Schattmann. Seit er auf der Straße lebt, nennt er sich Shadow. Ist ein alter Bekannter von mir. Merk dir sein Gesicht. Du findest ihn meistens irgendwo am Neumarkt.«

Schon wieder musste ich mich räuspern, als hätte ich trockene Brösel im Mund. Alle denkbaren coolen, filmreifen Sätze, die für solch eine coole, filmreife Situation angemessen schienen, zerkrümelten mir auf der Zunge.

Hilflos fragte ich: »Warum sollte ich ihn denn suchen?«

»Weil du vielleicht mal irgendwann meine Hilfe brauchst, wer weiß? Er kann dir sagen, wie du mich findest. Falls du mal abhauen musst – du oder auch dieser Habakuk – ich habe immer ein sicheres Plätzen für Outlaws frei. So, und jetzt raus hier.«

Überrascht öffnete ich die Tür. Unsere Unterredung war anscheinend schon zu Ende. Noch mehr überraschte mich allerdings, dass er ebenfalls ausstieg, die Türgriffe wieder einfahren ließ und das Gerät mit der Antenne einsteckte.

Er zwinkerte mir zu und meinte: »Wir sollten uns vom Acker machen. Die Besitzer kommen sicher gleich.«

»Was?«, entfuhr es mir und ich bemühte mich, meine Stimme zu dämpfen. »Ich dachte, das wäre Ihr Auto.«

»Nö.« Er schmunzelte und sah dabei fast wie ein kleiner Junge aus, der einen beim Fußball getunnelt hat. »Keine Ahnung, wem der Wagen gehört.«

Erst jetzt fiel mir ein, dass er vorhin am Kassenautomat kein Parkticket bezahlt hatte. Er trug vermutlich gar keines bei sich. Er nickte zu dem Automaten hinüber, wo immer noch Gerd Schattmann aka Shadow seine Kartenspenden einsammelte, und sagte: »Unsere Wege trennen sich hier. Ich nehme einen anderen Ausgang. Viel Erfolg. Und grüß Habakuk von mir, unbekannterweise. Ich würde ihn ja gern mal selbst kennenlernen. Wer weiß, vielleicht kommt es irgendwann dazu. Ach so.« Er hatte sich schon halb abgewandt, hielt dann aber inne und drehte sich nochmals zu mir. »Bring den Chip möglichst bald zu Habakuk. Ihr habt nicht viel Zeit für diesen Leak. Es könnte sehr bald ein Ereignis eintreten, durch das sämtliche digitalen Daten vollkommen belanglos werden.«

»Was soll das heißen?«, fragte ich. Irgendwie wurmte mich wohl meine eigene Passivität während des ganzen Gespräches, deshalb wollte ich zum Schluss noch einen lockeren Spruch raushauen. Ich fragte (unabsichtlich eine Spur zu spöttisch): »Haben Sie etwa Angst, dass CAP irgendwelche Hacker losschickt, die das Internet zerstören? Damit ich den Leak nicht in die Wege leiten kann? Eine Cyber-Apokalypse meinetwegen?«

Wie ich das aussprach, klang es vollkommen lächerlich, und so meinte ich es ja schließlich auch, aber ich merkte, dass mir der Gedanke trotzdem gefiel.

Er lachte leise.

»Ob deinetwegen oder warum auch immer – beeil dich jedenfalls.«

»Das soll jetzt ein Witz sein«, murmelte ich. »Oder wie ist das zu verstehen?«

Er hörte mich schon nicht mehr, denn er hatte sich bei seinen letzten Worten auf dem Absatz umgedreht und marschierte nun mit großen Schritten in die andere Richtung davon.

»Ein Witz«, wiederholte ich und sah ihm nach, wie er Richtung Treppenaufgang verschwand. Ein Witz, ich verstand bloß die Pointe nicht. Vielleicht gab es keine, vielleicht war das reine Poserei, genau wie mit dem Auto, dessen elektronische Verriegelung er gehackt hatte. Völlig grundlos und außerdem auch noch riskant. Wir hätten uns doch genauso gut hinter irgendeiner Säule unterhalten können. Er hatte es gemacht, einfach weil er es konnte.

Was für ein Poser.

Ich setzte mich langsam in Bewegung. Am Ausgang grinste Shadow mir kurz zu, als wisse er alles über mein Gespräch mit seinem *alten Bekannten*. Ich nickte kurz als Erwiderung, dann verließ ich das Parkhaus und ging in die Nacht hinaus.

Noch auf dem Heimweg schrieb ich an Habakuk:

Ich habe jetzt diesen Chip, den ich dir geben soll. Aber mein Kontaktmann meint, wir sollten uns beeilen.

Warum?

Er hat seltsame Andeutungen gemacht, dass wir nicht viel Zeit hätten. Er meinte, es könnte bald ein »Ereignis eintreten, durch das sämtliche digitalen Daten vollkommen belanglos werden«.

Was kann das sein?

K.A. Vielleicht bricht das Internet zusammen? LOL.

Na, da bin ich mal gespannt. Du lebst in NRW, richtig? Wir können uns in Köln treffen. Was hältst du von übermorgen?

Übermorgen passt super. Köln auch. Wo genau?

Ich schick dir morgen ein Online-Ticket fürs Kino. Ein Kinosaal ist einer der wenigen öffentlichen Orte innerhalb einer Großstadt, wo es garantiert keine Überwachungskameras gibt und wo auch niemand mit seinem Handy filmt.

Coole Idee. Aber such bitte einen halbwegs interessanten Film aus. Ich bring auch Popcorn mit.

Das war vorgestern. Gestern schickte er mir dann das besagte Online-Ticket. Dazu schrieb er:

Wer ist das eigentlich? Dieser Kontaktmann, von dem du schreibst? Glaubst du, da steckt was hinter seinen Andeutungen? Also wenn wirklich demnächst irgendwas mit dem Internet passiert – und er wüsste das. Arbeitet der für irgendeinen Geheimdienst? Oder so was? Klingt jedenfalls krass. Es sei denn, du hast dir das bloß ausgedacht, um mich neugierig zu machen.

■

15.56 Uhr

In meinem dröhnenden Kopf laufen das Gespräch mit Manfred und die letzten Chats mit Habakuk noch einmal ab wie eine Aufzeichnung, während ich auf einem Hocker sitze und eine sehr junge Ärztin meine Platzwunde mit zwei schmalen Klebestreifen verschließt. Ich bin ziemlich erleichtert, dass die Wunde nicht genäht werden muss, denn ich hasse Spritzen und Nadeln und all das Zeug, Arztsohn hin oder her. Nach der ewigen Warterei tut es eh kaum noch weh. Beziehungsweise – der scharfe Schmerz ist einem ausgedehnten Schädelbrummen gewichen, das meinen ganzen Kopf einhüllt wie nach einem Saufabend. Es bleibt eine absurde Idee, dass Habakuk niemand anderes ist als Kalliope, die da neben mir sitzt. Absurd und trotzdem von allen denkbaren Erklärungen die einfachste. Aber Habakuk, also Kalliope, vertraut mir anscheinend nicht, sonst würde sie sich endlich outen. Ihr Pech. Oder seines, was weiß ich. Kümmert mich nicht mehr, ich weiß, an wen ich mich stattdessen wende. Sobald ich hier raus bin, muss ich Shadow aufsuchen und mir Manfreds Adresse besorgen. Nur Manfred kann mir die zwei entscheidenden Fragen beantworten: Erstens, wer zur Hölle es auf mich abgesehen haben könnte. Und zweitens, warum er von der Cyberkalypse wusste, noch bevor sie eingetreten ist.

Kalliope schaut interessiert zu, wie die Ärztin mit ruhiger Hand ihren Job tut. Da alle Behandlungszimmer belegt sind, verarztet mich die junge Frau auf dem Flur, während um uns herum weitere Patienten warten, Pfleger vorbeihasten, Menschen auf Liegen hin und her geschoben werden.

»Ich bewundere es, wie Sie sich in dem ganzen Chaos konzentrieren können«, sage ich zu ihr.

»In der Ambulanz herrscht jeden Tag der nackte Wahnsinn«,

erwidert sie trocken. »Ganz egal ob draußen das Internet zusammenbricht oder was auch immer. So, fertig.« Sie streift ihre Einmalhandschuhe ab und wirft sie in einen Mülleimer. »Eigentlich bekämen Sie jetzt von mir noch einen Brief für den Hausarzt zur weiteren Behandlung, aber ich kann nicht auf die Dateivorlagen zugreifen.« Sie zuckt mit den Achseln. »Lassen Sie das in den nächsten Tagen bei Ihrem Arzt noch mal anschauen. Und bis dahin duschen Sie bitte nicht. Oder halt so, dass der Kopf nicht nass wird.«

»Na super.« Ich stehe auf, die Ärztin schüttelt mir die Hand.

»Alles Gute«, sagt sie. »Und sollte Ihnen doch noch schwindlig werden oder übel oder so was, kommen Sie bitte wieder.«

»Klar.« Ich schaue den Flur voller Menschen entlang, deren Schlange sich durch die Tür nach draußen, durch den Wartebereich und die Eingangshalle hindurch auf den Vorplatz zieht, auf dem wir unter dem Pavillon gewartet haben. »Ganz bestimmt.«

Die Ärztin grinst und sagt zu Kalliope: »Passen Sie auf Ihren Freund auf, der sollte heute keinen Sport mehr machen und sicherheitshalber auch nicht selbst Auto fahren.«

Kalliope nickt und folgt mir nach draußen an die frische Luft, die gar nicht frisch, sondern heiß und drückend ist, aber immerhin lassen wir die Krankenhausgerüche mit ihrer Mischung aus scharfen Desinfektionsmitteln und süßlich-fauligem Was-auch-immer hinter uns.

Ganz förmlich strecke ich Kalliope die Hand hin und sage: »Vielen Dank, dass du mich begleitet hast. Ich muss dann mal los.«

Für einen Moment scheint sie verwirrt, als habe sie nicht damit gerechnet, dass sich unsere Wege jetzt trennen. Anstatt einzuschlagen, schiebt sie ihre Hände in die Hosentaschen.

»Was hast du vor?«, fragt sie.

»Ich muss zum Neumarkt.« Falls ich mir das richtig gemerkt habe, wäre das der Ort, an dem ich Shadow finden könnte. »Vielleicht kannst du mir die Richtung sagen?«

»Was willst du am Neumarkt?«

»Hör mal.« Irgendwie werde ich sauer. »Entweder du sagst mir jetzt, was du wirklich mit Habakuk zu tun hast. Oder du lässt mich einfach in Ruhe, okay?«

»Der Neumarkt ist nicht weit von hier, ich kann dich hinbringen.«

Ich fixiere sie und sage: »Du bist Habakuk. Oder?«

Sie lacht und pustet sich die Locke aus dem Gesicht. Beides eine ganz winzige Spur zu gewollt. Wie auf Instagram. Mir reicht es, ich explodiere förmlich.

»Beantworte endlich meine Frage«, schimpfe ich, »anstatt mir ständig auszuweichen!«

Ein paar Leute sehen sich irritiert nach uns um.

»Komm, ich zeig dir den Weg«, sagt sie bloß, wendet sich ab und geht ein Stück die Straße entlang.

»Antworte mir gefälligst«, rufe ich hinter ihr her. »Wenn du nicht Habakuk bist, warum warst du dann zu genau der Zeit an genau der Stelle, he? Warum wusstest du meinen Namen, wenn du nicht Habakuk bist?«

Im Rinnstein registriere ich ein weggeworfenes Smartphone mit zerschmettertem Display. Überall so viel Wut. Auf der anderen Straßenseite schreien sich ein Mann und eine Frau in einer fremden Sprache an. Kalliope geht an ihnen vorüber und biegt in eine Seitengasse ein, wobei sie sich kurz umschaut, ob ich ihr weiter folge. Und ja, ich folge ihr. Plötzlich muss ich laut lachen.

»Ich weiß jetzt, warum du mich durch die Gegend führst«, rufe ich. »Weil du unbedingt Follower brauchst! Du kannst gar nicht leben, wenn dir niemand folgt, was?«

Das Lachen schmerzt im Kopf. Tut trotzdem gut.

»Aufmerksamkeit ist meine Währung«, ruft sie zurück. »Das weißt du doch.«

»Ja, hab ich schon mal irgendwo gelesen. Und soll ich dir sagen, bei wem?« Ich hole sie ein, weil es ja total bescheuert ist, ständig mit einem Abstand von zehn Metern hintereinander herzulaufen und sich dabei rufend zu unterhalten. »Was ist dein Problem, Habakuk?«

Da bleibt sie stehen und stemmt die Hände in die Hüften: »Mein Problem, warte mal … gleich fällt es mir wieder ein. Ach ja, da war dieser Typ, der unbedingt Kontakt zu mir suchte, ein gewisser Amir.« Ihre Stimme steigert sich und hallt in der engen Gasse wider. »Und als ich mich drauf eingelassen habe, drängte er auf ein Treffen. Und als ich mich auch darauf eingelassen habe, faselte er was vom Zusammenbruch des Internets. Und an dem Tag, an dem ich ihn treffen will, da bricht das ganze bekackte Internet tatsächlich zusammen!« Sie macht einen Schritt rückwärts, wie um mich besser im Blick zu haben. »Und ich geh trotzdem zu dem Treffpunkt, um mir diesen mysteriösen Amir zumindest mal anzusehen, doch während ich noch überlege, ob ich mich vor ihm outen soll, kommt ein roter BMW angerast und bringt uns beide fast um! Was soll ich von so jemandem halten? Wie soll ich so jemandem vertrauen? Ich habe nicht den leisesten Schimmer, mit welchen Mächten du im Bunde bist! Oder verfeindet. Oder beides, Mann!«

Ihr Gesicht ist auf einmal knallrot, ihr Atem geht flach und ihre Brust hebt und senkt sich schnell, als wäre sie hundert Meter gesprintet. Ich brauche einen Moment, um zu kapieren, dass meine Vermutung wirklich stimmt.

Habakuk ist Kalliope ist Habakuk.

Sie beißt sich auf die Lippen, als bereue sie bereits, dass sie es zugegeben hat. Misstrauisch schaut sie die Gasse rauf und runter. Hier ist niemand außer uns beiden. Und einem Mann am anderen Ende der Gasse, der dort steht wie in tiefe Grübelei versunken; die Hände trotz der Hitze in den Taschen eines beigen Anoraks vergraben.

Trotzdem flüstert sie fast, als sie weiterspricht: »Wieso hast du von der Cyberkalypse gewusst? Was hast du damit zu tun? Für wen arbeitest du eigentlich?«

»Ich arbeite einfach nur für eine kleine, mittelmäßig bedeutsame Landtagsabgeordnete«, antworte ich schlicht. »Alles, was ich dazu weiß, habe ich dir schon längst geschrieben.«

»Über diesen Kontaktmann und so.«

»Richtig. Manfred. Er ist derjenige, den man fragen muss, was er damit zu tun hat. Und genau das hab ich vor.«

»Am Neumarkt oder was?«

»Dort treffe ich jemanden, der mir helfen kann, Manfred zu finden«, sage ich. »Hoffe ich jedenfalls.«

»Na gut, dann lass uns keine Zeit verlieren. Ich bin gespannt, was dieser Manfred zu sagen hat.«

Sie setzt sich wieder in Bewegung. Das Sträßchen ist sehr schmal und wird zusätzlich durch ein Baugerüst eingeengt, das die Fassade eines der drei- bis vierstöckigen Wohnhäuser bedeckt und weit auf die Fahrbahn ragt. Ab dem ersten Stock verschwindet das Gerüst hinter einer undurchsichtigen Plane. Fast so undurchsichtig wie Kalliope.

»Du willst mit zu Manfred?«, rufe ich und hole sie wieder ein. »Das geht mir ein bisschen schnell, weißt du? Wenn du nicht sicher bist, ob du mir vertrauen kannst, warum bist du nicht längst nach Hause gegangen, statt die ganze Zeit mit mir im Krankenhaus zu warten? Warum willst du jetzt mit mir kommen?«

Wir laufen unter dem Gerüst her.

»Weil ich viel zu neugierig bin«, erwidert sie und bleibt genau unter der Leiter stehen, die nach oben auf die erste Ebene des Baugerüstes führt. Zwischen zwei Leitersprossen hindurch blickt sie mich an und sieht plötzlich aus wie gerahmt, als sei sie nicht wirklich hier, sondern bloß auf einem Bildschirm zu sehen. Genauso wie auf Instagram, es ist eines ihrer typischen Selfies und die Locke fällt ihr ins Gesicht. »Du steckst anscheinend bis zum Hals in einer gigantischen Sache drin. Du drehst an einem sehr großen Rad. Und wenn ich an deiner Stelle wäre, würde ich es gut finden, eine Verbündete zu haben.«

»Aber du bist ja nicht an meiner Stelle«, erwidere ich, »du bist bloß ...«

»Excuse me.«

Unsere Köpfe fahren herum. Der Typ im beigen Anorak steht vor uns. Völlig lautlos muss er sich genähert haben.

»You've got something for me«, sagt er und fixiert mich.

Im ersten Moment komme ich überhaupt nicht drauf, was er meint, denn ich war so auf Kalliope beziehungsweise Habakuk fokussiert, dass ich den eigentlichen Grund meiner Reise nach Köln fast vergessen habe.

»Give me that chip«, sagt er. Noch immer hält er eine Hand in der Jackentasche und die Tasche beult sich aus, als würde er darin eine Pistole verstecken – Finger am Abzug, Lauf auf mich gerichtet. Die Situation ist so absurd, dass ich irgendwie richtig Schiss bekomme und trotzdem gegen meinen Willen lachen muss. Als würde ich plötzlich hysterisch werden.

»I don't know what ...«, stammle ich, grinse und muss abbrechen.

»Are you kidding me?«, fragt der Mann, der auf keinen Fall Engländer oder Amerikaner ist, sein Akzent klingt rau und lässt sich nicht einordnen, ebenso wenig sein Äußeres. Er hat das absolute Allerweltsgesicht, wie einer, den man sofort vergisst, sobald er vorübergegangen ist. Doch dieser Mann hier geht nicht vorüber, sondern fixiert mich weiter und wartet. »Now give me that chip.«

Ich wende mich kurz um, Kalliope auch. Ohne uns abgesprochen zu haben, checken wir beide den Fluchtweg. Doch der ist auf einmal versperrt, denn da steht, vielleicht etwa zehn Meter entfernt, ein zweiter Typ. Der Schnauzbart aus dem roten BMW.

Kalliope macht einen Schritt zur Seite und sagt: »Na los, Amir, gib ihm, was er haben will. Es ist doch jetzt absolut wertlos.«

»Okay.« Meine Hand fährt ganz langsam in meine Hosentasche, wie in Zeitlupe. Bloß keine schnellen Bewegungen machen, damit der nicht noch denkt, ich würde versuchen, eine Waffe zu ziehen. Ich hole das Portmonee hervor und will das Münzfach öffnen. Der Typ im Anorak lässt mich nicht aus den Augen. Und das ist sein Fehler, denn Kalliopes Tritt erwischt ihn vollkommen unerwartet. Ihre Schuhspitze knallt mit solcher Wucht in seine Eier, dass ihm nicht mal Luft für einen Schmerzensschrei bleibt. Kurz sackt er gegen mich, will sich mit einer Hand an mir abstützen, doch ich reiße mich los und im nächsten Augenblick erklimmen wir die Leiter. Meine Hände sind taub, gut so, sie steuern sich von alleine viel besser, als wie wenn mein Hirn das täte, packen Sprosse um Sprosse, Kalliope-Habakuk ist hinter mir, der Schnauzbart spurtet los. Ich bin schon auf den Holzbohlen, laufe zur nächsten Leiter und sehe, wie Kalliope die untere Leiter mit dem Fuß wegstößt. Schnauzbart und Anorak wechseln ein paar Worte, die englisch klingen, dann höre ich, wie einer von ihnen fortläuft und der andere unter lautem Scheppern die Leiter wieder aufzustellen versucht. Weiter hinauf. Hinter der undurchsichtigen Plane sind wir in einem unwirklichen Dämmerlicht gefangen, als wäre das eine Simulation. Oder eine Jahrmarktattraktion. Wir laufen wieder über Holzbohlen, die dumpf unter unseren Schritten dröhnen, wir können nicht ewig weiter hochsteigen, irgendwann endet das Gerüst. Da bleibe ich unvermittelt stehen und Kalliope prallt gegen mich.

»Mann, was …«, ruft sie und stockt, sie folgt meinem Blick durch das Fenster in eine Küche.

Ein junger untersetzter Typ in Boxershorts glotzt uns entgeistert an. Wir trommeln gegen die Scheibe. Sein Gesicht zeigt Schrecken, dann Zorn, dann pures Erstaunen. Unter uns dröhnen die Schritte unseres Verfolgers über die Gerüstbohlen. Endlich öffnet der Typ das Fenster, und bevor er irgendwas sagen kann, schlüpfen wir hindurch und springen in seine Küche.

»Du … bist … Kalliope von Instagram«, stammelt er.

Ich schließe das Fenster und lasse die Rollläden herunter.

»Was soll das? Was wollt ihr von mir? Warum …«

»Lange Geschichte«, sagt Kalliope. »Steht demnächst in meinem Insta-Feed. Wo geht's zur Tür?«

»Da …«

Wir laufen durch einen vollgestopften Flur.

»Mach auf keinen Fall das Fenster auf, wenn es noch mal klopft!«, ruft Kalliope und reißt die Wohnungstür auf.

»Danke übrigens«, sage ich noch, »du hast uns sehr geholfen.«

Der Typ steht im Flur und greift fahrig nach seinem Handy. Sicher hätte er gern ein Selfie mit Kalliope gemacht, aber wir sind schon im Treppenhaus und galoppieren die Stufen hinab ins Erdgeschoss, sie will schon die Haustür aufreißen.

»Stopp«, zische ich, weil mir gerade eingefallen ist, dass nur einer der beiden Männer hinter uns her das Gerüst erklommen hat.

Ich öffne die Tür einen schmalen Spalt weit und spähe hinaus. Tatsächlich: Anorakmann steht vor dem Haus, sieht mich, spurtet los, ich werfe die Tür wieder zu. Hinter mir hat Kalliope schon die Kellertür geöffnet, sie haut auf den Lichtschalter und über eine schmale Treppe erreichen wir einen niedrigen muffigen Gang, der zwischen Holzverschlägen hindurchführt. Am Ende fällt von links ein matter Lichtkegel hinein, dort liegt die Waschküche, wo ein paar Waschmaschinen und Wäschetrockner in Reih und Glied stehen, Bettlaken hängen auf Wäscheleinen, wir kämpfen uns hindurch und da ist die Lichtquelle: das Milchglasfenster in einer Außentür, der Schlüssel steckt. Einen Moment später stehen wir außer Atem in einem Innenhof zwischen Hochbeeten, Fahrrädern und Mülltonnen. Am anderen Ende des Hofes liegt eine Garageneinfahrt, die wohl auf eine andere Straße hinausführt als die Haustür. Mein Kopf tut plötzlich höllisch weh, ich befummle unbeholfen das Pflaster auf meiner Wunde, während Kalliope den elektrischen Öffner für das Garagentor findet und betätigt. Das Tor schwingt knarzend hoch. Wir nähern uns vorsichtig dem Ausgang und spähen die Straße hinauf und hinab. Ein paar Kinder laufen vorbei und eine Frau mit Hund. Von Schnauzbart und Anorak keine Spur.

»Puh, die Luft ist rein«, sagt Kalliope und zündet sich eine Zigarette an.

»Ich kann es immer noch nicht fassen«, sage ich.

»Ja, so eine Verfolgungsjagd hab ich auch noch nie erlebt«, sagt sie. »Total bizarr.«

»Ich meinte eher die Tatsache, dass du Habakuk bist oder – also dass Habakuk Kalliope ist. Obwohl es irgendwie echt total naheliegend ist.«

»Und ich kann immer noch nicht fassen, dass ich mich wirklich geoutet habe«, sagt sie und bläst eine Rauchwolke aus. »Ich dachte immer, der Tag, an dem ich das machen werde, wird der totale Einschnitt in meinem Leben.« Sie lacht trocken. »Und da ereignet sich heute tatsächlich ein total extremer Einschnitt, aber er hat nicht das Geringste mit mir zu tun.«

Ich muss grinsen. »Ich verstehe haargenau, was du meinst.«

»Wer sind diese Leute, Amir?« Sie schaut mich beschwörend an, das Lachen ist aus ihrem Gesicht verschwunden. »Waren die etwa von CAP?«

»Ich denke schon. Schließlich hat der Kerl im Anorak nach dem Chip gefragt. Sie wissen also Bescheid über meine – *unsere* – Mission. Ich schätze, Manfred kann uns mehr darüber sagen. Und hoffentlich auch, wie wir sie wieder loswerden.«

»Na, fürs Erste haben wir sie anscheinend abgeschüttelt«, meint Kalliope.

»Ja, fürs Erste. Wo müssen wir lang?«

Sie orientiert sich, übernimmt wieder die Führung und wir gehen zügig die Straße entlang. Zwischendurch sichern wir uns mit Blicken nach allen Seiten ab; sie nach vorn und nach links, ich nach rechts und nach hinten, es ist ein stummes Einvernehmen, als wären wir ein eingespieltes Team und würden das jeden Tag machen. Seltsamerweise fühlt es sich tatsächlich vertraut an. Und zugleich verstörend. Nicht nur wegen der unmittelbaren Bedrohung und der Sorge, dass Schnauzbart und Anorakmann jeden Moment wieder auftauchen könnten. Es ist ein bisschen so, als hätte ein guter alter Kumpel von mir plötzlich eine Geschlechtsumwandlung gemacht. Kalliope-Habakuk, das Zwitterwesen.

»Das ist der Neumarkt«, sagt sie schließlich »Und jetzt?«

»Wir suchen einen Obdachlosen«, sage ich.

Sie hält die Hand über die Augen und schaut über den riesigen Platz hinweg.

»Kommt mir vor, als wäre hier jeder obdachlos«, murmelt sie.

Stimmt. Auf mehreren Fahrspuren rings um diesen Platz klumpen Autos aneinander wie ein einziger wild wuchernder Organismus, von wegen *Individualverkehr.* In der Platzmitte wabert ein Ameisenhaufen aus Menschen, die durcheinanderwimmeln oder einfach herumstehen oder auf dem Boden sitzen oder in einer endlos langen Schlange vor einem Kiosk warten; manche halten sich zum Schutz gegen die pralle Sonne Aktentaschen oder Zeitungen über den Kopf.

»Er nennt sich Shadow«, sage ich und sehne mich plötzlich nach Schatten.

Und nach einem Schluck Wasser, denn meine Zunge klebt an meinem Gaumen. Im Krankenhaus vorhin hat es immerhin einen Wasserspender gegeben, von dem wir trinken konnten, aber mein Hals fühlt sich an, als wäre das Tage her. Das Wort *Menschenauflauf* kommt mir in den Sinn und bekommt eine völlig neue Bedeutung – ich sehe all diese Leute vor mir, wie sie in eine Backform gepfercht und in den Ofen geschoben und mit Käse überbacken werden. Wir schieben uns mitten hinein und Kalliope zeigt auf ein U-Bahn-Schild, das über den Köpfen der Menge aufragt.

»Lass uns da mal schauen«, sagt sie.

Ich nicke. Gute Idee. Jemand rempelt mich an.

»Sorry«, sage ich automatisch.

»Pass doch auf«, kommt es zurück; keine Ahnung, von wem eigentlich.

»Pass doch selber auf«, gebe ich zurück und weiß gar nicht, wen ich damit meine.

Alle, vermutlich. All die Menschen hier, warum gehen die nicht einfach weg? Warum verläuft sich dieser Auflauf nicht? Ganz offensichtlich hat niemand hier irgendwas Konkretes oder gar Sinnvolles zu tun, die Leute sind bloß hier, weil alle anderen auch hier sind. Schwarmverhalten. Wenn irgendwas Besonderes passiert, geht man halt raus auf die Straße, hin zu den Plätzen. Wenn wir Weltmeister werden, bringen alle ihre Fahnen mit und grölen Lieder. Und wenn das Internet weg ist, hängen alle hier rum in der Hoffnung, dass man hier mehr mitkriegt, als wenn man, nur so zum Beispiel, im Park sitzen oder einen Waldspaziergang machen würde.

»Hey! Kalliope, oder?«

»Kalliopes Selfrecreation – du bist es! Aber so was von!«

Ein paar Jugendliche mit Schultaschen auf dem Rücken haben uns umringt, einige zücken ihre Handys.

»Ich bin nicht im Dienst«, knurrt sie wie schon vorhin und will sich durch den Ring hindurchschieben, doch der öffnet sich nicht.

»Warte doch mal kurz.«

»Können wir nicht schnell 'n Selfie machen?«

»Bist du in echt auch so zickig wie auf Insta?«

»Die ist nicht zickig.«

»Doch und wie, guck sie dir doch an. Ich wusste es.«

Ich schiebe mich vor sie, als wäre ich ihr Beschützer, und sage: »Wir wollen weitergehen. Lasst uns durch.«

Zwei Jungs vor mir verschränken ihre Arme und auf ihren Gesichtern breitet sich ein Grinsen aus, sie haben erst durch meine Worte geschnallt, dass das hier zu einem kleinen Machtspielchen wird, und das gefällt ihnen.

»Wo wollt ihr denn hin?«, fragt einer. »Nirgends funktioniert noch irgendwas.«

»Ist das etwa ihr Typ?«, fragt ein Mädchen hinter uns.

»Ich *wusste,* dass die 'n Typen hat«, sagt eine andere.

»Hey Bro, bist du Marokkaner oder so?«

»Machst du auch Insta? Wie heißt du denn?«

»Hab den noch nie gesehen.«

»Klar, der will nicht mit der gesehen werden, die ist dem viel zu fett.«

»Idiot, Kalliope sieht voll super aus. Hey, bitte lass dich nicht von dieser Dumpfbacke anlabern, Kalliope. Die sind einfach nur doof. Ich find dich toll! Bitte, können wir nur ganz kurz mal eben …«

Da pustet Kalliope ihre Locke aus dem Gesicht und ruft: »Ich bin ein fucking Kunstprodukt aus dem fucking Internet! Ich existiere nicht in echt, klar? Ich bin überhaupt nicht hier. Und jetzt verpisst euch und geht nach Hause, eure Playstation funktioniert auch offline.«

Das macht irgendwie Eindruck. Die beiden Jungs vor uns erschlaffen augenblicklich und geben den Weg frei. Wir schieben uns weiter Richtung U-Bahn, bis wir erkennen, dass der Eingang abgesperrt ist wie schon am Hauptbahnhof. Ein Polizist schickt die Leute weiter.

»Toll, und jetzt?« Ich sehe mich um. Vielleicht doch erst mal was zu trinken besorgen?

Aber dafür ist es offensichtlich zu spät, jedenfalls hier auf dem Platz, denn an dem Kiosk werden in diesem Augenblick die Rollläden heruntergelassen. Vermutlich ausverkauft. Ein Tumult erhebt sich unter den Wartenden. Ich wende mich ab. Und kann ihn riechen, noch bevor ich seine Stimme höre.

»Dachte mir, dass wir uns heute sehen würden«, sagt Shadow aka Gerd Schattmann. Trotz der Hitze trägt er wieder seine Pulloverschichten übereinander. »Haben Sie mich gesucht?«

»Ja. Haben Sie mich etwa erwartet?«

»Kommen Sie mit«, sagt er statt einer Antwort, wendet sich um und geht.

Kalliope und ich folgen ihm. Wir kommen erstaunlich schnell voran, denn die Menschen öffnen unwillkürlich eine Gasse für ihn, als wäre er ein Leprakranker aus dem Mittelalter, der mit einem blechernen Glöckchen die Leute vor sich selbst warnt. Er steuert auf eine große Kirche am Rande des Platzes zu, einen imposanten Bau mit vielen Türmen und zahlreichen Ausbuchtungen. Kurz vor dem Portal bleibt er stehen und dreht sich abrupt um.

»Wer ist sie?«, fragt er mich.

»Wir können ihr vertrauen«, sage ich ruhig.

Er legt den Kopf schräg und misst mich mit den Augen. *Wir,* habe ich gesagt, als seien er und ich Komplizen oder so was. Klingt jedenfalls total überzeugend. Hab ich mir ja vielleicht bei Solveig und Berkant abgeguckt, die auch gerne immer alles in der Wir-Form sagen, sodass man sich ganz unwillkürlich beteiligt, verstanden, abgeholt, mitgenommen fühlt, was weiß ich.

»Na gut«, sagt Shadow, zieht an der schweren Kirchentür und hält sie für uns auf wie ein Gastgeber.

Es ist wie der Eintritt ins Paradies, die herrliche Kühle, die uns plötzlich umfängt. Und das ist offenbar kein Geheimtipp, denn die Kirche ist beinahe voll. In den vorderen Reihen sitzen oder knien einige Menschen und scheinen zu beten, die allermeisten aber hocken in den Bänken und lesen, glotzen wiederholt sinnlos auf ihre Handys oder unterhalten sich. Zwei Leute in schwarzen Talaren, eine Art Kirchendiener oder was, beschränken sich darauf, dass sie die Anwesenden ermahnen, hier drin bitte wenigstens nicht zu essen und nicht zu rauchen. Einer von ihnen nickt Shadow zu wie einem Stammkunden, vielleicht ist er das auch.

Shadow führt uns zu einer kleinen Nische, wo sich abgewetzte Beutel und Taschen stapeln.

»Mein Notquartier«, sagt er. »Ich wohne eigentlich unten in der Passage, aber die Bullen haben das alles geräumt.« Er lacht leise. »Vielleicht haben die ja Angst, dass die Menschen sich unterirdisch in der Stadt ausbreiten, jetzt wo ihre Überwachungskameras nicht mehr funktionieren. Oben auf den Straßen und Plätzen können sie sie wenigstens dem Augenschein nach kontrollieren, aber im Untergrund wären wir alle frei. Darum wurde der Untergrund geschlossen.«

»Aha.« Ich muss die Stirn runzeln. »Aber sagen Sie bitte – woher haben Sie gewusst, dass ich Sie suchen würde?«

»Manfred hat es mir gesagt. Also er sagte, es könne durchaus sein, dass in allernächster Zeit seltsame Dinge mit dem Internet geschehen, und dass dann gegebenenfalls der junge Mann aus dem Parkhaus mich aufsuchen würde, um Kontakt zu ihm aufzunehmen. Also zu Manfred.«

Seine gewählte Ausdrucksweise nervt mich, ohne dass ich sagen kann, wieso. Kalliope hört einfach interessiert zu und schweigt.

»Es stimmt«, sage ich, »ich würde ihn wirklich gern sprechen. Also Manfred. Können Sie mir helfen?«

»Das kann ich. Aber ich bin unschlüssig, ob es ratsam wäre. Er jedenfalls scheint Ihnen zu vertrauen, sonst hätte er es mir nicht sozusagen freigestellt, dass ich Ihnen seine Kontaktdaten anvertraue. Damals bei CAP hatte er zumindest immer ein gutes Gespür dafür, wem man vertrauen kann und wem nicht. Loyalität ist leider ein seltenes Gut.«

»Sie kennen sich von CAP?«, frage ich. »Haben Sie dort gearbeitet?«

»Ja, leider.« Er lacht. »Aber das tut jetzt nichts zur Sache. Also – was glauben Sie, junger Mann? Warum sollte ich Ihnen den Weg zu Manfred freimachen?«

Weil er gesagt hat, ich soll mich an ihn wenden, denke ich, aber ich sage es nicht, weil es sich viel zu läpsch anhören würde. Ratlos sehe ich Kalliope an, als könnte sie mir plötzlich helfen.

Sie erwidert meinen Blick, dann sieht sie Shadow an und sagt: »Ich verstehe, dass Crowd And Power Ihnen nicht gutgetan hat. Dort faseln sie von Community und zerlegen gleichwohl den Menschen in kleinste Einzelteile. Wir leben in einer zersplitternden Gesellschaft und sollen auch uns selbst noch weiter zersplittern. Teile und herrsche!«

Plötzlich ist es gar nicht mehr seltsam, dass sie Habakuk sein soll. Vielmehr kommt es mir vor, als hätte ich niemals ein anderes Bild von Habakuk vor Augen gehabt als das einer jungen Frau mit schwarzen Locken, und als hätte ich schon immer diese leicht rauchige Stimme in meinem Kopf gehört, wenn ich seine Mails oder Blogposts las. Sie ist der Prophet, und in der Akustik dieser Kirche klingt sie, als verkünde sie göttliche Wahrheiten.

»Das haben Sie schön gesagt.« Shadow lächelt. »Manfred würde das gefallen.«

»Ich sage es ihm gerne selber.« Sie lächelt zurück. »Wo finden wir ihn?«

»Er lebt in der Eifel.«

»Vielleicht geht es ein bisschen genauer?«, frage ich.

»Haben Sie was zum Schreiben?«, fragt er zurück.

Ich habe nichts dabei, nicht mal einen Kugelschreiber.

»Die Adresse können wir uns auch so merken«, sage ich.

»Diese nicht«, entgegnet er.

Ich will was erwidern, doch Kalliope hat schon ihr Handy gezückt und öffnet die Notiz-App. Shadow schließt die Augen, als müsse er sich wahnsinnig konzentrieren. Dann bewegen sich seine rissigen Lippen und wie in Trance sagt er eine endlose Zahlenreihe auf. Was immer das sein soll – eine Telefonnummer vielleicht? Jedenfalls keine simple Adresse mit Straße, Hausnummer, Postleitzahl.

Kalliope tippt mit, bis der Mann den Mund schließt und die Augen wieder öffnet.

»Sind das Koordinaten?«, fragt sie.

Shadow nickt.

»Großartig«, brumme ich. »Wie zur Hölle sollen wir das finden? Ohne Internet?«

Da lacht er plötzlich, wirft den Kopf in den Nacken und zeigt zur hohen gewölbten Decke der Kirche. »Mit himmlischem Beistand.«

Der verarscht uns doch komplett, denke ich, oder ist einfach ein bisschen weich in der Birne, doch Kalliope schlägt sich mit der flachen Hand gegen die Stirn und sagt: »GPS, na klar. Satelliten brauchen kein Internet.«

»Pfiffiges Mädchen.« Shadow lächelt und blinzelt ihr zu.

Doch Kalliope antwortet ihm mit einem derart vernichtenden Todesblick, dass sein Lächeln sofort wieder verschwindet.

»Okay, ähm ... vielen Dank, Sie haben uns sehr geholfen«, sage ich und wende mich zum Gehen.

»Ja, das habe ich«, meint er. »Sorgt dafür, dass die Information in keine anderen Hände kommt.«

Wir nicken und verlassen die Kirche. Gut, dass wir die Verfolgungsjagd vorhin nicht erwähnt haben, sonst hätte er es am Ende noch für zu riskant gehalten, uns die Koordinaten zu verraten.

Draußen vor dem Portal sage ich zu Kalliope: »Ich hab gar keine Offline-Karten auf dem Handy.«

»Nee«, sagt sie. »Ich auch nicht. Aber irgendwo in meinem Auto liegt ein steinaltes Navi.«

»Das heißt – ab jetzt sind wir so was wie ein Team?«, frage ich.

»Waren wir schon die ganze Zeit, oder?«, erwidert sie. »Schon von deiner ersten Mail an. Komm.«

»Wohin?«

»Wir holen mein Auto.«

»Dafür, dass wir die ganze Zeit schon ein Team waren, hast du mich heute zwischendurch ganz schön schmoren lassen«, sage ich.

»Ja, sorry, Mann. Wie oft soll ich es dir erklären? Das war ein riesengroßer Schritt für mich, mich ...«

»Zu outen«, sage ich, »schon klar. Ehrlich gesagt – ich hab echt davon geträumt, mit Habakuk ein Team zu bilden. Aber jetzt bin ich stattdessen in einem Team mit ...«

»Kalliope. Na und? Stell dir einfach vor, wir wären zu dritt. Amir, Kalliope und Habakuk. Komm.«

Ich bleibe immer noch stehen und frage: »Warum überhaupt dieses Theaterspiel? Wozu brauchst du zwei Identitäten?«

»Das ist eine lange Geschichte.« Sie winkt ab. »Die erzähle ich dir unterwegs. Sonst noch Fragen?«

»Ja. Eins noch. Was hat dich da gerade so wütend gemacht? Als Shadow dich ein pfiffiges Mädchen nannte?«

Da bleibt sie kurz stehen, kneift die Augen zusammen und sagt: »Niemand würde Habakuk einen pfiffigen Jungen nennen.«

Ich verstehe. Zumindest ein bisschen. Die Antwort passt sowohl auf meine letzte Frage als auch auf die davor.

Wir schlagen uns zu Fuß in die Südstadt durch, wo im zweiten Stock eines Gründerzeithauses Kalliopes kleine Wohnung liegt. Die Wohnung ist wild durcheinander möbliert, ziemlich unaufgeräumt und sehr gemütlich. Passt in meiner Vorstellung gar nicht zu ihr, geht mir durch den Kopf, während ich an der Küchenanrichte lehne und das dritte Glas Kranwasser hintereinander kippe. Das tut gut.

Kalliope scheint meine Gedanken erraten zu haben und sagt: »Hat nicht viel mit den Lofts zu tun, die andere Influencer auf YouTube präsentieren, was?«

Sie kramt einen Rucksack hervor und ich sehe ihr durch den Flur und die offene Schlafzimmertür dabei zu, wie sie Unterwäsche und ein T-Shirt hineinstopft und anschließend Zahnbürste und Duschzeug aus dem Bad holt, bevor sie neben der Wohnungstür den Sicherungskasten öffnet und den Strom abstellt.

»Planst du eine größere Reise?«, frage ich. »Wir fahren in die Eifel, nicht in die Mongolei.«

»Wer weiß, was uns noch alles erwartet«, antwortet sie. »Oder wie die Lage auf den Straßen ist. Vielleicht dauert alles viel länger und wir kommen erst morgen zurück.«

Ja, verdammt. Darauf hätte ich heute früh auch schon kommen können, als ich aufgebrochen bin. Wenn ich wenigstens das Zeug für die Kontaktlinsen dabeihätte oder meine Brille.

»Und der Strom?«, frage ich.

»Was auch immer mit dem Internet passiert ist, und was auch immer als Nächstes geschehen wird«, sagt sie, »es ist mir wohler, wenn meine Fritzbox aus ist. Und alles andere auch.«

»Denkst du, da könnte sich noch mehr Schadsoftware verbreiten? Die noch Schlimmeres anstellt?«

»Woher soll ich das wissen? Seit heute weiß ich gar nichts mehr.« Sie nimmt den Autoschlüssel vom Bord und hält mir die Tür auf. »Dein Freund Manfred soll es uns sagen.«

Zwei Straßenecken weiter steht ihr Wagen, ein steinalter, abendhimmelblauer PT Cruiser, und irgendwo unter dem Fahrersitz findet sich tatsächlich das mindestens ebenso alte Navigationsgerät.

Kalliope schließt es an und tippt die Koordinaten ein.

Ich nehme auf dem Beifahrersitz Platz. Sie lässt den Wagen an, das Navi rechnet noch.

»Du wolltest mir eine lange Geschichte erzählen«, sage ich. »Wie Kalliope zu Habakuk wurde.«

»Die ist wirklich lang«, erwidert sie und fährt los.

»Wir haben Zeit«, sage ich und schaue aufs Navi, das inzwischen den Weg zu Manfreds Domizil berechnet hat. »Wir haben 1 Stunde und 34 Minuten.« Wir verlassen die kleine Nebenstraße und stehen sofort im Stau.

»Vielleicht auch doppelt so lang«, schiebe ich nach.

»Na gut«, sagt Kalliope. »Aber damit du es verstehst, muss ich erst mal erzählen, wie Kalliope überhaupt zu Kalliope wurde.«

»Ich bin ganz Ohr«, sage ich und lehne mich zurück.

5

Wie Kalliope erst zu Kalliope wurde und dann zu Habakuk …

Wann hat das begonnen?

Vielleicht mit jenem Tag am Strand.

»Du bist eigentlich total schön«, sagte Jason.

Kalliope konnte sein Gesicht nicht sehen, denn er hielt sein Handy genau davor, drehte es mal quer, dann wieder hochkant, spreizte Daumen und Mittelfinger, um Details ihres Körpers heranzuzoomen. Sie drehte den Kopf weg, blinzelte gegen die Sonne und schaute auf die Wellen, während er weiter fotografierte.

»Ja, super, im Profil siehst du eigentlich noch toller aus.« Endlich nahm er das Teil runter und sah sie stirnrunzelnd an. Verstand anscheinend nicht, warum sie sich so gar nicht über das Kompliment freute. »Hier, sieh mal.« Er streckte ihr das Handy hin, wischte die Bilder hin und her. »Da staunst du, was?«

Sie zuckte mit den Achseln.

»Ich schick sie dir, okay?«

»Von mir aus.«

Kalliope hat die Bilder immer wieder betrachtet. Damals am Abend nach diesem Strandtag. Und seither noch tausende Male. Es war kurz nach dem Abi gewesen, zu viert waren sie ein paar Tage an die Nordsee gefahren. Flo und Lelle, Jason und Kalliope. Flo und Lelle waren ja schon länger zusammen gewesen, und irgendwie lag es in der Luft, dass da was gehen könnte, zwischen Jason und ihr. Ja, vielleicht stand sie auf ihn, vielleicht war sie sogar in ihn verliebt gewesen, das weiß sie heute gar nicht mehr, denn mit diesem Satz hatte sich alles verändert. Weil sie begriffen hatte, dass Jason sie lieber durch seine Smartphone-Kamera betrachtete statt einfach so. Er hat ja auch wirklich Talent und ein gutes Auge und auch ein Händchen für die ganzen Filter; keine Frage, die Fotos sind wunderbar. Kalliopes dezent lackierte Zehennägel, wie ihre nackten Füße beiläufig im Sand graben. Das Tattoo aus hebräischen Schriftzeichen auf der linken Schulter, der Leberfleck am Schlüsselbein, das Spiel von Licht und Schatten auf ihrem Rücken, die Lendengrübchen, diese eine Locke in der Stirn. Immer wieder die Locke. Und die Zigarette im Mundwinkel. Rauchen wir noch eine? Du bist eigentlich total schön.

Es wäre natürlich Quatsch zu behaupten, sie hätte sich am Ende gerade deswegen für Philosophie eingeschrieben. Wegen dieses Satzes. Dieses Wortes. *Eigentlich.* Heidegger hat viele schöne Gedanken über die Frage der *Eigentlichkeit* niedergeschrieben; dass es ums Freisein gehe, um die eigentliche Offenheit des Daseins, um das Mitsein für Andere. Was theoretisch total gut klingt, sofern man ausblendet, dass Heidegger *eigentlich* Faschist war. Vielleicht war das auch schon ein Hauch von Habakuk, der sie zur Philosophie brachte, vielleicht gab es ihn ja immer schon, wenn auch noch nicht als diese Kunstfigur mit eigenem Namen, so doch untergründig, als ein Teil von ihr. Jason dagegen war schon ziemlich bald aus ihrem Leben verschwunden, er studiert heute in Wien oder so, ist auch egal, seine Fotos sind geblieben. Kalliope fing an, seinen Stil nachzuahmen, wenn sie Selfies von sich machte. *Eigentlich* war sie schön.

Natürlich gibt es keine Teenager, die nicht mit ihrem Aussehen hadern, egal welchen Geschlechts und egal, ob sie *objektiv* schön sind oder bloß *eigentlich* schön; dazu braucht man nicht mal *Germany's Next Topmodel*. Der Druck ist immer und überall da. Selbst Lelle stand ständig unzufrieden vor dem Spiegel in dem kleinen Badezimmer ihrer gemeinsamen WG in Freiburg, suchte nach Makeln an ihrem perfekten Körper und zupfte stundenlang ihre Augenbrauen. Und währenddessen hielt sie Kalliope Vorträge über die Body-Positivity-Bewegung, die plötzlich in Magazinen, Blogs und Insta-Hashtags gehypt wurde. Alle sollen ihren Körper lieben, wie er ist, alle sehen irgendwie toll aus, alle … gemeint sind natürlich Frauen. Zum Kotzen, fand Kalliope das. Klar, Diversity und Akzeptanz und Selbstliebe und weiß der Geier – voll wichtig und so, keine Frage, aber am Ende geht es halt doch bloß wieder ums Äußerliche, um den Körper.

Vielleicht kam daher dieser leicht verpeilte, weltferne Blick, der Kalliopes Fotos auf Instagram bis heute auszeichnet und der zumindest am Anfang gar nicht bewusst in Pose gesetzt war. Sie fühlte sich wirklich weltfern. Körperfern. Ihre Gedanken liebten es, durch philosophische Theoriegebäude zu streifen wie durch verwinkelte Paläste, jedes Zimmer eine eigene Welt, und nur nach und nach erschlossen sich die Verbindungsgänge und all die Treppen und Türen. Von jedem Streifzug brachte sie Gedankensplitter mit, die sie mit den Fotos bei Instagram postete. Die Splitter interessierten fast niemanden, den sie kannte – ihre Follower waren damals vor allem alte Schulbekanntschaften aus Karlsruhe und neue Studienkontakte aus Freiburg, Leute vom Schwimmverein, in dem sie mal gewesen war, und welche aus dem Orchester, wo sie früher Kontrabass gespielt hatte. Das änderte sich erst, als sie jeden einzelnen Splitter zum Hashtag machte. Die Hashtags sind wie ein Schlüssel zu Türen, von denen du vorher gar nicht wusstest, dass es sie überhaupt gibt. Die Türen gehen auf und dahinter tummeln sich Leute, die aus völlig anderen Zusammenhängen und Gründen heraus dieselben Schlagwörter interessant finden: #glück #selbst #phrase #nichts #lichtung #indieweltgeworfen #sartre #simonedebeauvoir #dasanderegeschlecht #wasistwahrheit #ichwillpommes #bookstagram #sosein #poser #unsterblich #badmood #bedmood #bettmut #gauloises.

Für tiefschürfende philosophische Gespräche ist Instagram das falsche Medium, so was hatte Kalliope auch gar nicht erwartet. Was denn stattdessen? Vielleicht, dass sie ein paar interessante Splitter zurückbekam, Gedankensplittertausch gewissermaßen. Stattdessen schrieb irgendein Typ in die Kommentare: *Wow, voll der Wahnsinn, wie du zu deinen Kurven stehst. Zeig mal mehr davon.*

Gedankensplitterfasernackt.

Ein anderer antwortete auf den Kommentar: *Stehst du auf Fettärsche, Bro? Na ja, über Geschmack soll man nicht streiten.*

Kalliope hatte irgendwo gelesen, dass jeder View, jedes Like in sozialen Medien Endorphine ausschüttet. Und das konnte sie gut nachvollziehen, sie fühlte es ja auch. Aber jeder Scheißkommentar eines Haters gab ihr darüber hinaus einen kleinen Adrenalinstoß, das war mindestens genauso geil. Sie konnte sich das selber gar nicht so genau erklären, aber egal – warum sie gerne rauchte, konnte sie sich ja auch nicht erklären; jeder weiß, dass es absolut unvernünftig ist, manche tun es eben trotzdem. Und das war es, was ihr an Insta gefiel, an den zersplitternden Gedanken und Millionen kleiner Fetzen von Wirklichkeit: dass das Endorphin- und Adrenalingewitter so zuverlässig über sie hereinprasselte. Wenn du durch deine eigenen Insta-Beiträge scrollst, siehst du dein Ich vollkommen fragmentiert, wie es flüchtig vor deinen Augen vorbeiflattert – mit anderen Worten: so, wie es *eigentlich* ist. Etwa nicht? Mehr als das lässt der Turbokapitalismus doch gar nicht übrig von uns.

Kalliope hätte gern mit Lelle darüber diskutiert, beste Freundin seit der achten Klasse, WG-Mitbewohnerin, Studentin im Fach Medien- und Kommunikationsmanagement, neuerdings wieder Single, seit Flo, der in Berlin studierte, die Fernbeziehung nicht mehr wollte. Aber Lelle fand dieses politisch-philosophische Gelaber (»Sorry, Süße, ich mein das nicht so krass, wie es sich anhört.«) einfach zu abgehoben. Kalliope solle es lieber mal mit Yoga probieren. An der Uni gab es da Kurse und Lelle hatte das für sich entdeckt, erst mal nur, um über die Sache mit Flo hinwegzukommen, aber dann ging sie ganz drin auf, hatte sich sofort auf Amazon Sitzkissen und Klangschale bestellt und postete auf Instagram Bilder von sich in allen möglichen Positionen. Dazu schrieb sie meistens, wo sie gerade die neuen Yogapants bestellt hatte, in denen ihre Schenkel noch straffer aussahen, und markierte den Hersteller.

»Du kriegst doch nicht etwa Geld dafür?«, fragte Kalliope halb belustigt, halb besorgt.

»Leider nein«, antwortete Lelle. »Aber vielleicht wird ja mal eine Firma drauf aufmerksam und macht mir ein Angebot, wer weiß? Wär doch eigentlich cool.«

Und schließlich begann Lelle, ihre Posts mit dem Hinweis *Achtung, bezahlte Werbung* zu versehen. So was soll eigentlich als rechtliche Absicherung dienen, damit man nicht wegen Schleichwerbung belangt wird. Aber in Wahrheit bekam Lelle keinen Cent; sie postete Fake Ads, um so zu tun, als hätte sie eine gewisse Reichweite und Relevanz.

Zumindest hatte Lelle damals, da waren sie beide im zweiten Semester, mit knapp zweitausend Followern viermal so viele wie ihre Mitbewohnerin, und sie wurden rasch mehr. Aber Kalliope holte rasant auf. Und zwar, indem sie meistens das Gegenteil von dem tat, was Lelle versuchte. Sie ahmte Yogaposen nach und fotografierte sich dabei in sehr unvorteilhaften Leggings und schrieb dazu: *der hersteller hat mich übrigens gebeten, künftig keine fotos mehr von mir in diesen pants zu machen, weil ich ihm peinlich bin.*

Ein Mädchen kommentierte: *Du bist echt witzig, aber jetzt mal im Ernst: Das Oberteil ist der absolute Hammer. Wo hast du das her?*

Zwischendurch neckten sie sich gegenseitig in den Kommentaren, das war witzig und steigerte gleichzeitig die Reichweite von beiden Accounts. Aber *eigentlich* wussten Kalliope und Lelle, dass sie längst angefangen hatten, ihre Freundschaft zu zerstören. Sie hatten sich auf einen Konkurrenzkampf eingelassen, der nicht nur zwischen zwei Insta-Accounts stattfand, sondern zwischen zwei Arten, die Welt zu sehen. Kalliopes Follower-Zahlen schnellten in die Höhe. Zu Beginn des dritten Semesters hatte sie ihre Freundin überholt, und nachdem sie die zehntausend geknackt hatte, lief es von allein, die Follower schienen sich selbst zu multiplizieren – nee, zu potenzieren.

Sie scherzten darüber, lachten viel und sagten jeden Tag zueinander, wie ironisch und überhaupt nicht ernst gemeint dieser Wettstreit sei. Das erzählten sie auch grinsend, wenn sie auf Partys darauf angesprochen wurden, denn natürlich fand ihr inszenierter Beef viel Beachtung im Umfeld, es war unterhaltsam wie eine Netflixserie und auf die Weise schusterten sie sich sogar gegenseitig immer neue Follower zu. Nee, nur ein Witz, sagten sie dann, das ist eigentlich total ironisch. Eigentlich. Und genau das war das Perfide daran, verstand Kalliope. Sie verstand es mehr, als Lelle es verstand, das war gemein von ihr, aber sie konnte nicht aufhören. Ironie oder Ernst – das spielt nämlich überhaupt keine Rolle mehr, sobald du Resonanz bekommst. Aufmerksamkeit. Influence.

Im Sommer nach dem vierten Semester machte Lelle wirklich Ernst. Sie plünderte ihr Sparbuch und investierte. Statt in Urlaub zu fahren, nahm sie ein Coaching bei irgendeiner Agentur in Anspruch, lernte alles über Licht und Filter, über die richtige Tageszeit zum Posten und wie man die eigene Reichweite erhöht, indem man *Comment Groups* bildet, wo Leute sich gezielt gegenseitig kommentieren, weil der Algorithmus das angeblich mit mehr Reichweite belohnt. Sie kaufte Follower. Unregelmäßig und in kleinen Tranchen. (»Das machen alle so, echt jetzt. Fühlt sich erst komisch an, aber ich versuch das rein businessmäßig zu sehen.«) Und irgendwann klappte es. Na ja, ein bisschen jedenfalls. Lelle setzte Affiliate-Links zu Produkten und Herstellern, die pro Click bezahlt werden, es waren nur Cent-Beträge, aber immerhin ein Anfang. Dummerweise war Lelles Agentin natürlich längst auch auf Kalliope aufmerksam geworden, und kurz nach Beginn des fünften Semesters erhielt Kalliope ein Angebot. Spätestens hier hätte sie die Reißleine ziehen müssen, um die Freundschaft zu retten. Last Exit. Aber ihre Neugierde war zu groß.

»Bei dir machen wir keinen Affiliate-Kram«, sagte die Agentin, »das passt gar nicht zu deiner Art. Wir setzen auf Direktvergütung. Wer bei dir was platziert, soll dich gefälligst bezahlen, mit Festbeträgen und zwar im Voraus.«

Kalliope fühlte sich, als würde sie heimlich mit Lelles Freund schlafen. Dabei war es erstens nicht heimlich und zweitens viel schlimmer als das, und drittens hatte Lelle ja gar keinen Freund, weil in ihrem Leben außer für Insta kaum noch Platz war. Doch je verbissener sie kämpfte, desto schneller schmierte sie ab.

Während sie immer noch manchmal Fake Ads setzte, brachten die Paketboten kiloweise Gratisprodukte irgendwelcher Werbepartner für Kalliope. Irgendwann wurde auf Partys nur noch sie angesprochen, während Lelle stumm danebenstand. Sie hätte ja verdammt noch mal wütend werden und Kalliope Vorwürfe machen können, vielleicht hätte das dann doch noch was geändert. Aber da war keine Wut, nur Scham. Ja, echt jetzt, Lelle schämte sich für ihren offenkundigen Misserfolg. Es war ihr peinlich! Ihr Tiefpunkt war der Sommer nach dem Bachelor. Sie hatte viel Geld investiert und fast nichts verdient und griff zu einer Maßnahme, mit der sich erfolgreichere Influencer bisweilen ihren Urlaub finanzieren: Sie versuchte zu schnorren. Sie mailte so ziemlich jedem Hotel auf so ziemlich jeder Insel zwischen Ibiza und Kreta ihr *Angebot,* dass sie gegen freie Kost und Logis sehr ausführlich und begeistert auf ihrem Insta-Kanal für die Location werben werde. Die Absagen trieften vor Häme. »Leider können wir nur jeden hundertsten selbst ernannten Influencer eine Woche lang auf unsere Kosten durchfüttern, Sie sind leider Nummer 99.«

Und irgendwann gab es gar keine gemeinsamen Partys mehr. Lelle war mit ihrem Bachelor auf Jobsuche gegangen, hatte keinen Bock, einen Master dranzuhängen, fand aber auch nichts Gutes und begann schließlich ein Volontariat bei eben jener Agentur, der sie zuvor Geld bezahlt hatte, um sich zur Influencerin coachen zu lassen. Nun würde sie die Agentur dabei unterstützen, sich an den Wunschträumen und Luftschlössern anderer Leute zu laben. Natürlich ohne festes Gehalt.

Für Kalliope war das ein guter Zeitpunkt, um sich zu trennen. Von Lelle und der WG, von der Stadt, von der Agentur und auch von Liam, der *eigentlich* irgendwie ihr Freund war, obwohl er selbst das lieber als *friends with benefits* bezeichnete, offiziell waren sie gar nicht zusammen gewesen, und das kam ja auch auf Insta sowieso besser, solo zu sein.

Auch von der Uni trennte sie sich, allerdings ohne Bachelor, sie hatte das Studium ein bisschen vernachlässigt, aber egal, sie musste einfach woandershin und entschied sich für Köln. Es hätte genauso gut Kapstadt oder Kuala Lumpur werden können, sie hatte da gar keine Präferenz. Die Rheinländer sind vom Menschenschlag her wahnsinnig herzlich, weltoffen und vollkommen oberflächlich – das gefiel ihr und gab den Ausschlag. Pro forma schrieb sie sich an der Uni ein, aber eigentlich konzentrierte sie sich ganz auf ihren Insta-Job.

Job? Ja, tatsächlich. Sie hatte inzwischen eine Viertelmillion Follower und verdiente rund dreitausend Euro im Monat, mit gewissen Schwankungen natürlich, aber es reichte für eine Zweizimmerwohnung und einen gebrauchten PT Cruiser. Die Einkommensdelle, die der Agenturwechsel ausgelöst hatte, war schnell vergessen. Sie schloss ihre Verträge jetzt selbst, war freudig überrascht von ihrem eigenen Verhandlungsgeschick und genoss das Alleinsein ohne Agentin, Casual-Sex-Partner und Best-friends-forever-Mitbewohnerin.

Aber ganz allein war sie nicht, denn irgendwann zog Habakuk bei ihr ein. Er hatte nicht draußen vor der Tür gestanden und angeklopft, sondern war irgendwie aus dem Abflussrohr gekrochen oder aus dem Mülleimer, er barg Kalliopes ganzen Selbstekel in sich und recycelte ihn, formte ihn zu vernichtend geschliffenen Sätzen und postete sie auf seinem Blog.

War sie manchmal einsam? Kann sein. Sie ging dann und wann zur Uni, dann und wann zum Schwimmen, aber das reichte nicht für echte neue Kontakte, sie brauchte ja auch keine. Eigentlich. In Köln leben angeblich weit über tausend relevante Influencer – was immer man unter *relevant* verstehen mag. Ein paar Begegnungen gab es hier und da, aber da war niemand, der sie ernsthaft interessiert hätte, und von den einschlägigen Conventions hielt sie sich eh fern, das würde ja auch gar nicht zu ihrem ironischen Habitus passen. Und wer braucht schon Freunde, wenn er inzwischen drei- ... nein, bald schon vier- ... ach, was ... fünfhunderttausend (!) Follower hat?

Im Vergleich dazu war Habakuks Fanbase natürlich mikroskopisch. Aber sie wusste ja, wie man Reichweite generiert. Sie begann, einen Beef zwischen ihm und *kalliopes_selfrecreation* zu inszenieren. Ein bisschen so wie damals mit Lelle. (Ach, Lelle ...) Das machte tierisch Spaß. Vor allem, weil es ein öffentliches Selbstgespräch war, von dem aber niemand ahnte, dass es das war. Es war ihr innerer Beef, den sie da nach außen trug und der die Leute neugierig machte. Immer wieder mal versuchte jemand, zu Habakuk Kontakt aufzunehmen. Manche fühlten sich von Habakuk »inspiriert« oder »verstanden«; vielleicht suchten sie einfach wen zum Reden. Oder es waren Journalisten oder andere Blogger oder irgendwelche Aktivisten oder Leute, die sich einfach wichtigmachten. Einmal meldete sich sogar ein Agent bei Kalliope, ein gewisser Enno, Gründer und CEO von *connecting_zed,* und unterbreitete ihr die Idee, sie und Habakuk gemeinsam zu vermarkten, *hey, das wird absolut mega-nice, ihr zwei zusammen auf einem Kanal, so einen Content gab es noch nie zuvor.* Als hätte dieser Enno sie bereits durchschaut. Aber das war nicht der Fall, wie sie bei einem gemeinsamen Frühstück herausfand, Enno hatte bloß geschnallt, wie viel *Awareness* in diesem Beef lag. Natürlich ließ Kalliope ihn abblitzen.

Von welcher Sorte war wohl dieser eine Typ da, der eines Tages ein Bibelzitat postete? Ein paar Verse aus dem Buch des Propheten Habakuk: *Er schleppt sie weg in seinem Netz ...*

Immerhin kreativer als die meisten anderen. Etwas an diesem

Amir gefiel ihr. Klar, die Augen, diese langen Wimpern, die gefielen sicher jedem, und an seinen Fotos sah man, dass er das auch wusste. Aber sonst wusste er noch nicht viel vom Leben, auch das sah sie an den Fotos. Vielleicht gab das kurze Video den Ausschlag, das ihn beim Tanzen zeigte. Genauso muss man tanzen, dachte sie. So, als würde niemand zusehen. Das war irgendwie …

■

20.41 Uhr

»Stopp mal«, rufe ich dazwischen. Und muss mich räuspern. Mein Mund ist ganz trocken, ich komme mir vor, als hätte ich seit Stunden kein Wort mehr gesprochen, sondern einfach gebannt ihrer Geschichte gelauscht. Und das habe ich tatsächlich. Ich frage: »Wie kommst du auf die Idee, dass ich nicht viel vom Leben weiß? Wirke ich auf dich so naiv oder was?«

»Was stört dich daran?«, fragt sie zurück. »Wir alle werden immer nach unserem Äußeren bewertet und einsortiert. Bei mir diskutieren jeden Tag zig Leute, was mein Blick wohl gerade zu bedeuten hat.«

»Bei dir vielleicht«, brumme ich. »Schau, da vorne musst du abfahren.«

Kalliope schaltet runter und lässt den Motor aufheulen, wir verlassen die Autobahn und das tut gut, nachdem sich stundenlang fast nichts bewegt hat. Der Wind bläst durch die offenen Fenster und wirbelt die Reste des Zigarettenrauchs nach draußen. Sie rauche sonst nicht im Auto, hat sie gesagt, während wir in dem unendlichen Stau standen; ob es mich denn sehr stören würde, und ich habe Nein gesagt, obwohl ich dachte, dass es mich natürlich stört. Es hat mich dann aber tatsächlich nicht gestört. Vielleicht weil ihre Geschichte mich so gepackt hat. Nur funktioniert bei offenem Fenster die Klimaanlage nicht und ich bin total durchgeschwitzt. Mein Hemd habe ich mir längst abgestreift und einfach nach hinten auf die Rückbank geworfen. Am liebsten würde ich mir auch das T-Shirt ausziehen, aber das wäre wohl ein bisschen zu informell.

Wir fahren durch die Eifel, einsame Gegend, raue Hügel, graugrün vor dem graublauen Himmel, es zieht sich zu, da hinten ballen sich Wolken zu Bergen, es könnte ein Gewitter geben. Die Sonne ist schon untergegangen, aber von hinten strahlt sie noch die Wolkenberge an, das sieht aus, als würden die Wolken an den Rändern brennen. Die Gluthitze des Tages hat sich in eine alles niederdrückende Schwüle verwandelt. Keine Ahnung, wo wir sind, aber das Navi weiß es wohl. Leider kommuniziert es nicht mit uns, es zeigt bloß an, dass unsere restliche Fahrtzeit bis zu Manfreds Domizil 32 Minuten beträgt. Als wir vor rund drei Stunden losgefahren sind, zeigte es 1 Stunde und 34 Minuten. Wir fahren zwar nicht blind, dafür aber stumm und taub, unser Navi hat keine Ahnung von den Staus, weiß nichts über Unfälle, kann keine günstigeren Ausweichrouten berechnen, es spricht kein bisschen mit uns, es hat noch nie was von mobilem Internet gehört, so steinalt scheint es zu sein. Aber immerhin, es zeigt uns den Weg, ganz egal, wie lange das dauert.

Wieder räuspere ich mich, bevor ich frage: »Du bist also deswegen auf meine Anfrage eingegangen? Weil dir das Tanzvideo gefallen hat?«

»Tja, keine Ahnung, ehrlich gesagt. Irgendwas hat mich neugierig gemacht. Du hast mich jedenfalls nicht enttäuscht. Ich fand unseren Austausch witzig und geistreich und – was mir anfangs total wichtig war: unverbindlich. Aber das änderte sich an dem Abend, an dem du mir diese Frage gestellt hast.«

»Welche?«

»Ob ich – also Habakuk – ob ich Kalliope hasse.«

»Und?«

Sie seufzt. »Wenn man das, was man tut, *eigentlich* ironisch tut, ist man gar nicht fähig zu hassen. Hass und Ironie schließen sich aus.«

»Meine Frage hat dich also ins Grübeln gebracht«, halte ich mit einer Spur von Genugtuung fest.

»Ja, auch. Und misstrauisch gemacht.«

»Wieso?«

»Na, ich hatte plötzlich Schiss, du könntest mich durchschaut haben. Ich dachte, du willst mich vielleicht aus der Reserve locken. Eigentlich deutete nichts darauf hin, aber sicherheitshalber hab ich ein bisschen über dich recherchiert. Du gibst ja nicht viel über dich preis im Netz, aber das Netz selbst weiß genug über dich: Mit wem du Kontakt hast, wer dich vor Jahren auf dem Klassenfahrtfoto markiert hat, welchen Kommentar du zu deiner Lieblingsfußballmannschaft abgibst, wer dich in diesem angesagten neuen indischen Restaurant fotografiert hat ...«

»Hey, du hast mich gestalkt?« Das soll eigentlich wie ein Vorwurf klingen, tut es aber vermutlich nicht, denn ich fühle mich nicht ausspioniert, sondern eher – na ja – geehrt? Aufmerksamkeit halt.

»Ich gebe zu, ich hab mich sehr gefreut, dass du meine Texte lobst«, fährt sie fort. »Ich hatte nie zuvor Feedback auf Habakuks Gedanken bekommen, also nicht direkt. Es gibt ja keine Kommentarfunktion, das wollte ich auch gar nicht. Und dass Habakuk inzwischen auf Blogs und manchmal sogar in Zeitungen und Magazinen zitiert wird, das schmeichelt mir, klar, aber das ist kein richtiges Feedback. Und irgendwie war ich gar nicht überrascht, als du mich nach einem Treffen gefragt hast. Trotzdem gab es da in meinem Hinterkopf den Verdacht, dass das alles nur ein billiger Vorwand wäre. Dass du dir diese hanebüchene Story rund um einen Chip voll brisanter Informationen bloß ausgedacht hattest. Als du dann noch mit kryptischen Andeutungen zum Untergang des Internets anfingst, hattest du den Bogen eigentlich überspannt. Aber nur eigentlich, denn jetzt wollte ich es tatsächlich wissen.«

»Worin bestand dein Risiko?«, frage ich. »Was hattest du denn zu verlieren?«

»Alles«, antwortet sie sehr bestimmt. Wie zur Bestätigung flackern Blitze durchs Innere der Wolkenberge vor uns. »Ich hatte doch keine Ahnung, wie du reagierst, wenn du schnallst, wer ich bin. Was würde passieren, wenn du das an die große Glocke hängst? Wie würden meine Follower bei Insta reagieren? Ich hätte ja mit einem Schlag meine ganze Credibility verlieren können – und zwar in beiden Welten.«

»Tja, daraus wird wohl vorerst nichts«, sage ich. »Kein Internet, keine große Glocke.«

»Aber echt«, brummt sie. »Dabei habe ich so intensiv mit mir gerungen, ob ich mein Geheimnis mit dir teilen soll. Ach, Mann.« Sie haut mit der flachen Hand aufs Lenkrad. »Es war so ein schöner Plan, das mit dem Kino und so. Aber als ich heute Morgen aufgestanden bin, war plötzlich alles anders. Ich hatte plötzlich richtig Schiss vor dir, weißt du?«

»Hm«, mache ich. Klar, ich bin in ihren Augen der Typ, der *es* gewusst hat. So wie für mich wiederum Manfred der Typ ist. Hab *ich* eigentlich Schiss vor *ihm?*

»Ich wollte mir, wie gesagt, trotzdem unbedingt ein Bild von dir machen«, fährt sie fort, »darum bin ich zum Kino gegangen. Ich sah dich da stehen – und dann bist du plötzlich ausgerastet.«

»Hm«, mache ich wieder. »Ich weiß auch nicht … ich war mit einem Mal so dermaßen wütend, auf … alles irgendwie. Diese ganze Cyberkalypse.«

»Ging mir am Anfang auch so. Ich fühle mich seit heute Morgen komplett abgeschnitten von der Welt, in der ich lebe. Als hätte man mich aus meiner Wohnung ausgesperrt, weißt du? Komplett abgeschnitten von meinen Bildern, meinen Themen, meinen Followern. Und von Habakuk. Mir ist überhaupt erst heute richtig klar geworden, dass er ja bloß virtuell existiert.«

»Das könntest du ändern«, werfe ich ein, ohne dass ich selber genau weiß, was ich damit meine.

»Habakuk ist meine geringste Sorge«, antwortet sie und wirft einen Blick in den Rückspiegel. »Was nämlich absolut real existiert, sind die beiden Kerle von vorhin. Ich hoffe bloß, dass sie unsere Spur in Köln verloren haben.«

»Wenn das Internet noch funktionieren würde, würde ich mir Sorgen machen«, sage ich. »Aber ohne irgendwelche digitalen Spionagegadgets werden die uns niemals orten können. Das ist eine gute Seite an der Cyberkalypse.«

Sie schiebt ihre Unterlippe vor, als denke sie einen Moment lang nach. Dann schaut sie mich an und sagt: »Ich entdecke immer mehr gute Seiten an der Cyberkalypse. Vielleicht ist sie die Rettung. Nicht für uns, vielleicht, nicht für dich und mich. Aber eine Atempause für den Planeten.«

Könnte durchaus sein. Ich lasse ihre letzten Worte nachklingen, sie verschmelzen mit dem ruhigen Brummen des Wagens. Mein Blick fällt auf das Radio. Wie geht es eigentlich dem Planeten ganz aktuell?

»Darf ich mal das Radio anmachen?«, frage ich. »Vielleicht gibt es was Neues.«

»Klar«, sagt sie und macht es selbst an.

»... erleben wir eine ziemlich paradoxe Situation«, sagt eine Männerstimme. »Behörden und Sicherheitskreise haben in den vergangenen Jahren versucht, sich auf extreme Cyberattacken vorzubereiten, und dafür verschiedene Szenarien entwickelt. In all diesen Szenarien ging man davon aus, dass das erste Ziel solcher Attacken die Kraftwerke seien, um die Stromversorgung lahmzulegen, sozusagen dem Land das Licht auszuknipsen. Das würde erhebliches Chaos verursachen – darauf wollte man sich vorbereiten. Jetzt sehen wir aber, dass das gar nicht der Fall ist, alles funktioniert einigermaßen, wir haben Strom, wir haben Wasser und ältere Telefonanlagen sind auch in Betrieb. Das Verrückte ist – wir befinden uns trotzdem in einer chaotischen Situation. Wenn auch anders, als in den Szenarien diverser Krisenstäbe vorausgesehen. Viele Pläne gingen davon aus, dass Menschen im Katastrophenfall öffentliche Plätze eher meiden, dass sie sich rasch nach Hause begeben oder sich von Städten hinaus aufs Land bewegen. Aus den meisten Städten aber berichten Korrespondenten, dass die Menschen in die Zentren strömen, Eltern laufen zur Schule ihrer Kinder, andere zur Firma des Ehepartners oder dorthin, wo man vermutet, dass Freunde sich aufhalten. Oder man drängt sich ganz einfach auf öffentlichen Plätzen. Offenbar hat der Totalausfall der digitalen Kommunikation eine erhebliche Verunsicherung ausgelöst, die in dieser Form nicht absehbar gewesen ist.«

»Kann er laut sagen«, brumme ich.

»Vielleicht haben die Leute plötzlich Schiss, dass ihre Liebsten gar nicht existieren«, meint Kalliope. »Weil wir alle nur real sind, solange wir erreichbar sind. Ich bin online, also bin ich.«

»Schöne Formulierung, Habakuk«, sage ich.

Sie lächelt, ohne mich anzusehen, sie konzentriert sich auf die Straße und meint: »Ich würde es sofort posten, aber geht ja leider nicht.«

Im Radio sagt eine andere Männerstimme: »Vielen Dank für diese Einschätzungen. Wie ich höre, dauert die Sitzung des UN-Sicherheitsrates weiter an. Die Mitglieder konzentrieren sich leider nicht so sehr auf die Suche nach Lösungen; mehr auf die Suche nach dem Schuldigen. Die Liste der Verdächtigen wird immer länger: Russland, China, Nordkorea, Iran – der Iran hat seinerseits Israel bezichtigt – oder diverse nichtstaatliche Organisationen. Die BBC hat weltweit fast dreißig Bekennerschreiben gezählt, sie stammen von Dschihadisten, Neonazigruppen, Anarchisten, radikalen Umweltschützern. Daneben hört man auch die These, dass ein globales Verbrechersyndikat mithilfe der Cyberkalypse weltweit die Börsen zum Absturz bringen will, um die Kurse zu manipulieren. Aber das ist nach wie vor alles reine Spekulation.«

»Ich wusste es tatsächlich nicht«, sage ich in eine Sprechpause des Journalisten hinein. »Also bei dem Video, wo ich tanze. Ich wusste wirklich nicht, dass ich gefilmt werde, sonst hätte ich mich das nicht getraut.«

Sie lacht und schaut geradeaus. Dann dreht sie sich aber doch zu mir und fragt: »Wer hat das Video gemacht? Deine Freundin?«

»Die USA haben sich inzwischen auf Moskau als den Urheber festgelegt«, sagt Radiomann.

»Aha«, sagt Kalliope, »Exfreundin?«

Ich nicke.

»Die europäischen Staaten agieren deutlich zurückhaltender und mahnen zur Deeskalation«, erklärt Radiomann. »Die NATO schließt zum jetzigen Zeitpunkt keine Option aus. Dazu gehört auch die Möglichkeit eines umfassenden digitalen Gegenschlages. Von der deutschen Bundesregierung gibt es hierzu noch keine Stellungnahme.«

»Ich glaube, die hat auch gedacht, ich würde nicht viel vom Leben verstehen«, brumme ich. »Ich bin vielleicht einfach bloß etwas zurückhaltender als andere. Ich bin gern im Hintergrund.«

»Juristen verweisen auf die fehlende Rechtsgrundlage«, sagt Radiomann. »Für einen digitalen Gegenangriff, egal gegen wen, müssten die großen Netzanbieter der Cyber-Network-Defense-Einheit der Bundeswehr einen direkten und exklusiven Zugang zu ihren Glasfaserleitungen gewähren.«

Kalliope seufzt. »Hätte ich gewusst, dass es dich derart wurmt, hätte ich mir die Bemerkung verkniffen.«

»In einem demokratischen Land lässt sich so etwas allerdings nicht einfach so anordnen«, erklärt Radiomann. »Sollte die Regierung es trotzdem versuchen, will die Opposition sich eventuell mit einem Eilantrag ans Bundesverfassungsgericht wenden. Dass uns solche Statements und Mitteilungen überhaupt erreichen, verdanken wir übrigens einigen Kollegen, die mithilfe von Amateurfunkern eine Art improvisiertes Korrespondentennetz in Berlin aufbauen.«

»Der erste Teil meiner Bemerkung hat dich aber nicht gestört«, meint Kalliope.

»Welcher erste Teil?«, frage ich.

»Dass du schöne Augen hast«, sagt Kalliope.

»Achtung!«, rufe ich.

Kalliope tritt auf die Bremse. Am Ende der Kurve hat sich ein kleiner Stau gebildet, fünf oder sechs Autos halten vor uns mit laufenden Motoren. Der Grund für den Stau ist ein Pick-up, der weiter vorn quer auf der Straße steht und die Durchfahrt versperrt. Abseits steht eine Harley Davidson und glänzt matt im Abendlicht. Drei Männer und eine Frau in Camouflage-Klamotten laufen zwischen den Autos herum und diskutieren mit den Insassen. Jetzt kommt die Frau auf uns zu. An ihrem Gürtel ist ein Walkie-Talkie befestigt und auf ihrer Weste prangt ein breiter Streifen Klebeband und darauf ist mit Filzstift geschrieben: *Bürgerwehr Bernscheid.*

Die Frau beugt sich zu Kalliope ins Fenster herab. »Darf ich fragen, was Sie in diese Gegend führt?«

»Ich glaube nicht, dass Sie das etwas angeht«, antwortet Kalliope kühl.

»Fraglich ist aber«, sagt Radiomann, »wie in der jetzigen Lage überhaupt die notwendigen Unterlagen ans Verfassungsgericht übermittelt werden ...«

Ich drehe den Ton des Radios ab. Aus der Ferne ist Donnergrollen zu hören.

»Wir sorgen dafür, dass hier die Ordnung aufrechterhalten bleibt«, sagt die Frau. »Also? Was wollen Sie hier?«

Ich beuge mich rüber und sage: »Was Sie hier machen, hat aber nicht viel mit öffentlicher Ordnung zu tun. Sieht eher aus wie ein gefährlicher Eingriff in den Straßenverkehr. Sie wissen schon, dass Sie sich damit strafbar machen?«

Keine Ahnung, ob das stimmt, aber ich finde, es hört sich zumindest gut an.

Die Frau richtet sich auf, winkt ihren Kumpanen und ruft: »Erik, hier sind noch so ein paar Oberschlaue.«

Der Angesprochene dreht sich um und mir geht das Wort *grobschlächtig* durch den Kopf. Ich kenne es nur aus Büchern und führe es gar nicht in meinem aktiven Wortschatz, aber ich glaube, es ist für solche Leute erfunden worden. Erik marschiert breitbeinig auf uns zu und jetzt sehe ich, dass an seiner Seite ein

Gewehr baumelt, mit Lederriemen über die Schulter geworfen wie bei einem Jäger. Nur im Augenwinkel registriere ich, dass Kalliope in dem Moment, in dem die Frau sich vom Auto abwandte, blitzschnell das Navi von der Scheibe gelöst und weit unter ihren Sitz geschoben hat. Pfiffiges Mädchen.

Jetzt beugt sich Eriks stoppelhaariger Riesenschädel zu Kalliopes Fenster herab und grinst breit. »Na, Vera, wer will hier unbedingt diskutieren?«

»Wir jedenfalls nicht«, entgegne ich forsch, »wir wollen einfach nur weiterfahren. Würden Sie bitte die Straße freigeben?«

»Steigen Sie mal aus.«

Erik macht einen Schritt zurück und nimmt sein Gewehr von der Schulter. Er legt es zwar nicht direkt auf uns an, sondern lässt es lässig in der Hand ruhen, den Lauf leicht abwärts gerichtet, aber es soll uns zeigen, dass er es benutzen wird. Ich will protestieren, aber Kalliope stupst mich in die Seite und brummt: »Na los.«

Sie löst den Anschnallgurt und steigt aus, ich tue es ihr gleich und sage: »Das ist unerhört. Das grenzt ja an Nötigung. Wenn Sie uns nicht sofort weiterfahren lassen, rufe ich die Polizei.«

Kalliope verdreht die Augen, als hätte ich was unglaublich Dummes gesagt – und das habe ich tatsächlich.

»Versuch's doch mal, Junge«, höhnt Erik. »Da musst du aber ganz schön laut brüllen, bis die dich hören. Hier gibt es nämlich weit und breit keinen einzigen Polizisten mehr.«

»Bitte?«

»Die sind alle in die Stadt beordert worden«, sagt Vera. Wobei nicht klar wird, ob sie mit *Stadt* jetzt Köln meint oder einfach nur das nächstgrößere Kuhkaff. »Sie brauchen keine Angst zu haben.« Jetzt klingt sie fast versöhnlich. »Wir versuchen bloß, uns und die Bevölkerung hier zu schützen. Seit dem Ausbruch der Cyberkalypse wimmelt es hier von Städtern, die uns ausplündern wollen.«

»Bitte?«, wiederhole ich.

»In Köln ist angeblich das totale Chaos ausgebrochen«, sagt Erik, »alle Supermärkte sind leer. Und jetzt strömen alle aufs Land, um Lebensmittel zu hamstern.«

Noch so ein Wort, das ich noch nie selber benutzt habe, weil ich es nur aus dem Geschichtsunterricht kenne. *Hamstern,* so nannte man es, als die Stadtbevölkerung am Ende des Zweiten Weltkrieges aus den zerbombten Zentren aufs Land strömte, um irgendwie ein paar Kartoffeln zu ergattern.

»Wir kommen gerade aus Köln«, sage ich und bemühe mich um einen sachlichen Ton, am liebsten würde ich die beiden anschreien. »Da ist alles in Ordnung, die Läden haben geöffnet, es gibt genug zu essen. Sie tun so, als wäre das Jüngste Gericht angebrochen.«

»Ist es ja auch«, feixt Erik. Er wirkt nicht wie einer, dem das Sorge bereitet, im Gegenteil. Als hätte er sein Leben lang auf diesen Tag gewartet.

Kalliope steht neben mir, schweigt, nestelt ihr Zigarettenpäckchen aus der Hosentasche und zündet sich eine an. Warum sagt sie nichts? Ich schaue zu den Autos vor uns. Die beiden anderen Männer von der Bürgerwehr lassen sich Ausweise zeigen und fotografieren diese mit ihren Handys. Ich kann es nicht fassen, dass die Leute dort in den Autos das einfach mit sich machen lassen. Haben die noch nie was von kognitiver Dissonanz gehört? Vom Stanford-Prison-Experiment? Nee, vermutlich nicht, wer hat das schon? Aber trotzdem kann man sich doch bitteschön nicht einfach so unterwerfen, nur weil ein paar lächerliche Figuren in Fantasieuniformen Straßensperren errichten und Pseudokontrollen durchführen! Da ist eine ganz tief sitzende Wut in mir wach geworden. Die Wut aus der Warteschlange vor dem Club, wenn meine blonden Freunde reindürfen und ich nicht; oder wenn meine blonden Freunde in der S-Bahn nicht kontrolliert werden, ich aber schon. Ich sollte mich jetzt lieber beherrschen. Da hilft es, mich an Phrasen zu klammern.

Ich presse hervor: »Das wird ein juristisches Nachspiel haben. Die freiheitlich-demokratische Grundordnung der Bundesrepublik Deutschland hat ...«

»Sind Sie eigentlich Moslem?«, fragt der Grobschlächtige völlig übergangslos.

Mir bleibt kurz die Spucke weg.

»Lass gut sein, Erik«, meint Vera, zückt ihr Handy und schießt ungefragt ein Foto von Kalliope und mir.

Einer der beiden anderen Männer, er trägt eine riesige verspiegelte Sonnenbrille wie ein Bomberpilot, steigt jetzt in den Pick-up und fährt ein Stück zur Seite, sein Kollege, der sein beeindruckendes rotes Haar zum Pferdeschwanz gebunden hat und wohl einen auf Wikinger macht, winkt den vordersten Wagen durch, dann den nächsten und so weiter, im Schritttempo schleichen die Autos fort, um dann nach weiteren hundert Metern zu beschleunigen und das Weite zu suchen.

Ob ich Muslim bin? Normalerweise sage ich zum Thema Religion immer bloß: Gott sei Dank bin ich Atheist. Aber diese Leute machen mich derart zornig, dass ich nicht mehr cool bleiben kann.

»Na klar, alhamdulillah«, zische ich. »Im Kofferraum haben wir Krummsäbel und jede Menge Sprengstoff.«

Natürlich weiß ich, dass ich uns gerade komplett in die Scheiße reite, noch bevor Kalliope einen lang gezogenen Seufzer ausstößt.

Schnell sage ich: »Hey, das war ein Witz, okay? Sie wissen, was Ironie ist? Schon mal gehört?«

Davon wird es nicht besser. Ich muss jetzt ganz dringend die Klappe halten.

Das letzte Auto vor uns passiert ebenfalls die Sperre, bevor der Pick-up auf ein Zeichen von Vera zurücksetzt und die Straße wieder blockiert. In den Wolkenbergen am Horizont flackern wieder Blitze. Donnergrollen rollt über die graugrünen Hügel hinweg.

Der Wikinger kommt auf uns zu und fragt: »Was ist mit denen?«

»Die laden wir auf ein Getränk im Schwarzen Keiler ein«, sagt Vera. »Ich hab da noch ein paar Fragen.«

»Läuft ja super für uns«, brummt Kalliope und wirft ihre Locke aus der Stirn.

6

21.23 Uhr

Wir sitzen in einem Schankraum, vor uns stehen Gläser mit Apfelschorle auf der karierten Tischdecke. Vera und der Wikinger-Typ, er heißt Waldemar, sitzen uns gegenüber und versuchen sich an einer Art Verhör. Vera und der Sonnenbrillentyp haben uns in dem Pick-up hergebracht, während Erik in Kalliopes PT Cruiser hinterhergefahren ist und Waldemar mit der Harley. Der Wagen steht jetzt draußen neben dem Motorrad vor der Tür, den Schlüssel hat Erik neben Vera auf den Tisch gelegt, bevor er mit dem Sonnenbrillentypen wieder weggegangen ist, vielleicht müssen sie irgendwo anders noch weiterkontrollieren. Ich kann nicht fassen, dass wir uns von denen einfach so haben abführen lassen. Erik hat zwar dieses Gewehr, aber er hat uns nicht mal damit bedroht, hat es einfach nur lässig in der Hand gehalten. Auch Waldemar besitzt eine Knarre, also vielleicht ist das eine Schreckschusspistole oder eine echte, scharfe Waffe oder bloß ein Plastikspielzeug, das man auf dem Jahrmarkt als Preis beim Entenangeln gewinnt, keine Ahnung, es flößt uns tatsächlich Respekt ein. Unser Problem ist aber vor allem die Tatsache, dass Kalliope und ich keine Gelegenheit hatten, uns abzusprechen, was jetzt zu tun ist. Okay, ich habe verstanden, dass sie diesen Freaks erst mal keinen Widerstand leisten will, damit die Situation nicht noch weiter eskaliert. Klar ist aber auch, dass wir auf keinen Fall unser Ziel preisgeben dürfen. Manfred würde sich schön bedanken, wenn wir in Begleitung einer selbst ernannten Bürgerwehr bei ihm aufkreuzen. Hoffentlich hat Erik nicht das Navi unterm Fahrersitz gefunden und darauf unser einprogrammiertes Reiseziel. Aber das hätten wir sicherlich mitbekommen und dann könnten Vera und Waldemar sich dieses Verhör hier sparen. Jedenfalls sind wir, solange wir uns nicht koordinieren können, dazu verurteilt, passiv dazusitzen. Dabei ist es doch total grotesk, dass wir nicht einfach aufstehen und den Schlüssel nehmen, durch die Tür gehen und ins Auto steigen und wegfahren. Wir sind Häftlinge im Stanford-Prison-Experiment und haben uns in eine Situation gefügt, die, mit Verstand betrachtet, eigentlich überhaupt nicht existiert. Eigentlich. Draußen grollt der Donner, es ist fast stockdunkel. Hier drin steht die Luft. Meine Augen brennen. Ich müsste meine Kontaktlinsen herausnehmen und meine Brille aufsetzen, aber die liegt im Bad in Bochum, und das ist Lichtjahre von hier entfernt.

Der Landgasthof *Zum schwarzen Keiler* ist ziemlich einsam an der Landstraße gelegen, keine anderen Häuser weit und breit, und es sind auch keine Gäste hier außer uns, wobei wir natürlich keine Gäste sind, sondern – ja, was? Gefangene? Die einzige unbeteiligte Person ist eine kugelrunde Wirtin, die am Tresen lehnt und das ganze Schauspiel mit leicht belustigter Miene verfolgt. Kalliope nippt an ihrer Schorle, ich rühre meine nicht an, obwohl ich echt Durst habe. Aber von diesen Leuten nehme ich nichts, schon aus Prinzip.

»Warum machen Sie es uns und sich selbst so schwer?«, setzt Vera wieder an. Ob sie solche Sätze aus dem Fernsehen hat? »Sie brauchen uns doch einfach nur zu sagen, wohin Sie wollen, und dann lassen wir Sie sofort gehen.«

»Haben Sie jemals vom Stanford-Prison-Experiment gehört?«, frage ich sie. Alle im Raum sehen mich irritiert an. Das tut gut. »Im Jahr 1971 führte der Sozialpsychologe Philip Zimbardo an der Stanford-Universität ein Experiment durch, um das Verhalten von Gefangenen und Wärtern in einem Gefängnis zu untersuchen«, fahre ich fort. »Vierundzwanzig Studenten nahmen freiwillig daran teil und wurden nach dem Zufallsprinzip in zwei Gruppen eingeteilt, als Gefangene oder Wärter. Die Wärter erhielten den Auftrag, für Ruhe und Ordnung zu sorgen, und durften sich dazu eigene Regeln ausdenken. Anfangs hatten alle Beteiligten Spaß an der Aktion. Doch als die Gefangenen am zweiten Tag aufbegehrten, schlugen die Wärter mit grausamen Strafen zurück, um die Kontrolle aufrechtzuerhalten.«

»Was soll das Gelaber, Kanake?«, blafft mich Waldemar an. »Halt uns hier keine Vorlesung! Sag endlich, wohin ihr wollt, das ist alles.«

»Sie demütigten ihre Gefangenen«, fahre ich ungerührt fort, »nahmen ihnen die Kleidung weg, verweigerten ihnen Nahrung …« Je länger ich rede, desto sicherer fühle ich mich. Als säße ich plötzlich wieder in der Uni und würde noch einmal dasselbe Referat halten, das ich vor wenigen Wochen erst vorgetragen habe. »Nach fünf Tagen brach Zimbardo das Experiment ab, das eigentlich auf zwei Wochen angelegt gewesen war. Fünf Tage hatten gereicht, um aus ganz normalen jungen Männern der amerikanischen Mittelschicht sadistische Gefängniswärter in einem faschistischen System zu machen, die keinerlei Skrupel mehr kannten – schließlich war es ihr Auftrag, für Ruhe und Ordnung zu …«

»Schluss jetzt«, schimpft Vera. »Wir brauchen keine Nachhilfe in politischer Bildung, ganz bestimmt nicht. Und wir lassen uns nicht länger von euch verarschen.«

»Mensch, Vera«, mischt sich jetzt die Wirtin ein. »Begreifst du das denn immer noch nicht?«

Erstaunt blicken wir alle vier zu ihr. Die Wirtin zwinkert uns zu – also Kalliope und mir. Dann sagt sie: »Die beiden Turteltauben werden einen guten Grund haben, warum ihr kleiner Liebesausflug aufs Land geheim bleiben soll. Hm?« Sie schaut mich an. »Haben deine Eltern was dagegen?« Zu Kalliope: »Oder darf dein Verlobter nichts mitkriegen? Ihr könnt es ruhig sagen, das bleibt unter uns, wem sollten wir es schon erzählen?«

»*Sie* sind es, die alles erzählen sollten«, schimpfe ich plötzlich. »Alles, was hier passiert – und zwar der Polizei. Wenn das hier vorbei ist und ich Anzeige erstatte, werde ich Sie als Zeugin angeben für diese ganze Farce.«

Kalliope verdreht schon wieder die Augen. Anscheinend habe ich gerade eine gute Möglichkeit versaut, wie wir uns hier aus der Affäre hätten ziehen können.

»Ach, Polizei«, winkt die Wirtin ab. »Das dürft ihr nicht so ernst nehmen. Ist doch nur eine kleine Spielerei, was, Vera?«

»Spielerei?« Vera wirkt ernsthaft verdutzt. »Nicht ernst nehmen? Mensch, Irmgard, uns geht es um das Dorf, um die ganzen Leute hier, wir tun das auch für dich. Wir sorgen für Sicherheit und Ordnung, ganz egal, wie lange die Cyberkalypse dauern wird. Weiß doch keiner, was da noch alles nachkommt.«

»Schon gut, reg dich nicht auf«, sagt Irmgard.

Aber *ich* rege mich auf.

»So fängt das immer an«, schimpfe ich. »1933 hat es auch Leute gegeben, die das für eine Spielerei gehalten haben.«

»Stimmt es denn?«, fragt jetzt Waldemar. »Ihr seid ein heimliches Pärchen oder was? Und darum seid ihr so störrisch?«

»Na, ich weiß nicht«, meint Vera, »ich trau den beiden nicht. Da steckt doch mehr dahinter.«

»Eigentlich ist diese Cyberkalypse das Beste, was euch passieren konnte«, meint Irmgard und ich überlege kurz, ob sie Kalliope und mich meint oder Vera und Waldemar. Sie meint uns. »Niemand weiß, wo ihr seid, niemand kann euch finden, ihr könnt euch einen schönen Tag machen und morgen ist alles wieder wie immer, und niemand wird es je erfahren.«

»Du glaubst, morgen gäbe es wieder Internet?«, fragt Waldemar. Er klingt, als wäre das eine Riesenenttäuschung für ihn.

»Ich habe übrigens Zimmer frei«, sagt die Wirtin.

»Irmgard!« Vera haut mit der flachen Hand auf die Tischplatte. »Begreifst du nicht den Ernst der Lage? Der Staat ist am Ende, und wenn wir hier nicht das Gesetz in die Hand nehmen, dann gibt es gar kein Gesetz mehr. Die beiden hier haben eindeutig was zu verbergen. Das kriegen wir schon noch raus.«

»Komm mal runter, Vera.« Die Wirtin lächelt noch immer, aber jetzt wirkt es bemüht. »Ich gönn euch eure Bürgerwehr-Sache, aber langsam übertreibst du. Waldemar – du warst früher bei der Polizei. Sag deiner Frau, dass sie zu weit geht.«

»Was meinst du, warum ich den Dienst quittiert habe?«, höhnt Waldemar. »Dieser Staat ist von innen her komplett verfault. War nur eine Frage der Zeit, bis so was mal ...«

Ein Knall lässt das Gemäuer des Gasthofes erbeben, die Lampen an den Wänden flackern. Eine Explosion! Nein, das Gewitter, vielleicht ist der Blitz irgendwo eingeschlagen? Wie aus dem Nichts geht ein Rauschen über das Haus nieder, Regen prasselt heftig an die Fensterscheiben. Von weiter hinten, wo die Küche liegen muss, sind jetzt rhythmische Schläge zu hören.

»Herrje«, ruft Irmgard, »ich glaube, das verflixte Vordach hat sich wieder losgerissen. Und jetzt ist Egon nicht da. Waldemar – kannst du mir kurz helfen?«

Waldemar zögert und mustert Kalliope und mich.

»Ich kann Ihnen helfen«, sage ich und stehe auf.

»Nee, Sie bleiben schön hier«, kommandiert Vera, dann nickt sie Waldemar zu und sagt: »Geh schon. Aber beeilt euch.«

Ich setzte mich wieder. Der Wikinger erhebt sich und folgt der Wirtin durch eine Schwingtür. Veras Walkie-Talkie beginnt zu schnarren.

»Bravo für Alpha, bitte kommen.« Könnte die Stimme von diesem Erik sein. »Alpha, kommen bitte. Alles klar bei euch?«

Vera nimmt das Gerät von ihrem Gürtel und dreht sich etwas von uns weg, bevor sie sagt: »Hier Alpha, alles klar bei uns. Es gewittert bloß. Wir sind noch im Schwarzen Keiler. Wo seid ihr?«

Kalliope nippt wieder an ihrer Apfelschorle, ganz kurz treffen sich unsere Blicke, nur ein knappes Nicken, und im nächsten Moment sind wir aufgesprungen und Kalliope hat Vera den Inhalt des Glases ins Gesicht geschüttet, während ich den Autoschlüssel gekrallt habe. Die Schorle gibt uns eine Sekunde Vorsprung, weil Vera ihr Walkie-Talkie fallen gelassen hat und sich die Augen freiwischen muss, jetzt brüllt sie hinter uns her, aber wir verstehen ihre Worte nicht, weil wir schon hinaus in den rauschenden Regen laufen, der alle anderen Geräusche verschluckt. Ich werfe Kalliope den Schlüssel rüber, wir reißen die Türen auf und werfen uns in den Wagen, knallen die Türen wieder zu und Kalliope startet mit durchdrehenden Reifen, die uns kurz über den glitschigen Untergrund schliddern lassen. Der Parkplatz hat sich binnen weniger Augenblicke in Morast verwandelt, doch dann kriegen die Reifen den Straßenbelag zu packen und wir schießen los, ich sehe noch kurz durch den Regenschleier die Silhouette von Vera in der Gasthaustür auftauchen. Kalliope schaltet hoch und drückt das Gaspedal durch, hält mit einer Hand das Lenkrad und tastet mit der anderen Hand nach dem Navi, zieht es hervor und ich nehme es und pappe es wieder an die Scheibe, noch 17 Minuten bis zu Manfreds Domizil. Im Lichtkegel des Wagens sieht der Regen vor uns aus wie eine Wand aus dicken, silberglänzenden Metallspänen, die uns ungebremst entgegenprasseln, der Scheibenwischer ist völlig wirkungslos. Wie auf einer Dunkelachterbahn schießen wir hindurch und ich habe keine Ahnung, wie Kalliope überhaupt etwas erkennen kann, vielleicht schaut sie gar nicht auf die Straße, sondern bloß auf das Navi und lenkt nach den Kurven, die das Gerät anzeigt. Meine Hand schnappt nach dem Haltegriff.

»Diese Wirtin«, sage ich, einfach um irgendwas zu sagen, »ich kann nicht fassen, wie die das alles verharmlost.«

»Ich kann nicht fassen, dass sie uns für ein Liebespaar hält«, entgegnet Kalliope. »Aber immerhin hat sie dafür gesorgt, dass wir abhauen können.«

»Meinst du, sie wollte uns helfen?«

»Keine Ahnung, ist ja auch egal, Hauptsache … fuck.« Sie starrt in den Rückspiegel.

Ich drehe mich um. Ein grelles rundes Licht nähert sich rasant, als würde uns ein Kugelblitz verfolgen. Es ist aber leider keiner, sondern ein Motorrad. Waldemar auf seiner Harley? Oder eine ganz unbeteiligte Person, bloß – warum sollte jemand bei dieser Sintflut so rasen ohne Grund? Kalliope versucht nochmals zu beschleunigen, in der nächsten Kurve bricht das Heck aus und ich sehe uns schon im Graben landen, doch wir sliden elegant an der Leitplanke vorbei, sie lenkt dagegen, dann liegt der Wagen wieder gerade und schießt dahin, der Kugelblitz dicht hinter uns. Aus irgendeinem Grund wird die Sicht ein wenig besser, wir jagen über eine Anhöhe, rechts und links sind Wiesen, doch dann hebt sich vor uns der Horizont und die Straße kippt quasi vornüber, es geht schnurgerade steil bergab und dringlich aussehende Verkehrsschilder fliegen am Straßenrand vorüber, wir tauchen in ein Waldgebiet ein, der Kugelblitz klebt fast an der Heckscheibe. Die Straße geht weiterhin stur geradeaus, aber nicht die blaue Linie auf unserem Navi, denn die knickt unvermittelt rechts ab. Forstweg, Einfahrt verboten, Kalliope bremst und der Kugelblitz knallt trotzdem nicht in unseren Kofferraum, weil er im allerletzten Moment ausweicht und an uns vorüberschlingert, während wir schon wieder sliden, als hätte Kalliope daran Gefallen gefunden. Wir biegen auf den Waldweg und sie gibt wieder Gas. Das Motorrad hat sich gedreht – freiwillig oder unfreiwillig – und scheint für einen Moment zu stehen, dann ist das runde Licht zwischen den Bäumen verschwunden. Auch vor uns ist es plötzlich dunkel, kein Lichtkegel mehr, Kalliope hat die Scheinwerfer ausgeschaltet. Dafür fährt sie jetzt auch etwas langsamer, was mich ziemlich erleichtert. Irgendwann sind wir nur noch im Schritttempo, weil wir nichts mehr von unserer Umgebung erkennen können, der Wagen ist mit dem Regen und dem Wald und dem schlammigen Boden eins geworden, nur das Navi leuchtet uns unverdrossen den Weg und ich denke, so wie kleine Kinder beim Versteckspielen denken: Solange wir nichts sehen, sieht auch niemand uns. Vielleicht hat Waldemar sich und seine Harley dahinten um einen Baum gewickelt und wir sind ihn los. Ich wünsche ihm nichts Schlechtes, bloß ... doch! Mir egal, ob er schwer verunglückt ist und gerade im Straßengraben verblutet. Falls nicht, sollte er unsere Spur inzwischen verloren haben, denn das hier ist schon der dritte Abzweig.

Noch acht Minuten. Die längsten acht Minuten meines Lebens. Und die finstersten. Wir schleichen über den Waldweg, tief hängende Äste kratzen über das Autodach oder klopfen an die Scheiben, und wenn ab und zu ein Blitz die Schwärze zerreißt, sehen die Äste aus, als würden lange knochige Finger nach uns greifen. Die Donnerschläge krachen, als wollten sie die Bäume entwurzeln und uns damit zermalmen, und ich habe plötzlich dieses Kinderlied im Kopf, Hänsel und Gretel verliefen sich im Wald ... Gebrüder Grimm ... so ein urdeutsches Märchen ... was haben die Deutschen bloß immer mit dem Wald ... Leitkultur ... ich kann meinen Kopf nicht abschalten, nicht diese irren Assoziationsketten unterbrechen, wir gleiten immer tiefer hinein in diese Wildnis auf der Suche nach unserem Hexenhaus, wo Manfred mit Lebkuchen auf uns wartet, um uns aufzufressen, und ich weiß überhaupt nicht mehr, warum wir eigentlich hier sind und was wir uns von Manfred erhoffen, wo wir doch irgendwo in Köln in einer gemütlichen Kneipe abhängen und auf das Ende der Cyberkalypse warten könnten, *Happy Hour, solange wir offline sind.* Der Regen hat entweder aufgehört oder aber er dringt gar nicht mehr durch das dichte Blätterdach des Waldes zu uns herab. Auch das Donnergrollen hat sich weit entfernt, es ist fast still bis auf das Kratzen und Klopfen der Äste und das leise Brummen des Wagens. Ich würde gern was sagen, aber Kalliope ist derart auf den Weg konzentriert, dass ich Angst habe, ein Wort von mir wäre schon zu viel und wir knallen gegen den nächsten Baum. Noch zehn, noch sieben, noch fünf Minuten, hier ist absolut nichts, hier wohnt doch niemand, ich meine – das Navi ist steinalt, seine Karten sind seit Jahren nicht aktualisiert worden. Andererseits verändern sich zwar Straßen und Landschaften, aber Koordinaten nicht. Noch zwei Minuten, noch eine, der Kugelblitz! Plötzlich ist er wieder da, direkt hinter uns. Oder er war die ganze Zeit schon da und ist uns ebenfalls ohne Licht gefolgt. Diesmal tritt Kalliope nicht aufs Gas, sondern wirft mir nur einen ratlosen Seitenblick zu, als sei es an mir, eine Idee zu haben, aber ich habe keine und auf einmal werden wir komplett geblendet, da ist nur noch grellweißes Licht um uns herum – sind wir gerade gestorben? Kalliope bremst, der Wagen rutscht noch ein Stück und bleibt dann stehen. Ich kneife die Augen zusammen. Nein, das ist nicht das Jenseits, das sind zwei Baustrahler, mitten im tiefsten Wald, sie leuchten uns aus, als stünden wir auf einer Bühne. Neben uns hält das Kugelblitz-Motorrad. Der Fahrer schüttelt seinen roten Pferdeschwanz aus. Ich halte mir eine Hand über die Augen gegen das Blendlicht. Zwischen den beiden Baustrahlern steht ein Mann und breitet die Arme aus. Man sieht nur seine Umrisse. Wir steigen aus.

»Amir! Na endlich!« Manfred macht einen Schritt ins Licht hinein und lächelt. Er steckt in einer gelben Wachsjacke und hohen Regenstiefeln, aber er kommt mir vor, so als trüge er darunter noch immer seinen Opernanzug mit der grauen Fliege. »Ich hatte dich viel früher erwartet. Was hat dich aufgehalten?« Er streckt Kalliope die Hand hin. »Du musst Habakuk sein. Beziehungsweise Kalliope. Es ist mir eine Ehre.«

»Du … du kennst die beiden?«, fragt Waldemar.

Kalliope schüttelt widerstrebend Manfreds Hand und guckt genauso verdutzt wie der Rothaarige.

»In der Tat, wir sind in gewisser Weise verabredet.« Manfred mustert den Rothaarigen. »Du hast meine Gäste doch nicht etwa verfolgt, weil du sie für verdächtig hältst?«

»Die haben … ich wusste nicht …« Waldemar klappt den Mund auf und wieder zu.

»Grüß Vera«, sagt Manfred, dann winkt er uns zu. »Wenn ich bitten darf.«

Wir lassen das Auto und unseren Verfolger mit seinem Motorrad stehen und folgen Manfred. Nach wenigen Schritten, ohne den grellen Schein der Baustrahler in den Augen, sehen wir direkt vor uns ein wuchtiges Blockhaus aus dicken Baumstämmen. Die Fenster sind schmal wie Schießscharten und die

Veranda wird durch eine massive Palisade geschützt, als gehöre diese Hütte zu einem Fort oder einer Festung. Neben dem Haus steht ein schwarzer Jeep. Manfred öffnet die Haustür, greift hinein und betätigt einen oder zwei Schalter. Drinnen geht Licht an, die Baustrahler verlöschen. Nur einen kurzen Augenblick noch sehen wir Waldemar, wie er unschlüssig auf seinem Motorrad sitzt und in sein Walkie-Talkie spricht, dann schließt Manfred die Tür hinter uns.

»Sind diese durchgedrehten Hillbillys Ihre Freunde?«, frage ich. »Gehören Sie etwa auch zu dieser Bürgerwehr?«

»Warum wissen Sie, dass ich Habakuk bin?«, fragt Kalliope. »Und woher zur Hölle wussten Sie von der Cyberkalypse? Und – was ist das hier eigentlich?«

Sie meint das Haus, das nur aus einem Raum besteht, zuzüglich einer Galerie unter dem Spitzdach, zu der eine Leiter hochführt.

Es gibt einen offenen Kamin, in dem ein kleines Feuer brennt, davor stehen Sofa und Sessel, an der Wand vollgepfropfte Bücherregale, ein alter Sekretär, aufgeklappt, mit zwei geschlossenen Notebooks. Die andere Hälfte des Raumes nehmen ein Esstisch mit sechs Stühlen und eine Küchenzeile ein, auch hier vollgepfropfte Regale – Hunderte von Konservendosen, Getreidesäcke, Verbandsmaterial, als sei Manfred auf mehrere Monate totaler Isolation eingerichtet.

»Sie sind ein Prepper!«, rufe ich aus.

»Was ist ein Prepper?«, fragt Kalliope.

»Wieso haben Sie von der Cyberkalypse gewusst?«, frage ich. »Und warum wissen Sie plötzlich, wer Habakuk ist?«

»Und was ist ein Prepper?«, wiederholt Kalliope.

»Alles sehr berechtigte Fragen.« Manfred öffnet einen Schrank über der Spüle. »Werde ich euch alle beantworten, keine Sorge.

Also – was wollt ihr trinken? Ich habe einen ziemlich guten Whiskey da und einen nicht minder guten Pinot Noir. Oder mag jemand lieber einen Espresso?«

Anstatt einer Antwort verschränkt Kalliope bloß die Arme, ich tue es ihr gleich. Manfred seufzt, lässt von dem Schrank ab und setzt sich an den Tisch.

»Könnt ihr wenigstens Platz nehmen? Das ist doch furchtbar ungemütlich. Ich glaube ohnehin nicht, dass ihr so schnell schon wieder gehen wollt.«

Nee. Ich denke an Waldemar mit seiner Knarre draußen und an all die offenen Fragen hier drinnen, also ziehe ich einen Stuhl zurück, setze mich und sage: »Ein Glas Wasser wäre nicht schlecht.«

»Na also. Und für dich?« Er meint Kalliope.

»Was ist ein Prepper?«, fragt sie zum dritten Mal. »Sind das nicht Nazis oder so?«

»Ja, zumindest teilweise«, sage ich.

»Das Wort kommt von *to prepare.*« Manfred steht auf, holt ein Glas aus dem Schrank und hält es unter den Wasserhahn. »Prepper sind Leute, die sich auf den Tag X vorbereiten. Wie immer der auch aussehen mag. Naturkatastrophen, Bürgerkrieg, ein landesweiter Stromausfall, was weiß ich. Sie legen Vorräte an, horten Waffen, veranstalten Survivaltrainings in den Wäldern, so Zeugs. Hier, bitte.« Er stellt das Glas vor mich hin. »Feinstes Quellwasser. Nicht so gefilterte Brühe, wie sie in der Stadt aus dem Hahn kommt.« Ich trinke. Man schmeckt es tatsächlich. »Manche sehen das als Hobby«, fährt er fort, »ein bisschen wie Pfadfinderspielen. Andere träumen vom Zusammenbruch der Zivilisation. Die wollen einfach der Gegenwart entfliehen. Es gibt sogenannte Reichsbürger darunter und in der Tat auch, wie du sagst, Nazis.« Er bleibt stehen und schaut Kalliope an. »Aber ich bin ganz sicher kein Nazi. Auch kein Reichsbürger. Eigentlich nicht mal ein richtiger Prepper.«

»Aber Pfadfinder sind Sie auch keiner«, meint Kalliope.

»Das mit der Flucht aus der Gegenwart trifft für mich am ehesten zu«, sagt Manfred und senkt kurz den Blick, als wäre es ihm unangenehm. »Ich hab das Haus vor vier Jahren gekauft. Ihr habt Shadow getroffen, ja? Also Gerd Schattmann. Wir waren zusammen bei Crowd And Power. CAP. Ich habe seine Symptome lange nicht ernst genommen, er selber auch nicht. Burnout, so was haben andere Leute, aber doch keiner von uns, dachten wir immer. Als er aus der Klinik kam, war ich sicher, dass er bald wieder ganz der Alte sein würde. Aber ihr habt ihn ja gesehen … Seit er auf der Straße gelandet ist, habe ich ganz langsam begonnen, meinen Ausstieg vorzubereiten. Ausstieg aus der Firma und – ja, auch aus dieser Gegenwart. Sie ist mir zu toxisch. Ich habe nicht den Plan, den Rest meines Lebens hier zu verbringen, aber eine kleine Auszeit will ich nehmen. Manche gehen ins Kloster, ich halt hierhin. Um mir in aller Ruhe ein neues Leben zu entwerfen. Mein Abschied aus der Firma sollte einen gewissen Knalleffekt haben.«

»Der Chip«, werfe ich ein. »Sie wollten, dass die Firma Ihren Ausstieg nicht überlebt.«

»Puh, das klingt ein wenig dramatisch«, sagt er. »Aber im Grunde – ja.«

»Ich probiere den Whiskey«, sagt Kalliope und setzt sich mir gegenüber.

»Na bitte.« Manfred holt die Flasche und zwei Gläser, schenkt ein und setzt sich ebenfalls. »Können wir uns dann jetzt endlich duzen?« Er hebt sein Glas.

»Von mir aus«, sage ich.

Kalliope nickt, wir stoßen an. Keine Ahnung, auf was.

Manfred nimmt einen tiefen Schluck und sagt: »Leider kam es ja ganz anders, wie ihr gemerkt habt. Kein Knalleffekt. Nur Cyberkalypse.«

»Aber wieso wussten Sie ... wusstest du davon?«, fragt Kalliope.

Gleichzeitig frage ich: »Was hast du mit dieser Bürgerwehr zu schaffen? Die haben uns festgenommen und wollten uns ausquetschen! Eine richtige Entführung war das.«

»Ernsthaft?«

»Ernster geht es kaum«, knurre ich. »Ich kann es kaum erwarten, die Typen anzuzeigen.«

»Das hätte ich denen nicht zugetraut.« Manfred runzelt die Stirn. »Wenn ein Fremder eine Hütte im Wald kauft, kriegen das die Leute im Dorf natürlich mit. In Bernscheid, so heißt der Ort. Da habe ich Vera und Waldemar kennengelernt und ihre Freunde. Die haben in mir vermutlich einen Gleichgesinnten gesehen, haben mir jede Menge Tipps gegeben und mir sogar ein bisschen beim Renovieren geholfen. Mir war schon klar, dass sie ziemlich versponnen sind, aber so etwas ... also hat Waldemar euch ernsthaft gejagt?«

»Ja, wir wurden gejagt«, sage ich. »Und das nicht zum ersten Mal heute.« Kurz schildere ich die Begegnung mit Schnauzbart und Anorakmann vom Nachmittag. Es kommt mir vor, als läge das schon Monate zurück. »Der eine hat mich nach dem Chip gefragt.« Ich leere mein Glas und schaue Manfred so fest in die Augen, wie es geht. »Die wussten, dass ich ihn habe. Also, Manfred, wer sind diese Leute?«

»Keine Ahnung.« Er wirkt so betroffen, dass ich dazu neige, ihm zu glauben. »CAP hat sich einige Schweinereien geleistet, muss ich leider zugeben, aber dass Jessica dir irgendwelche gewalttätigen Kriminellen auf den Hals hetzt, kann ich mir nicht vorstellen.« Er schaut uns prüfend an. »Wo stecken diese Typen denn jetzt? Könnten sie euch gefolgt sein?«

Kalliope und ich wechseln einen Blick, ich zucke mit den Achseln, sie schüttelt den Kopf.

»Sind sie nicht«, sagt sie, »jedenfalls nicht mit ihrem roten BMW, den hätte ich früher oder später bemerkt, in all den Staus, in denen wir gesteckt haben.«

»Okay.« Er nickt. »Sollten sie uns trotzdem hier aufstöbern, bin ich einigermaßen vorbereitet.«

Erneut trifft sich mein Blick mit Kalliopes, aber wir sagen nichts dazu. Ich greife nach der Whiskeyflasche und schenke mir ein. Kalliope trinkt ja auch und irgendwie ist mir klar geworden, dass wir in dieser Nacht nirgendwo mehr hinfahren werden. Also, was soll's.

»Woher kennst du meine doppelte Identität?«, fragt Kalliope wieder.

»Puh«, macht Manfred, »das sind viele Themen und alles durcheinander. Ich sollte mir zwischendurch Notizen machen.«

»Brauchst du nicht«, meint Kalliope. »Wir fragen einfach so lange, bis wir alles verstanden haben.«

Das kann echt lange dauern, denke ich und nippe an dem Whiskey. Er brennt mir heiß im Rachen und ich muss mich kurz schütteln, gleich darauf fließt mir eine wohlige Wärme in die Glieder.

»Ihm war ja klar, dass ich Habakuk treffen wollte«, sage ich an Manfreds Stelle. »Da konnte er sich denken, wer meine Begleitung ist.«

Kalliope schüttelt den Kopf. »Du wusstest es schon vorher, hab ich recht?«

»Erwischt.« Manfred schmunzelt jungenhaft. Es bereitet ihm Vergnügen, genau wie die Sache mit dem Tesla vor ein paar Tagen. »Ich habe mich schon seit einer Weile für Habakuk interessiert. Diese seltsame Fixierung auf dich – also auf Kalliope – musste doch einen Grund haben. Da hab ich ein kleines Analysetool geschrieben und euch beide mal ausgewertet, also Kalliope und Habakuk.«

»Wie – ausgewertet?«, frage ich.

»Na, die Online-Zeiten, wer wann was postet, in welchen Abständen. Und den Wortschatz, die Grammatik, die ganze Ausdrucksweise ... na ja, am Ende stand die Wahrscheinlichkeit, dass ihr ein und dieselbe Person seid, bei dreiundneunzig Komma vier Prozent.«

Kalliope starrt ihn an, doch statt einer Antwort kippt sie ihren Whiskey runter und schenkt sich nach.

»Warum hast du dich nicht direkt an sie gewandt?«, frage ich. »Warum der ganze Zinnober mit Solveig und ... mir?«

Er sieht nicht mich, sondern Kalliope an und fragt: »Wie hättest du reagiert, wenn ich dir geschrieben hätte, dass ich weiß, wer du bist? Und dir den Chip angeboten hätte?«

Sie stülpt die Unterlippe vor, überlegt, zuckt mit den Achseln und sagt: »Gar nicht.«

»Eben.« Er nickt. »Und außerdem wollte ich jemanden aus der Politik mit an Bord haben. Solveig Sander schien mir geeignet. Nicht zu bekannt, nicht zu sehr im Fokus der Öffentlichkeit, um auf Schritt und Tritt beobachtet zu werden. Engagiert, mutig, netzaffin. Ich brauchte nur ein Bindeglied zwischen Solveig und dir, Kalliope-Habakuk.«

Ich habe gerade mein Glas angesetzt, um noch einen Schluck zu trinken, doch ich lasse es sinken. Was hat Solveig noch zu mir gesagt? Dass ich ein Sechser im Lotto sei?

»*Du* hast dafür gesorgt, dass ich mich bei ihr bewerbe!«, entfährt es mir. »Bei Solveig? Du hast dafür gesorgt, dass ich auf

Facebook Links zu Artikeln über sie zu sehen kriege und dass YouTube mir Videos von ihr anbietet und so weiter?«

»Mein kleines Analysetool hatte dich direkt auf dem Schirm«, sagt er und schmunzelt schon wieder. »Du warst zwar nicht der Erste, der versucht hat, Habakuk aus der Reserve zu locken. Aber der Erste, dem ein gewisser *Ambakoum* geantwortet hat. Mit deinem Politikstudium passt du natürlich perfekt in meine Pläne. Da dachte ich mir, dass du eigentlich mal ein Praktikum machen solltest.«

Der Typ hat mich so was von benutzt! Es überrascht mich kein bisschen und bestürzt mich trotzdem, paradox. Sein verdammtes Schmunzeln macht mich wütend. Was hat der denn noch alles manipuliert? Hat er mir die Idee ins Hirn gepflanzt, Politik zu studieren? Nach Bochum zu ziehen? Hat er meine Exfreundin dazu gebracht, mit mir Schluss zu machen? Nein, das ist alles Unsinn, aber trotzdem suche ich an meinen Händen unwillkürlich wieder nach Marionettenfäden, bloß sind da keine. Das ist alles unendlich viel subtiler.

»Aber wozu dieser ganze Aufwand«, höre ich Kalliope fragen, »wenn du doch gewusst hast, dass das Internet bald zusammenbricht?«

»Ich wusste nicht, wann es geschehen würde. Mir war nicht klar, dass uns nur noch so wenig Zeit bleibt«, gibt er zu. »Ich wollte diesen Leak unbedingt vorher noch.«

»War es so schlimm bei CAP?«, hakt Kalliope nach. »Das ist doch nicht der einzige Grund.«

»Nein. Es war vor allem was Persönliches.«

Ich erwache aus meinem Marionettendasein und sage: »Es ist wegen deiner Frau! Ha! Jetzt weiß ich – du bist Manfred Morena. Natürlich. Jessica Morena ist deine Frau. Ihr habt zusammen CAP gegründet. Ihr beide und Gerd Schattmann.« All das hab ich nachgelesen, nachdem Solveig mich zum ersten Mal auf diese Jessica angesprochen hatte. Morena hatte sich bald aus der Leitung zurückgezogen und ich hatte diesem Namen keine Beachtung mehr geschenkt, darum habe ich das später überhaupt nicht mit dem mysteriösen Whistleblower Manfred in Verbindung gebracht.

»Und so sind wir nun bei eurer letzten und alles entscheidenden Frage angelangt.« Manfred faltet die Hände auf dem Tisch und schaut in die Runde wie ein Großvater, der eine tolle Anekdote zum Besten geben will.

»Was du mit der Cyberkalypse zu tun hast«, sagt Kalliope.

»Dazu muss ich ein wenig ausholen. Wir haben ... Moment.«

Er steht auf. Kalliope hebt den Kopf. Ich habe es auch gehört, irgendetwas piepst, klingt fast wie ein Handywecker. Vor den Fenstern wird es schlagartig hell. Offenbar sind die Baustrahler draußen an einen Bewegungsmelder gekoppelt. Ein Auto nähert sich dem Haus und hält an. Der rote BMW?

Türen werden geknallt, dann klopft es sehr energisch. Manfred geht durch den Raum und öffnet.

Draußen stehen nicht Schnauzbart und Anorakmann, sondern mit grimmigen Mienen: Vera und Waldemar, Erik und der dritte Typ, der trotz der Dunkelheit noch immer seine Pilotenbrille trägt. Erik lässt sein Gewehr sachte in der Hand auf- und abpendeln wie ein Cowboy im Western kurz vor High Noon, Waldemars rechte Hand ruht auf der Pistole im Holster an seinem Gürtel.

Manfred geht ein paar Schritte rückwärts in den Raum.

Vera zeigt auf mich und sagt: »Der Typ arbeitet für eine rotgrün versiffte Politikerin. Was hast du mit dem zu schaffen, Manfred?«

Kurz kommt mir in den Sinn, dass das Internet wieder funktioniert und sie mich durch umgekehrte Bildersuche bei Google identifiziert haben! Sie hatten doch diese Fotos von uns gemacht. Aber dann fällt mir ein, dass ich meinen Landtagsausweis in der Hemdtasche hatte, auf der Rückseite prangt ein Aufkleber von Solveigs Partei. Und das Hemd liegt im Wagen. Die Arschlöcher müssen alles durchsucht haben, während Kalliopes PT Cruiser vor dem Landgasthof parkte.

»Warum kommt ihr nicht einfach herein und wir machen es uns gemütlich und besprechen alles in Ruhe bei einem guten Single Malt?«

Vera will schon eintreten, doch Erik hält sie zurück und sagt zu Manfred: »Als du damals eingezogen bist, hast du erzählt, du wolltest ein paar Fallen einbauen. Für ungebetene Gäste.«

»Ihr seid doch nicht ungebeten«, erwidert Manfred mit jovialem Ton. »Außerdem war das ja eher ein Gedankenexperiment. Genau wie dein eigenes Gedankenexperiment, Erik. Ich spreche von deiner Todesliste mit denjenigen Leuten im Dorf, die du am Tag X aus dem Verkehr ziehen wolltest. Die existiert ja auch nicht in Wirklichkeit. Oder?«

»Du laberst zu viel«, sagt Waldemar, schiebt sich an Erik vorbei und will über die Schwelle treten. Manfreds Hand schnellt in die Hosentasche. Hinter mir ertönt ein Knall, und noch bevor ich mich erschrocken umdrehen kann, schlägt ein Armbrustbolzen im Türpfosten ein.

Waldemar taumelt entsetzt zurück, Erik bringt sein Gewehr in Anschlag.

»Ups«, sagt Manfred. Ich sehe ihn zwar nur von hinten, kann mir aber sein Schmunzeln vorstellen.

Vera gibt ein stummes Zeichen zum Rückzug.

»Wir kommen wieder!«, zischt Erik.

Dann trollen sie sich in die Nacht hinaus. Manfred sieht ihnen nach, wie sie wieder in den Pick-up steigen, wenden und wie der Pick-up im Wald verschwindet. Dann schließt er die Tür. Ich kann überhaupt nicht einschätzen, ob Manfred wirklich unser Verbündeter ist oder ob er ein ganz fieses Spiel mit uns spielt. Ich weiß bloß – sollte die zweite Variante zutreffen, hätten wir echt schlechte Karten.

»Wow«, sagt Kalliope, es klingt anerkennend. »Du hast gerade vier Leute von deiner Freundesliste gewippt.«

»Ich habe keine Freundesliste«, brummt er.

Kalliope dreht sich zu mir und meint: »Das Ganze war komplett unnötig. Wir hätten denen einfach direkt sagen sollen, dass wir hierhin wollen, dann säßen wir jetzt nicht in dieser Scheiße.«

»Ist das jetzt meine Schuld oder was?«, frage ich scharf.

»Es gibt kein Problem«, sagt Manfred und setzt sich. »Die kommen nicht so bald wieder. Außerdem weiß ich es durchaus zu schätzen, dass ihr euer Reiseziel diskret behandelt habt. Wo waren wir stehen geblieben? Ach ja, ich wollte euch von Olena erzählen. Aber dazu, wie gesagt, muss ich weiter ausholen.«

Zum zweiten Mal an diesem Abend lehne ich mich zurück, um eine sehr persönliche Geschichte zu hören.

7

Im Jahr 1989 schrieb Tim Burners-Lee den ersten richtigen Hypertext und entwickelte den ersten Webbrowser. Drei Jahre später war der junge Manfred Morena zum ersten Mal im World Wide Web unterwegs. An der Uni hatte er vorher schon mit anderen Nerds (das Wort kannte da noch niemand, es traf aber zu) über eine Mailbox kommuniziert, und wenn man online gehen wollte, musste man ein Modem an die Telefonleitung im Studentenwohnheim anschließen, das sich unter infernalischem Krach mit dem Internet verband. Das Netz der frühen Neunziger bestand nur aus Text, es gab noch keine Websites mit Grafiken, geschweige denn mit bewegten Bildern, aber Chatrooms gab es, und seine erste Zufallsbegegnung führte Manfred mit einem amerikanischen Studenten in Berkeley zusammen, der vom *End of History* fantasierte, vom Weltfrieden und von ewiger Demokratie. (Das klang auch 1992 schon verrückt, aber kurz nach Ende des Kalten Krieges weniger absurd als heute.) Jessica hockte auf dem Bett in Manfreds Wohnheimzimmer und lugte ihm über die Schulter, sie las seine Chats mit und sprach das aus, was er dachte: »Stell dir vor, in zehn Jahren kann sich jeder Mensch auf dieser Welt mit jedem anderen vernetzen.«

Er stellte es sich vor.

»Stell dir vor«, sagte sie, »wir können über alles reden, alles träumen, wir können uns solidarisieren, weltweit, alle können frei sein, alle können teilhaben!«

Er stellte es sich vor.

Sie grinste und sagte: »Die Diktatoren da draußen können sich warm anziehen. Und die Kapitalisten auch.«

Auch das stellte er sich vor und lächelte.

Knapp zehn Jahre später schickten die Kapitalisten böse Briefe an Jessica und ihn und wollten ihr Geld zurück. Die Dotcom-Blase war geplatzt, die New Economy lag in Trümmern und sie mussten es ihren Angestellten sagen. Dabei hatten sie so ein wunderschönes kleines Start-up aufgebaut und für eine Weile gedacht, man könnte Markt und Menschen versöhnen, es waren schließlich die Neunziger – New Labour, Neue Mitte – und die erste Umsatzmillion feierten sie total ironisch in weißen Bademänteln mit dicken Zigarren, um sich vorzugaukeln, dass es *eigentlich* um Selbstverwirklichung ging und gar nicht ums Geld. Sie entwickelten *Software-Lösungen für Bildung, Beteiligung und Fairen Handel,* eine dynamische kleine Firma mit flachen Hierarchien und ohne Dresscode und so, alles super locker, Großraumbüro und Billard-Lounge in einem, Skateboards und Pizzakartons im Flur, eine wilde Bande junger Leute, fröhliche Fünfzehn-Stunden-Tage, super Team, super Flow, super locker … super Scheiße jetzt. Sie mussten alle entlassen, von jetzt auf gleich, und Manfred würde ihre fassungslosen Blicke niemals vergessen.

Jessica und er hatten ihre Lektion gelernt. Der Neue Markt war zwar tot, aber die IT-Branche nahm erst richtig Fahrt auf. Gerd Schattmann kam an Bord; der hatte BWL studiert und gemeinsam mit ihm zog das Informatiker-Pärchen eine neue Firma hoch. Eine? Nein, es waren drei, vier, fünf, es ging um Webdesign oder Content-Management und B2B oder P2P etc. etc., die meisten Projekte scheiterten irgendwann oder gingen in anderen auf, Trial and Error. Aber CAP blieb übrig. Crowd And

Power. Masse und Macht. Statt den Kapitalismus zu demokratisieren, hatte das Netz längst begonnen, die Demokratie zu kapitalisieren, denn inzwischen kann jede Person nach hunderten Kriterien gerankt oder geratet werden, wir alle sind Empfänger und Sender zugleich, Konsumenten und Produzenten, Ausbeuter und Ausgebeutete, der Klassenkampf verlagert sich von der Gesellschaft ins Individuum und von der Straße und den Betrieben in die Coaching-Praxen und Fitnessstudios; auch Manfred war echt nicht mehr der Jüngste und musste sich mächtig ranhalten, um in Form zu bleiben. Selbstoptimierung ist kein Zuckerschlecken. Manfred kaufte sich ganz unironisch einen Porsche Cayenne und ging nicht mehr zu den Treffen vom Chaos Computer Club.

Die Zahlen von CAP waren nicht berauschend, kein Vergleich zur Euphorie der späten Neunzigerjahre, dafür waren sie aber jetzt realistisch und insgesamt okay. Trotzdem hatte Manfred einfach keine Lust mehr auf Bilanzen und Investor Relations und Stehempfänge mit exotischem Fingerfood, er wollte einfach bloß wieder programmieren wie früher und zog sich aus der Geschäftsleitung zurück (so wie Jessica sich aus seinem Bett zurückzog, es kam ihm folgerichtig vor, ohne dass er sagen konnte, wieso). Da Gerd durch seinen Burn-out ausgeknockt war, trug sie nun ganz allein die Verantwortung und siehe, die Zahlen wurden besser und besser. Wie das kam, interessierte ihn nicht sonderlich, und vermutlich hätte er nie von Olena erfahren, wenn Jessica nicht aus dem gemeinsamen Schlafzimmer ausgezogen wäre. Es ist natürlich stillos, der eigenen Frau hinterherzuspionieren, aber seine Kränkung war stärker als sein Stilbewusstsein. Umso mehr erschütterte ihn, dass Jessica auf ihren mysteriösen Reisen nach St. Petersburg keinen heimlichen Liebhaber traf, sondern dass die Agentur, von der sie sprach, tatsächlich existierte – bloß, dass es sich dabei um eine sogenannte Trollfabrik handelte, die tausende Bots züchtete, um damit Stimmungen in sozialen Netzwerken zu beeinflussen – die Brexit-Abstimmung, die französische Präsidentenwahl, deutsche Landtagswahlen … CAP verkaufte ihnen terabyteweise Metadaten. Jessica hatte nicht ihre gemeinsame Ehe verraten, wie Manfred dachte, sondern ihre gemeinsamen Ideale, das kam ihm viel schlimmer vor. Und er wollte mehr über Jessicas Kontaktperson wissen. Doch als er in Olenas Computer eindrang, entdeckte sie ihn sofort.

Was willst du?, schrieb sie ihm. Und: *Weiß deine Frau davon?*

Olenas Offenheit war in jeder Hinsicht entwaffnend. Sie hatte gut recherchiert, schien jede Einzelheit aus Manfreds Leben zu kennen und schlug ein Treffen vor. Kiew, Ukraine, neutraler Boden. Erst später verstand er, dass sie selber von dort stammte. Sie hatte in Berlin studiert und sprach sehr gut Deutsch.

»Warum wolltest du mich treffen?«, fragte er, als sie sich im Frühstücksraum eines Kiewer Hotels gegenübersaßen.

»Noch nie hat es jemand geschafft, mich zu hacken. Außer dir. Das macht mich neugierig.«

Sie saßen zu zweit an einem kleinen runden Tisch und um sie herum standen viele weitere kleine runde Tische, an denen jeweils ein Mann über fünfzig mit einer jungen Frau zusammensaß. Die Frauen trugen ausnahmslos sehr hohe Schuhe und sehr lange Haare und die Männer sahen sehr reich aus. Manfred hatte keine Rolex am Handgelenk und keine schweren Ringe an den Fingern, und Olena war deutlich über dreißig, außerdem klein, drahtig, mit kurzen roten Haaren, aber ansonsten unterschieden sie sich wenig von den anderen. An der Bar lungerten muskulöse junge Typen herum und sondierten den Raum mit finsteren Blicken, das waren vermutlich die Leibwächter der anwesenden

Herren. Dass Olena diesen Ort ausgewählt hatte, war skurril und vielleicht auch genial, das vermochte er nicht einzuschätzen. Mit leiser, aber klarer Stimme erzählte sie ihm vom Globalen Komitee. Einem Zusammenschluss von Hackern auf der ganzen Welt – zwanzig oder hundert oder tausend? Das wurde aus ihren Worten nicht klar –, Leute von überallher: NSA, GCHQ, GRU oder Mossad; Mitarbeiter von Google oder Microsoft; kriminelle Hacker im Dienste von Konzernen, Waffenhändlern, Drogenschmugglern oder Terrorgruppen, die keine Lust mehr hatten, als Kryptosöldner ihre Fähigkeiten jedem wirtschaftlichen oder politischen Interesse anzudienen, solange bloß die Kasse stimmte. Sie waren vereint in dem Wunsch, endlich einmal auf eigene Rechnung zu arbeiten. Für eigene Ziele.

Was das für Ziele seien? Sehr verschiedene. Hass auf den Kapitalismus, Kampf gegen den Klimawandel oder gegen die ständige Überwachung oder einfach der Traum, in die Weltgeschichte einzugehen. Verschiedene Ziele, aber ein gemeinsamer Weg dorthin: der Zusammenbruch des Internets.

Und der Schlüssel dazu: *Herostratos*. Eine Art KI, ein selbstlernender Trojaner, der sich eigenständig orientiert, Lücken findet und sich unsichtbar einnistet, um im genau vorherbestimmten Moment loszuschlagen.

»Wir werden unser Baby nach und nach in Millionen Systeme einschleusen, bevor wir es zum Leben erwecken«, sagte Olena. Manfred musste sich unwillkürlich umschauen, ob da nicht jemand heimlich lauschte, aber die Pärchen ringsum waren mit sich beschäftigt und die Leibwächter mit Böse-Gucken. »Wir haben schon sehr viele Zero-Days gesammelt, aber wir brauchen noch mehr.«

»Du erzählst mir das, um mich zu fragen«, sagte Manfred, »ob ich bei eurem Komitee einsteige?«

Sie nickte.

»Und wenn ich das nicht mache?«

Sie lachte leise.

»Keine Angst, niemand wird dich umbringen wegen dem, was ich dir gerade erzählt habe. Du könntest sofort nach Washington fliegen und der NSA von unserem Gespräch erzählen, aber niemand wird dir glauben.«

»Warum nicht?«

»Wir sind Meister der Desinformation. Schon deshalb nicht. Außerdem passt das Globale Komitee nicht ins Bild. Was wir wollen, ist das Chaos. Hacker hassen Chaos, das weißt du selbst.« Wieder lachte sie. »Vor allem russische Hacker. Wir sind Strategen, wir lieben Schach, wir würden niemals willentlich Chaos anrichten. C'est ça.«

Jetzt musste auch Manfred lachen. Olena hatte recht (auch wenn sie keine Russin war, sondern Ukrainerin). Es klang auch für seine eigenen Ohren viel zu unglaublich, um wahr zu sein. Aber sie schien das tatsächlich so zu meinen.

Er fragte: »Wann wollt ihr diesen *Herostratos* starten?«

»Es dauert nicht mehr lange.«

»Ich hatte eigentlich den Plan…« Er merkte, dass seine Hände die Stoffserviette kneteten, und ließ es sofort bleiben. »Ich wollte Jessica auffliegen lassen. Ihre Verbindung zu eurer Agentur in St. Petersburg, all das.«

Olena zuckte mit den Achseln. »Die Agentur bedeutet mir nichts. Mein Verhältnis zu ihr ist wie das einer Hure zu einer Puffmutter. Und das ist Gott sei Dank bald vorbei. Sobald sich Herostratos aktiviert, wird es überhaupt keine Rolle mehr spielen, wen oder was du auffliegen lässt.«

»Für mich schon«, sagte er.

»C'est la vie.«

»Ich werde nicht bei euch einsteigen«, sagte er.

Sie nickte. Und Manfred wurde das Gefühl nicht los, dass er nicht mit irgendeinem Mitglied des Globalen Komitees sprach. Sondern mit der Chefin. Falls das Komitee überhaupt eine Führung hatte. Jedenfalls kam sie ihm so vor, als fühlte sie sich wie die Führung des Komitees. Die Art, wie sie über *Herostratos* sprach.

»Ich habe mich immer schon für Antike und Mythologie interessiert«, sagte er. »Herostratos war der Mann, der den Tempel der Artemis in Ephesos angezündet haben soll, eines der sieben Weltwunder. Er zerstörte den Tempel, um seinen Namen in der Geschichte unsterblich zu machen. Und obwohl es bei Strafe verboten wurde, seinen Namen zu nennen, ist er doch bis heute überliefert. Vielleicht war Herostratos der erste Influencer der Geschichte? Jedenfalls verstand er was von PR.«

Wieder nickte sie.

»Hast du vor, der neue Herostratos zu werden?«

Sie schüttelte den Kopf. »So heißt nur die Malware, nicht ich. Und ich habe auch keinen Bedarf an noch mehr Influence. Ich habe riesige Trollarmeen dirigiert und Zehntausende von Leuten manipuliert, das reicht mir. Ich mache es einfach, weil ich es kann. Mehr nicht. L'art pour l'art.«

»Glaub ich dir nicht«, sagte er.

Sie legte den Kopf schräg und lächelte.

»Was ist deine Motivation? Deine ganz persönliche?«

Ihr Blick wurde ernst. »Das Internet war einst ein Glücksfall für die Menschheit, eine Verheißung. Es hätte ein Segen für den ganzen Planeten werden sollen, aber inzwischen ist es ein Fluch. Im Westen hat es den Kapitalismus bis zur absoluten Gnadenlosigkeit entfesselt und in der östlichen Hemisphäre dient das Netz der lückenlosen Überwachung und Unterdrückung, wie es sich George Orwell nicht hätte ausmalen können. Siehe China. Es wird den Menschen zu denken geben, wenn sie mal ein paar Tage offline sind. Danach überlegen sie sich vielleicht einen anderen Umgang damit.«

»Ich kann nicht für den Osten sprechen, aber im Westen sind wir allzu vergesslich«, wandte Manfred ein. »Zu oberflächlich und getrieben. Wir zerreiben uns zwischen Projekt-Meetings, Tinder-Dates und Binge-Watching und unsere Politiker laufen den Populisten hinterher oder sind längst selbst welche. Ehrlich gesagt – ich sehe für das, was wir mal den Westen nannten, keine Hoffnung mehr, ob mit oder ohne Internet.«

»Am Ende siegt die Freiheit immer«, sagte sie.

»Kommt drauf an, was man als Ende definiert«, meinte er. »Ihr habt also tatsächlich vor, das Netz nach ein paar Tagen wieder freizugeben?«

»So haben wir Herostratos programmiert. Nach drei Tagen und drei Nächten wird er sich von alleine abschalten. Aber vorher sendet er eine Botschaft in die Welt hinaus, ein kleines Manifest unseres Komitees, Forderungen für ein freies, solidarisches, friedliches, gerechtes Netz. Alle angeschlossenen Drucker werden es in sieben Sprachen drucken, alle Beamer werden es an die Wände werfen, alle Handys werden es an alle WhatsApp-Kontakte versenden und alle E-Mail-Clients an alle Namen im Adressbuch.«

»Klingt nicht weniger totalitär als das, was ihr kritisiert«, sagte er.

»Unsinn. Natürlich ist es eine extreme Aktion. Wir müssen für einen einzigen Augenblick alle Aufmerksamkeit bündeln. Aber danach ist es ja vorbei. Herostratos deaktiviert sich selbst und jeder kann mit den Erkenntnissen tun, was ihm beliebt.«

»Ihr verlasst euch darauf, dass er sich alleine abschaltet? Es gibt keine Möglichkeit, ihn zu steuern?« Manfred schmunzelte. »Wenn ich so einen Code schreiben würde ... eine derart mächtige Malware ... ich hätte eine Hintertür eingebaut.«

Ganz kurz wich sie seinem Blick aus.

Das reichte. Für vieles. Plötzlich wusste Manfred, dass Olena sehr wohl eine Hintertür kannte, vielleicht hatte sie sie höchstpersönlich programmiert. Und dass diese Art, wie sie ihn anschaute, wegsah, die Augen wieder hob und hintergründig lächelte, nichts mehr mit dem Thema des Gespräches zu tun hatte.

■

23.57 Uhr

Was für eine Story! Ich habe so gebannt zugehört, dass mir erst jetzt auffällt, wie dringend ich pinkeln muss. Das Klo ist in einer kleinen Hütte hinter dem Haus untergebracht, zusammen mit der Dusche und dem Stromgenerator. Als ich herauskomme, steht Kalliope da und raucht.

»Eigentlich eine hammergute Idee«, meint sie.

»Was? Das Internet zu zerschießen? Ist das jetzt wieder Ironie?«

»Nee, keine Ironie.« Sie bläst eine Wolke aus, die sich im Mondlicht zu den Baumwipfeln kräuselt. Das Gewitter ist längst abgezogen und durch das Blätterdach des Waldes sieht man silbrige Wolkenfetzen ziehen. »Ernsthaft jetzt. Ich kann mich nicht erinnern, wann ich zum letzten Mal einen ganzen Tag lang nichts gepostet oder kommentiert habe. Es tut mir gut.« Sie lacht. »Ja, wir sind heute zweimal von irgendwelchen Verrückten verfolgt worden, es war eigentlich der pure Horror. Und gleichzeitig komme ich mir erholt vor wie seit Ewigkeiten nicht.«

»Das hättest du auch einfacher haben können«, meine ich. »Wusstest du, dass man Handys in den Flugmodus schalten kann?«

»Anscheinend gibt es Gründe, warum ich's normalerweise nie mache, hm?«

Sie drückt die Kippe aus, geht an mir vorbei und schließt sich im Klo ein. Ich gehe zurück ins Haus und gieße mir noch einen Whiskey ein. Ich muss mir irgendwas für meine Kontaktlinsen einfallen lassen, meine Augen sind schon ganz rot, wie ich vorhin im Spiegel gesehen habe.

»Könnte es denn sein«, frage ich Manfred, »dass die beiden Männer, die Kalliope und mich heute Morgen angegriffen haben, gar nicht für CAP arbeiten, sondern für dieses Globale Komitee?«

»Hm«, macht er. »Welchen Sinn könnte das haben? Sie wollten schließlich den Chip. Vielleicht gab es im Büro von Solveig Sander eine undichte Stelle und Jessica hat davon erfahren? Ich würde ihr so was eigentlich nicht zutrauen.« Er nimmt einen großen Schluck. »Aber dass sie mit dieser Agentur kollaboriert, hatte ich ihr schließlich auch nicht zugetraut.«

Eine undichte Stelle? Loresa? Berkant? Oder jemand anderes, der unsere Gespräche abgehört hat? Das Büro im Landtag kommt mir unendlich weit weg vor, so wie Malte und die WG mit dem Bad, wo meine Brille liegt. Düsseldorf, Bochum, Paderborn, alles Orte in einer anderen Galaxie. Not available.

»Was für ein absolut irrer Zufall«, sagt Kalliope, die gerade wieder reinkommt. »Es gibt siebeneinhalb Milliarden Menschen auf der Welt. Und ausgerechnet wir beide treffen den Mann, der mit der Frau geschlafen hat, die das Internet angezündet hat.«

»So habe ich das aber nicht ausgedrückt«, wehrt sich Manfred. Wird er etwa rot? Witzig.

»Na ja, zumindest hast du es angedeutet«, sage ich grinsend.

Anstatt darauf einzugehen, sagt er: »In der Mathematik gibt es keine Zufälle. Nur Wahrscheinlichkeiten. Kybernetik heißt, Dinge zu lenken. Das Wort *Kybernetes* bedeutet nämlich Steuermann. Alles, was mit *Cyber* zu tun hat, dreht sich darum, insofern ...«

»Ist schon gut«, meint Kalliope.

Ich frage: »Was tust du jetzt mit deinem ganzen Wissen, Manfred? Hast du mal drüber nachgedacht, dass du die Cyberkalypse beenden könntest?«

»Ich?« Manfred tut überrascht.

»Klar, du. Du könntest dich sofort an die Behörden wenden und von *Herostratos* erzählen. Ich bin mir sicher, dass du genug darüber weißt, um denen zu sagen, wo sie suchen sollen.«

»Stimmt. Ich habe ihn sogar aus lauter Spaß auf meinem Rechner isoliert und untersucht.« Schmunzeln. »Aber ich habe keine Lust, die Cyberkalypse zu beenden. Sie gefällt mir.«

»Mir auch«, sagt Kalliope, hebt ihr Glas und die beiden stoßen an.

»Spinnt ihr?«, frage ich. »Kalliope, du hast es doch gesehen – in der Stadt herrscht das totale Chaos. Und heute war nur der erste Tag. Das wird noch viel schlimmer werden. Bevor die drei Tage vorbei sind, werden Mord und Totschlag herrschen. Diese hirnrissige Bürgerwehr ist nur ein armseliger Abklatsch von dem, was da noch passieren wird.«

»Mord und Totschlag?«, macht sie mich nach. »Ich wette mit dir: Heute ist der Tag, an dem nirgendwo ein Kind von einer Drohne getötet wurde. Heute ist der Tag, an dem die Warlords in Afrika überlegen, ob sie ihre Koltan-Minen schließen und die

Kindersklaven nach Hause schicken, weil vielleicht niemand mehr neue billige Handys kaufen will. Heute ist der erste Tag seit langer Zeit, an dem kein einziger Teenager online gemobbt worden ist. Wo keine einzige Hassmail geschrieben worden ist und niemand unter das Facebook-Foto einer dunkelhäutigen Politikerin oder Schauspielerin oder Sportlerin seine Vergewaltigungsfantasien ergießen konnte.«

»Ja, da hört man den guten alten Habakuk«, sagt Manfred anerkennend.

Kalliope bremst sich unwillkürlich ab und meint: »Die Behörden werden sich organisieren, sie werden improvisieren und alles in den Griff kriegen. Es funktioniert doch sonst alles. Strom, Wasser und so weiter. Bloß halt kein Netz. Wir sind ja nicht in die Steinzeit zurückgeworfen worden. Höchstens in die Achtziger. Das werden wir alle überleben.«

Was sie sagt, klingt logisch. Aber ich sehe die Gesichter von Vera und ihren Freunden vor mir und bin nicht überzeugt.

»Weiß nicht, ob ich die Achtziger ein zweites Mal überleben würde«, meint Manfred und schmunzelt kurz, dann wird er wieder ernst. »Außerdem habe ich Zweifel, dass es wirklich nach drei Tagen endet.« Er nickt zu den beiden Notebooks hinüber, die auf der Arbeitsplatte des Sekretärs ruhen. »Ich sagte ja, ich habe *Herostratos* analysiert. Habe mich durch etliche Schichten gegraben, dieser Trojaner ist wirklich ein Meisterwerk, so komplex, so viele falsche Fährten. Dann habe ich spaßeshalber in der Firmware des Rechners das Datum um drei Tage vorverlegt; also dem System des Laptops vorgegaukelt, es wäre bereits Freitag. Ich wollte schauen, wie es ist, wenn der Trojaner sich selber abschaltet. Und hauptsächlich war ich neugierig auf das besagte Manifest des Globalen Komitees.«

»Na?«, frage ich. »Und?«

»Nichts. Kein Manifest. Und auch sonst nichts. Die Malware hat sich nicht abgeschaltet. Kann sein, dass sie sich von so einem einfachen Trick nicht überrumpeln lässt. Kann aber auch sein…«

»… dass Olena tatsächlich eine Hintertür eingebaut hat«, vollendet Kalliope. »Aber wozu? Was hat sie vor?«

»Das werden wir in drei Tagen wissen«, sagt Manfred gleichmütig. »Frühestens. Du siehst also, Amir, ich könnte die Cyberkalypse gar nicht beenden, selbst wenn ich wollte. Ich habe nur einen kleinen Wissensvorsprung. Der nutzt bloß niemandem. Irgendwie ein beruhigendes Gefühl.« Er reckt sich und gähnt, deutet mit dem Finger an die Decke und sagt: »Ihr könnt übrigens oben schlafen.«

Bitte? Wir können uns doch jetzt nicht schlafen legen. Es gibt noch tausend offene Fragen. Kalliope gähnt herzhaft. Ich auch, ohne es zu wollen. Tatsächlich bin ich komplett zerschlagen und todmüde.

»Aber sollte nicht irgendjemand Wache halten?«, frage ich. Der Satz klingt schräg, wie er da im Raum hängt, ein bisschen nach Rollenspiel. »Falls die Bürgerwehr noch mal wiederkommt«, schiebe ich nach, »oder der rote BMW?«

»Ich verlasse mich auf meine Bewegungsmelder«, antwortet Manfred. »Die Typen sollen mal ruhig kommen.«

Auf der Galerie steht ein breites Bett. Nicht unbedingt für zwei Personen gedacht, aber Kalliope und ich werden damit klarkommen. Manfred hat einen ansehnlichen Vorrat an Zahnbürsten, Duschgels, Rasierern und Deos, an denen ich mich bedienen darf. Am meisten bräuchte ich allerdings meine Brille sowie das Mittel, mit dem ich die Kontaktlinsen reinige, und das Döschen, in denen ich sie aufbewahre. Ich muss sie halt über Nacht drinlassen.

Manfred macht es sich auf dem Sofa vor dem Kamin bequem. Kalliope will vor dem Schlafengehen noch eine Zigarette rauchen und ich begleite sie nach draußen. Die beiden Baustrahler stehen wie stumme Wächter vor dem Haus und spähen misstrauisch in die Nacht hinaus, um im Zweifel sofort aufzuflammen, falls sich jemand nähert.

»Das mit der Hintertür«, sage ich, »was Manfred erwähnt hat. Wie hast du das verstanden?«

»So wie du vermutlich«, meint sie. »Dass diese Olena eine Möglichkeit offengelassen hat, die Malware doch noch zu steuern und – keine Ahnung – zu verändern?«

»Also die Cyberkalypse zu verkürzen oder zu verlängern, wie sie möchte. Oder vielleicht sogar: der Welt Bedingungen zu diktieren, um das Internet wieder freizugeben.«

»Die ganze Welt zu erpressen? Witzige Idee. Aber ich bin sicher, dass in diesem Augenblick zigtausende IT-Leute rund um den ganzen Planeten daran arbeiten, diesen *Herostratos* zu erwischen und zu deaktivieren. Egal, was Olena und dieses Globale Komitee tun oder lassen.«

»Aber stell dir mal vor«, sage ich, »nur mal als Gedankenexperiment – wir würden diese Olena treffen. Wir könnten uns mit ihr verbünden. Beziehungsweise Habakuk. Mit Olenas Hilfe würde Habakuk das Web noch mal ganz neu erfinden. Er hätte plötzlich die Möglichkeit, all das, was er immer angeprangert hat, zu beseitigen. Und stattdessen das zu erschaffen, wovon er immer geträumt hat. Ein faires Netz. Sozial und frei. Demokratisch, genossenschaftlich … weißt du noch, was du mir mal dazu geschrieben hast? Er würde ein komplett neues Internetzeitalter einleiten, man würde später eine ganze Ära nach ihm benennen.«

Kalliope zieht lange an ihrer Zigarette. Dann sagt sie: »Ich bin mir nicht sicher, ob Habakuk von so was träumt. Vielleicht ist er in Wahrheit nichts weiter als ein Tastenheld? Ein famegeiler Klickbaiter? Vielleicht fände er es im Gegenteil ganz gut, einfach ein paar Tage in den Wäldern zu bleiben und auszuspannen, bis die Cyberkalypse vorüber ist.«

»Habakuk hat gefordert, das ganz große Rad zu drehen, statt an den Symptomen zu werkeln«, widerspreche ich. »Weißt du das schon nicht mehr? Das klang vor ein paar Wochen noch voll abstrakt für mich, weil ich mir unter einem solchen Rad gar nichts vorstellen konnte. Aber jetzt gibt es dieses Rad tatsächlich. Olena und ihre Freunde haben es erschaffen.«

»Mag sein. Aber es ist zu groß für Habakuk. Auf alle Fälle zu groß für Kalliope.«

Sie drückt ihre Zigarette aus und geht hinein.

Als wir uns wenig später oben in Manfreds Bett unter die Decken kuscheln, natürlich mit einem gebührenden Abstand zueinander, flüstert sie mir zu: »Denk nicht mal dran.«

»Woran?«, flüstere ich zurück. »Meinst du etwa Sex?«

»Das auch.«

Na toll, wie kommt sie darauf, dass ich auf sie stehen könnte? Hält sie Männer generell für notgeil? Oder hat sie da wieder was in meinen Augen gesehen …

»Dass ich mit dir nach Olena suche«, flüstert sie. »Das Leben ist kein Hollywood-Blockbuster.«

»Schade eigentlich.«

»Dass das Leben kein Film ist? Oder dass hier nichts zwischen uns läuft?«

Ich suche nach einer guten Antwort, finde aber keine. Ich stütze mich auf den Ellbogen und versuche, ihr Gesicht im Dunkeln zu erkennen. Weil das nicht geht, denke ich stattdessen an ihren Rücken. Vorhin hat sie kurz ihr frisches T-Shirt aus dem Rucksack geholt und sich umgezogen, hat das Oberteil über den Kopf gestreift und den BH abgelegt, und sie hat da diese Lendengrübchen, die man eigentlich sofort knutschen möchte. *Eigentlich.*

»Mach du es doch«, sagt sie.

»Bitte?«

Liest sie meine Gedanken?

»Das Internet neu erfinden. Dir würde sicher was einfallen.«

»Ja, mir würde was einfallen. Aber ich bin niemand, der in der ersten Reihe steht. Das wäre eher was für dich. Für Kalliope. Für Habakuk. Ich bin der Mann im Hintergrund.«

»Du bist ein Feigling«, sagt sie. Es soll lustig klingen und ich frage mich, ob sie das auch deshalb sagt, weil ich nicht ihren Rücken küsse.

8

08.20 Uhr

Der Duft von Kaffee und gebratenen Eiern mit Speck weckt mich. Klingt wie ein Satz aus einer romantischen Komödie und tatsächlich komme ich mir einen Augenblick lang so vor. Dann aber spüre ich das leise Klopfen aus der Platzwunde an meinem Hinterkopf. Ich versuche, meine Augen zu öffnen, und das klappt erst mal gar nicht, weil sie völlig verklebt sind. Ich muss zu einem Optiker oder wenigstens zu irgendeinem Drogeriemarkt, sofort. Ich brauche Kontaktlinsenflüssigkeit und vielleicht eine Billigbrille, die man nicht erst anpassen muss, sondern sofort mitnehmen kann. Ich reibe mir die Augen einigermaßen frei und angle nach meinem Handy. Offline, Error, not available. Aber hätte ja sein können …

Helles Licht sticht durch ein schmales Dachfenster herein und lässt die ganze Geschichte über Olena und *Herostratos* noch absurder erscheinen als gestern Abend bei Whiskey und Kaminfeuer.

Kalliope ist schon aufgestanden. Sie sitzt unten mit Manfred an einem üppig gedeckten Frühstückstisch.

»Wie könnt ihr so früh am Morgen schon solche Sachen essen?«, frage ich, gehe zum Spülbecken und wasche mir vorsichtig die Augen aus, ohne die Linsen herauszunehmen. Davon werden sie nur noch trockener, das weiß ich.

»Eklig, wie du dir im Auge herumpopelst«, meint Kalliope.

»Eklig, dass du dir hier Speck und Eier reinpfeifst«, gebe ich zurück.

»Bist du etwa Veganer oder so was?«

»Nee. In meiner Vorstellung war Habakuk aber einer.«

Das stimmt. In meiner Fantasie war er ein absoluter Asket, von jedweden menschlichen Begierden frei, ein Astralwesen, das nur in der Welt seiner Thesen und Texte existierte. Meine Fantasie hat ja irgendwie recht behalten, was Habakuk betrifft.

Kalliope nimmt ihr Handy und fotografiert ihren Frühstücksteller, dann tippt sie auf ihrem Handy herum.

»Ist nicht dein Ernst, oder?«, frage ich.

»Die Macht der Gewohnheit.« Sie zuckt mit den Achseln. »Ist halt ein komisches Gefühl, dass außer euch beiden niemand weiß, wie ich diese Nacht geschlafen habe oder was ich heute anziehe oder was ich frühstücke.«

»Und?«, frage ich. »Wie *hast* du denn geschlafen?«

»So gut wie lange nicht.« Sie legt das Handy weg und grinst. »Es fühlt sich witzigerweise super an, etwas zu posten, was niemand lesen wird. Habt ihr gewusst, dass über achtzig Prozent aller Views bei YouTube auf weniger als ein Prozent aller Videos entfallen?«

Ich schaue Manfred an und frage: »Was will sie uns sagen?«

»Ich will sagen, dass eine Handvoll YouTuber die ganze Aufmerksamkeit abkriegt, während die allermeisten Videos nur von ein paar hundert Leuten angeklickt werden. Höchstens. Es gibt Filmchen, die haben vier oder fünf Views. Oder Insta-Accounts mit drei oder vier Followern. Ich habe mich immer gefragt, was solche Leute motiviert, überhaupt irgendetwas zu posten oder hochzuladen. Das lohnt doch die Mühe gar nicht, wenn deine Reichweite fast gleich null ist. Aber plötzlich verstehe ich sie. Es fühlt sich total super an, ein Foto zu machen und einen Gedanken aufzuschreiben – einfach nur für mich.«

Sie beißt ins Brot und kaut höchst zufrieden.

»Hab ich selbst gebacken«, sagt Manfred und sieht genauso zufrieden aus.

»Strange«, murmle ich und gehe nach draußen. Da empfängt mich die pralle Natur. Der ganze Wald dampft, es sieht wie ein Dschungel am Äquator aus. Die Morgensonne brennt die Regenreste der Nacht vom Boden und von den Blättern und lässt ihr Strahlen in den Nebelschwaden brechen, als wäre sie ein Stroboskop und die ganze Welt ein Club. Es gibt sogar Livemusik, singende Vögel, summende Insekten, überall ein Rascheln und Hoppeln und Huschen im Unterholz, beinahe zu kitschig, um es auszuhalten. Weltflucht okay, aber ich könnte das nicht lange ertragen. Ich gehe aufs Klo und gönne mir eine schnelle Dusche, wobei ich aufpasse, dass meine Wunde am Hinterkopf nicht nass wird.

Als ich wieder das Haus betrete und mich an den Tisch setze, sagt Manfred zu mir: »Du bist auch herzlich eingeladen.«

»Wozu?« Ich schenke mir Kaffee ein.

»Kalliope überlegt hierzubleiben, bis die Cyberkalypse vorüber ist«, sagt Manfred. »Vielleicht wäre das für euch beide wirklich das Beste. Wer immer die beiden Männer sind, die euch gestern verfolgt haben – hier werden sie euch nicht finden. Nicht ohne Internet.«

»Und die Bürgerwehr?«, frage ich.

»Das sind Schwachköpfe. Mit denen werden wir fertig.«

»Ich kann aber nicht bleiben«, sage ich. »Nicht nach dem, was du uns gestern erzählt hast. Ich muss nach Düsseldorf.«

»Zu Solveig Sander?«, fragt Manfred und hebt die Augenbrauen.

»Genau. Wenn es übermorgen darum geht, das Internet wieder neu aufzubauen, dann könnte doch ihre Stunde schlagen, findet ihr nicht? Mir gehen da schon viele Ideen durch den Kopf. Das wird großartig.« Ich drehe mich zu Kalliope. »Noch großartiger wäre natürlich, wenn Habakuk mitkommt.«

Sie wirft ihre Locke aus der Stirn und sagt mit spöttischem Unterton: »Ich dachte, du wolltest das große Rad drehen. Olena suchen und das neue Internetzeitalter einläuten. Die Ära Habakuk.«

»Geht ja schlecht ohne Habakuk«, gebe ich leicht gereizt zurück.

»Was bitte willst du einläuten?«, fragt Manfred.

»Vergiss es.« Ich winke ab.

»Ich finde es gut, wenn man groß denkt«, sagt er. »Klein wird's von allein.«

Klein ist in diesem Falle Solveig. Eine deutsche Provinzpolitikerin im Vergleich zu der Frau, die das Internet angezündet hat. Aber immer noch reichlich groß genug für mich. Wenn sie exakt im Moment der Rückkehr des Netzes an die Öffentlichkeit geht, mit guten Ideen und klaren Regeln für ein *faires Netz,* könnte niemand in Deutschland sie ignorieren. Die Politik müsste sich mit ihr auseinandersetzen. Bundesweit, vielleicht EU-weit. Und ich werde der Mann im Hintergrund sein.

»Weißt du was?«, sagt Kalliope unvermittelt. »Du kannst ihn haben.«

»Hä?«, mache ich. »Wen?«

»Habakuk. Ich schenke ihn dir. Du findest ihn doch so toll und denkst, er könnte alle diese Dinge anstoßen, von denen du sprichst. Ich gebe dir einfach die Zugangsdaten und er gehört dir, du kannst mit ihm machen, was du willst.«

Ich starre sie an. »Du willst Habakuk einfach so wegwerfen?«

»Schenken und wegwerfen sind zwei verschiedene Dinge«, erwidert sie.

»Aber ...« Ich ringe um die richtigen Worte. »Aber ohne dich ist er nichts! Habakuk funktioniert nur mit Kalliope!«

»Unsinn.«

»Doch. Gerade jetzt. Du musst dich outen, du musst den Leuten sagen, dass ihr dieselben seid. Du musst Kalliopes Reichweite und Habakuks Brillanz miteinander vereinen – und wenn das Netz wieder da ist, dann werden wir gemeinsam mit Solveig ...«

»Ich muss gar nichts!«

Erschrocken sehe ich sie an. Ihr wunderschönes, markant-verpeiltes *kalliopes_selfrecreation*-Gesicht ist steinhart geworden. Kaum bewegt sie die Lippen, als sie wiederholt: »Ich muss nichts. Weniger als je zuvor.«

»Wenn das so ist ...« Keine Ahnung, wie dieser Satz jetzt weitergehen soll. Ich breche ihn ab und stehe auf. Manfred schaut mich interessiert an. Unser Disput scheint ihn prächtig zu unterhalten. Ich hingegen fühle mich total elend. »Wie kannst du nur so ignorant sein? Wir haben eine einmalige Chance. Eine historische Chance! Und anstatt Geschichte zu schreiben, wollt ihr beide euch hier einbunkern. Flucht vor der Gegenwart, ha, von wegen. Das ist eine Flucht vor der Zukunft!«

»Tolle Rede, Mann«, meint Kalliope. »Hätte Habakuk nicht besser sagen können. Also – worauf wartest du noch?«

Ja, worauf? Dass sie sich doch noch entscheidet? Zwecklos.

»Ich weiß gar nicht, wie ich von hier wegkommen soll«, sage ich schwach. »Ohne Auto.«

»Du kannst meinen Cayenne haben«, sagt Manfred. »Steht hinterm Haus. Bring ihn mir einfach wieder zurück, wenn du deine Mission beendet hast. Du musst mir nur versprechen, dass du meinen Namen komplett aus deiner Kampagne herauslässt.«

»Warum machst du das?« Sie sieht ihn fragend an. »Warum unterstützt du diesen Unsinn?«

»Jeder von uns muss tun, was er tun muss.« Manfred zuckt mit den Achseln. »Ich hab euch hierher gelotst, dann muss ich ja auch dafür Sorge tragen, dass ihr wieder wegkönnt.«

»Danke«, sage ich. »Das ist sehr großzügig von dir.«

Ich stehe da und weiß nicht genau, wohin mit meinen Händen. Zur Situation würde passen, wenn ich jetzt nach oben gehen und meine Sachen packen würde. Aber ich habe gar keine Sachen. Ich kann einfach Manfreds Autoschlüssel nehmen und gehen. Mein Abenteuer mit Habakuk und Kalliope endet also hier. Obwohl es gerade erst richtig hätte anfangen können. Ich sehe sie an. Liegt da nicht eine Spur von Bedauern in ihrem Blick?

Da springt sie auf und sagt: »Vorschlag: Du nimmst nicht den Porsche, sondern den PT Cruiser, und wenn du Solveig groß rausgebracht hast und alle über das neue, faire Internet reden, dann kommst du zurück und holst mich ab.«

»Abgemacht.« Nicht das, was ich mir erhofft habe. Aber immerhin will sie mich wiedersehen, das freut mich mehr, als ich gedacht hätte.

Ich nehme Kalliopes Autoschlüssel von der Anrichte. Dann will ich Manfred die Hand geben.

»Eine Frage noch«, sagt er und steht auf. »Willst du dich wirklich mit dem kleinen Rädchen zufriedengeben oder willst du doch das große Rad drehen?«

Er geht zur Anrichte und öffnet eine Schublade.

»Olena? Das Globale Komitee? Ich versteh nicht ganz.«

Manfred nimmt einen klobigen Schlüssel aus der Schublade und hält ihn mir hin.

»Zu Hause habe ich einen Safe«, sagt er. »Ganz analog. Kein Code, keine smarte Sicherung, einfach nur ein Schlüssel. Darin liegt ein Brief von Olena. Kam vorige Woche. Ich glaube, dass sie mir darin mitteilen wollte, wo sie während der Cyberkalypse untertauchen will.«

»Du glaubst?«

»Ich habe ihn nicht geöffnet. Ich hatte ehrlich gesagt ein bisschen Angst, dass es mich im letzten Moment doch noch packen und ich mich dem Globalen Komitee anschließen würde. Ich wollte mich dazu zwingen, hier abzutauchen. Für mich sind die großen Räder vorbei. Ich drehe nur noch meine Kaffeemühle. Das reicht mir. Ehrlich gesagt weiß ich nicht, ob sie gerade auf einen wie dich wartet, um das Internet neu zu erfinden. Jedenfalls kannst du versuchen, es rauszukriegen.«

Klingt abgefahren. »Wie soll ich denn an deinen Safe drankommen?«

»Jessica hat sich bestimmt zu Hause verkrochen. Bestell schöne Grüße von mir. Was du ihr sonst noch sagen willst, überlass ich deiner Fantasie. Seidenpfad 43 in Köln. Pass nur auf, dass diese beiden Schläger dich nicht kriegen – falls Jessica es wirklich war, die eure Verfolger angeheuert hat.«

»Ihr spinnt!«, ruft Kalliope. Sie ist aufgesprungen. »Ihr spinnt ja beide komplett.« Jetzt stehen wir alle drei mitten im Raum wie bei einem Mexican Standoff in einem alten Western. Oder einem Tarantino-Film. Nur dass wir mit Worten schließen statt mit Waffen.

Spinnen.

Das ist es, was ich mache. Ich bin ein Spin Doctor.

Ich nehme den Schlüssel an mich, dann umarme ich Kalliope und drücke sie fest, gebe ihr einen Kuss auf die Wange. Sie gibt mir einen Kuss auf den Mund.

»Auch wenn es sich mamimäßig anhört«, sagt sie, »fahr bitte vorsichtig.«

»Du musst dir keine Sorgen um mich machen.«

»Nein, aber um den Wagen. Das Modell wird nicht mehr hergestellt.«

Offenbar verrutschen mir die Gesichtszüge, denn plötzlich lacht sie, wirft ihre Locke aus der Stirn und meint: »Hey, Ironie. Schon mal gehört? Natürlich mach ich mir Sorgen um dich. Komm heil wieder zurück und hol mich ab. Ich erwarte dich übermorgen.«

09.32 Uhr

Es kommt mir vor, als wolle mich Kalliopes altes Navi an die Hand nehmen und sachte aus dem Wald herausführen. Bei Tageslicht sieht er gar nicht mehr so Hänsel-und-Gretel-mäßig aus. Ich habe die Fenster heruntergelassen und das Radio nicht eingeschaltet, damit ich im Zweifel hören kann, falls mir jemand folgt oder entgegenkommt. Ein Pick-up zum Beispiel oder ein Motorrad. Doch alles, was ich höre, ist das Klackern der Äste auf der Karosserie. Schließlich erreiche ich wieder die Landstraße. Raus aus dem grünen Schatten, rein ins Sonnenlicht, das schmerzhaft auf meine Augen trifft und meine Sicht noch schlieriger werden lässt. Trotzdem fühle ich mich jetzt einigermaßen sicher und drücke auf den Standby-Knopf des Radios.

»... kann man die Bilanz der vergangenen Nacht nicht anders als verheerend bezeichnen«, sagt die Moderatorin. »Aus Berlin, München, Hamburg, Frankfurt, Köln und vielen weiteren Städten werden richtiggehende Gewaltexzesse gemeldet. Zum einen scheint die Cyberkalypse die Hemmschwelle gegenüber schweren Straftaten deutlich zu senken, die Rede ist von Einbrüchen und Plünderungen, von unzähligen Sexualdelikten und etlichen Fällen von willkürlicher, völlig sinnloser Gewalt.«

Von wegen, die Behörden kriegen das in den Griff. Da lag Kalliope wohl ein bisschen daneben.

»Zum anderen«, fährt die Moderatorin fort, »haben sich in vereinzelten Stadtteilen und vor allem in ländlichen Regionen bewaffnete Gruppen gebildet, die das Gesetz in die eigene Hand nehmen und versuchen, eine eigene lokale Ordnung zu etablieren. Angeblich haben sich in verschiedenen Bundesländern Teile von Polizei und Bundeswehr solchen Gruppen angeschlossen. In der Nähe von Offenbach wurden Beamte der Bundespolizei bei dem Versuch, eine solche Gruppe zu entwaffnen, in eine Schießerei verwickelt. Zeugen sprechen von kriegsähnlichen Zuständen.«

Die Straße gabelt sich. Von rechts sind wir gestern Abend gekommen, auf unserer Flucht vor Waldemar auf seiner Harley. Ein Schild mit Frakturschrift preist das Landgasthaus *Zum Schwarzen Keiler* an. Die linke Abzweigung führt über Bernscheid, den nächstgelegenen Ort. Das Navi wird mir diesen kleinen Umweg verzeihen, denn die Bürgerwehr-Hillbillys scheinen ja den Gasthof als eine Art Hauptquartier zu benutzen, und ich habe keine Lust, denen noch einmal zu begegnen. Eine Tankstelle wäre gut, denn ich kann gar nicht einschätzen, ob ich mit dem Sprit bis Köln komme. Mit meinen dreizehn Euro könnte ich dem Tank wenigstens einen kleinen Puffer verschaffen. Falls nicht über Nacht landesweit das Benzin ausgegangen ist.

»Aus dem Lagezentrum im Bundeskanzleramt gibt es keine neuen Nachrichten«, sagt die Radiofrau. »Die Cyber-Gegenschläge der NATO in den frühen Morgenstunden haben ersten Meldungen aus Russland und anderen Zielstaaten zufolge keine großen Schäden angerichtet. Aus dem NATO-Hauptquartier verlautete dazu, dieser sogenannte Hackback solle lediglich als Warnung verstanden werden, man wolle die Gesprächsfäden nach Moskau nicht abreißen lassen. Manche Sicherheitsexperten vermuten hingegen, dass die Angriffe aufgrund der weiterhin überlasteten Netze einfach verpufft seien. Die NATO will sich jedenfalls nach wie vor alle Optionen offenhalten. Dazu zählten ausdrücklich auch konventionelle Mittel – mit anderen Worten ein möglicher Militärschlag. Damit würde der bisherige Cyberkrieg zu einem analogen militärischen Konflikt eskalieren. Die Bundesregierung kommentiert diese Überlegungen noch nicht.«

Krieg. Drehen jetzt alle völlig durch? Plötzlich durchfährt mich ein Gedanke. Sollte es mir wirklich gelingen, Olena zu finden, muss ich sie auf jeden Fall überreden, dass sie *Herostratos* stoppt, und zwar sofort. Auf einmal geht es nicht mehr nur ums Internet. Olena hat die Möglichkeit, einen Weltkrieg zu verhindern.

Ja, genau! Ich sehe unwillkürlich vor mir, wie sie den Friedensnobelpreis entgegennimmt. Und ich sitze in der ersten Reihe und applaudiere, während ich wissend in mich hineinlächle. Aber die Zeit ist knapp. Ich drücke aufs Gas. In diesem Moment fliegt das Ortseingangsschild an mir vorüber. Ich bremse ab und der Wagen rollt durch ein Dorf voll verrammelter Häuser. Bei den meisten sind die Rollläden heruntergelassen, kein Mensch ist auf der Straße zu sehen.

»Unterdessen soll es IT-Experten in unterschiedlichen Ländern gelungen sein, Teile einer Schadsoftware zu analysieren. Deren Eigenschaften passen zu keiner der bekannten Hackergruppen, auch zur möglichen Herkunftsregion gibt es noch keine Erkenntnisse. Es scheint sich um eine Art intelligenten

Trojaner zu handeln, der sich eigenständig weiterentwickelt und verteidigt.«

Ein Drogeriemarkt! Ich trete die Bremse durch und halte mit quietschenden Reifen vor dem Laden. Drinnen ist alles finster. Trotzdem steige ich aus, nehme mein Portmonee und gehe zur Tür. Sie öffnet sich nicht. Aber irgendwo weiter hinten im Laden brennt Licht. Vielleicht ist doch jemand da? Ich poche gegen die Scheibe. Nichts regt sich. Ich muss an die verschlossene Kinotür denken, gestern in Köln. Als ich mich umdrehte, stand Kalliope da. Ich drehe mich um. Kalliopes Auto steht in der Sonne. Ich wende mich wieder der Tür zu und bearbeite sie weiter mit sachten, aber hörbaren Schlägen. Endlich taucht zwischen den Gängen eine Frau im Kittel auf, sie drückt einen Knopf an der Wand und die gläsernen Türflügel schieben sich auseinander.

»Was soll das?«, fährt sie mich an. »Sehen Sie nicht, dass wir geschlossen haben?«

»Entschuldigen Sie bitte«, sage ich. »Ich brauche dringend etwas für meine Kontaktlinsen.«

Sie macht einen Schritt auf mich zu, mustert mich und sagt: »Ja, das brauchen Sie. Kommen Sie mit.«

Ich folge ihr in den Laden und durch die Regalreihen, bis sie stehen bleibt und eine Packung mit der entsprechenden Flüssigkeit herauszieht.

»Hier, bitte schön. Sie sollten aber die Linsen nicht gleich wieder einsetzen. Ich an Ihrer Stelle würde meinen Augen mindestens zwölf Stunden Pause gönnen.«

Ja, ich auch. Ich bin aber nicht an meiner Stelle, sondern ich bin bloß Habakuk. Yes! No! Shit! Sie hat mir gar nicht die Zugangsdaten gegeben. Ich muss noch mal zurück. Oder? Ich öffne mein Portmonee. Im Münzfach liegt der Chip, als wäre es gestern Morgen und mein großer Tag könnte endlich beginnen.

»Schenke ich Ihnen«, sagt die Frau. »Bis ich jetzt die Kasse eingeschaltet habe, dauert es mir zu lange. Und Sie sollten schleunigst hier verschwinden.«

»Bitte? Ich versteh nicht ganz.«

Obwohl wir ganz alleine in diesem Laden sind, wechselt sie in einen Flüsterton. »Seit gestern treibt sich hier eine selbst ernannte Bürgerwehr herum. Eigentlich sind das harmlose Deppen, Nachbarn aus dem Dorf, und solange man sie nicht provoziert, tun sie einem nichts, denke ich, jedenfalls nicht uns Dorfbewohnern. Aber bei einem Fremden, noch dazu – bitte verstehen Sie mich richtig! – einem Fremden, der ein bisschen südländisch aussieht, da …«

»Ich verstehe vollkommen. Danke für das Mittel. Und für die Warnung. Ich finde hinaus.«

Eigentlich hatte ich sie bitten wollen, ob ich kurz in ihren Personalraum gehen darf, um die Flüssigkeit sofort anzuwenden. Aber ich will ihre Gastfreundschaft nicht überstrapazieren. Als ich wieder hinaus in die Sonne trete, steht da nicht nur Kalliopes Wagen. An der Motorhaube lehnt Erik, der feixend sein Gewehr streichelt, der Sonnenbrillentyp hockt bereits auf dem Fahrersitz. Geistesgegenwärtig wende ich mich nach links und renne los. Und pralle schwer gegen Waldemar. Neben ihm steht Vera.

»Na, kleiner Dorfspaziergang?«

Bevor ich irgendwas sagen oder auch nur denken kann, liege ich mit dem Gesicht auf dem Boden, meine Nase schrammt über das Kopfsteinpflaster und Waldemar zieht etwas sehr Schmerzhaftes um meine Handgelenke, das sich dem leisen Ratschen zufolge wie ein Kabelbinder anhört. Veras Hand taucht in mein Gesichtsfeld und hebt die Packung mit der Kontaktlinsenflüssigkeit vom Boden auf, als sichere sie ein wichtiges Beweismittel.

»Und jetzt?«, fragt Waldemar. »Zum Keiler?«

»Nein. Ich fürchte, wir können uns im Zweifel auf Irmgard nicht verlassen. Wir bringen ihn zum Hof.«

10.09 Uhr

Vor mir auf dem Tisch steht diesmal keine Apfelschorle. Ich sitze auf einem groben Stuhl, leicht vorgebeugt, weil meine Hände noch immer auf dem Rücken gefesselt sind, die Haltung tut echt weh. Die Fragen, die sie mir stellen, sind wirr und ich antworte nicht. Was könnte ich auch sagen? Die Wahrheit vielleicht, das würden sie mir am wenigsten glauben. Oder doch, weil es verrückt genug klingt. Soweit ich ihr Gerede verstehe, halten sie Manfred inzwischen für einen Regierungsmitarbeiter, der wahlweise den Auftrag hat, die Bürgerwehr auszuforschen und ihre Arbeit zu behindern oder das Grundwasser des Ortes mit bewusstseinsverändernden Substanzen zu versetzen, um die Bewohner gefügig zu machen. Oder so. Es wäre zum Schreien komisch. Wenn es nicht zum Schreien wehtäte.

»Es nutzt nichts«, sagt Vera schließlich. Wie recht sie doch hat. »Bringt ihn rüber in den Kachelraum. Da wird er reden. Oder das Schweigen lernen.«

Der Sonnenbrillentyp, er heißt übrigens Bernie, zieht mich brutal am Ellbogen von dem Stuhl hoch, als könnte ich nicht selber aufstehen. Dann bugsiert er mich aus der Küche heraus, durch den Flur und ins Freie. Wir befinden uns auf einem kleinen Bauernhof, der wohl Vera und Waldemar gehört, wenn ich das richtig verstanden habe, die hier ökologische Landwirtschaft betreiben und Charolais-Rinder züchten. Neben dem Haupthaus und einem Stall gibt es ein kleineres Nebengebäude, das anscheinend den besagten *Kachelraum* birgt. Was immer das auch sein mag. Erik geht voraus, öffnet die Tür und ich habe kurz das Gefühl, ich würde mir in die Hose scheißen, so unvermittelt und gnadenlos packt mich die Angst. Ich sehe einen Stahltisch an der Wand und Eisenstangen unter der Decke, an denen Fleischerhaken hängen. Obwohl die Kacheln am Boden und an den Wänden blitzblank geputzt sind, kriecht mir der Blutgeruch sofort in Nase und Rachen, ich glaube, ich muss kotzen. Komme aber nicht dazu, weil sie mich weiterstoßen, ich stolpere über die Schwelle und Bernie hält mich wieder am Ellbogen, damit ich nicht falle, das fühlt sich an, als würden meine Arme auskugeln. Über dem Stahltisch sind Nägel in die Wand geschlagen, daran hängen Fleischermesser von jeder Größe. Sie werden sie benutzen, fein säuberlich der Reihe nach von klein nach groß, mit deutscher Gründlichkeit, und mich so säuberlich zerlegen wie sonst ihre Bio-Rinder an dieser Stelle.

»Zieht ihm die Schuhe und Strümpfe aus«, befiehlt Vera. »Wir fangen mit den Zehen an.«

»Ich weiß nicht, was ihr noch von mir wollt«, sage ich. Nein, ich spreche nicht, ich winsele. So schnell verliert man seine Würde. Der Anblick der Messer geht mir durch Mark und Bein – eine Redensart, aber die hat ihren Sinn. Mark und Bein, wie fühlt sich das an, wenn dir ein Messer durch den Knochen geht, am kleinen Zeh zum Beispiel? Jetzt kotze ich wirklich. Ein dünner schwarzer Strahl spritzt auf die sauberen Fliesen, Kaffee mit Magensäure, mehr hatte ich ja nicht zum Frühstück. Erik macht einen Satz zurück, weil ein paar Spritzer seine Hose treffen.

»Dreckskanake«, zischt er und versetzt mir eine Ohrfeige.

Das heiße Brennen auf meiner Wange tut gut, als hätte Erik in mir einen Schalter umgelegt.

»Ja, du Scheißkartoffel!«, schreie ich ihn an. »Fangt endlich an mit euer verfickten SS-Masche. Ihr habt doch euer Leben lang davon geträumt, einen wie mich zu Tode zu foltern. Ich hoffe, es macht euch richtig geil! Aber auf jedes Dreiunddreißig folgt ein neues Fünfundvierzig. Sie werden euch kriegen, egal wie lange es dauert. Hier wird alles voll von meinen DNA-Spuren sein, egal wie oft ihr mit eurer verfickten deutschen Scheißgründlichkeit putzt, denn …«

»Halt's Maul!«, schimpft Vera.

»Ich werde hier so lange schreien, bis ihr mir die Zunge rausschneidet, ihr …«

»Halt dein verdammtes Maul«, ruft sie wieder. Nicht weil sie meine Tirade beenden will, sondern weil sie irgendwie nach draußen lauscht. Jetzt höre ich es auch. Ein Auto nähert sich. Oh Gott, das müssen Manfred und Kalliope sein. Sie kommen! Sie holen mich hier raus. Meine Retter. Wie auch immer sie mich gefunden haben, sie … Ich kriege einen Tritt in den Magen, keine Ahnung, von wem, und Vera kommandiert: »Der bleibt hier drin. Bernie, du passt auf, dass er keinen Mucks macht.«

Schon fällt die Tür zu. Ich richte mich mühsam auf und sehe, dass ich mit Pilotenbrillen-Bernie alleine im Kachelraum bin. In der Tür ist ein kleines rundes Fenster, wie ein Bullauge. Bernie presst die Nase gegen die Scheibe. Ich recke den Hals, um auch was zu sehen. Vera und die beiden Typen postieren sich im Hof, Erik hebt das Gewehr und Waldemar zieht seine Pistole.

»Vom Fenster weg«, zischt Bernie und schubst mich nach hinten.

Aber mein neuer Mut ist zu stark, ich will sehen, wie meine Retter ankommen und mit welchem genialen Trick Manfred die Hillbillys entwaffnet. Hatte er nicht gesagt, sie seien bloß Schwachköpfe? Also recke ich mich wieder zum Fenster – und erstarre. Das ist nicht Manfreds Porsche Cayenne, der jetzt auf dem Hof ausrollt, sondern ein roter BMW. Mit Hamburger Kennzeichen. Und dicken weißen Schrammen an der Seite. Ein Schlag ans Jochbein, ich taumle zurück.

»Vom Fenster weg, Kanake!«

Dumpf dringen Wortfetzen durch die Tür. Der harte Akzent von Anorakmanns Englisch, es klingt, als frage er nach mir: »A young guy, he looks like an Arab.«

Darauf Vera: »He is not here. Ask Manfred Morena.« Und, offenbar an ihre Kumpane gewandt: »Diese Vögel gehören garantiert auch zu Manfred. Der scheint 'ne richtige Armee zu haben.«

Dann werden die Stimmen aggressiv, bis schließlich alle durcheinanderschreien, ich recke mich wieder zum Fenster, wow! Ein echter Mexican Standoff, diesmal mit Waffen. Schnauzbart und Anorak haben Pistolen und zielen damit auf die Hillbillys, Erik hat sein Gewehr im Anschlag und richtet den Lauf gegen Anorakmann, Waldemar steht breitbeinig wie auf dem Polizeischießstand und hält seine Waffe mit beiden Händen in Schnauzbarts Richtung. Vera versucht mit beruhigenden Gesten zu deeskalieren, aber allen dreien steht die Panik ins Gesicht geschrieben. Und Bernie schwitzt. Trotzdem boxt er mich zum dritten Mal weg, sehr heftig, und ich fliege fast durch den Raum, pralle mit dem Hinterkopf gegen die Wand, genau mit meiner Platzwunde, ich sehe einen Augenblick lang nur Sterne und gehe zu Boden, dann fallen Schüsse, eins, zwei, drei.

»Scheiße, scheiße, scheiße«, stammelt Bernie, auch er zieht plötzlich eine Pistole, tritt gegen die Tür und rennt wie ein Urzeitkrieger brüllend nach draußen, noch ein Schuss, dann Stille. Die Tür, die er im Hinausstürmen weit aufgestoßen hatte, schwingt zurück und fällt wieder ins Schloss.

Atme, Mann!

Ich muss atmen.

Meine Luftröhre pfeift so laut, dass man es in der ganzen Eifel hören kann.

Ich starre die Tür an, sie starrt zurück, aber sie öffnet sich nicht.

Niemand kommt herein, *give me that chip,* niemand richtet seine Pistole gegen meinen Kopf und drückt ab.

Ich würde gerne beten, Al-Fatiha oder das Vaterunser oder das Sch'ma Jisrael oder irgendwas, aber nichts von dem hab ich je gelernt. Ich zähle bis zehn.

Bis fünfzig.

Bis hundert.

Nichts passiert.

Bei hundertsiebenunddreißig höre ich einen Motor starten, Reifen schliddern über den Hof und dann entfernt sich das Auto.

Ich robbe zur Tür. Stemme mich hoch, das dauert ewig, wenn man Beine aus Pudding hat, ich presse mich rücklings dagegen, kriege mit den gefesselten Händen die Klinke zu fassen und drücke sie runter. Auf dem Hof liegen die Leichen der vier. Ihr Pick-up und die Harley und Kalliopes PT Cruiser stehen da herum wie nicht abgeholt. Ich verharre eine Weile und rühre mich nicht. Als könnten sie jeden Moment wieder lebendig werden und sich auf mich stürzen. Aber sie sind tot. Starre Augen glotzen ungläubig himmelwärts, Arme und Beine sind seltsam abgewinkelt, so liegen sie da, bloß Waldemar hat noch seine Pistole in der Hand. Und ein Loch mitten in der Stirn. Wer da geschossen hat, der hat es nicht zum ersten Mal getan. Eine Fliege landet auf Waldemars Nase, krabbelt hoch und auf das Loch zu, um darin zu verschwinden. Ich krümme mich und kotze schon wieder. Ich hasse Kotzen. Mit auf den Rücken gefesselten Händen noch viel mehr. Ich würge und spucke und würde mir gern Mund und Kinn abwischen, stattdessen drehe ich mich um und schleppe mich zurück in den Kachelraum. Ich wälze mich irgendwie auf den Stahltisch hinauf, knie mich hin, Rücken zur Wand, und versuche an die Messer zu kommen.

Etwas Warmes läuft über meine Finger, dann – plopp, plopp – schlagen zwei dicke Blutstropfen hörbar auf der stählernen Arbeitsplatte auf. Die Messer sind so scharf, dass ich den Schnitt am Handballen anfangs gar nicht bemerkt habe. Trotzdem fummle ich weiter, bis ich eine der Messerklingen zwischen meine Haut und den Kabelbinder schieben kann. Ein Ruck, ein kurzer Knall, dann habe ich meine Hände wieder. Das Messer fällt scheppernd auf den Stahltisch. Ich lecke mein Blut ab und reibe meine Handgelenke. Meine Finger kribbeln und ich brauche eine Ewigkeit, um von dem Tisch runterzusteigen. Draußen hat sich schon eine ganze Wolke aus Fliegen auf die Leichen verteilt und lässt sich auch nicht aufscheuchen, als ich mich zu Waldemar hinunterbücke. Seine Finger sind schon eiskalt und fühlen sich wie Leder an, auch seine Pistole ist eiskalt und überraschend schwer, als ich sie aufhebe. Walther P99 – gängige Polizeiwaffe, wenn ich mich nicht irre. Sie liegt gut in meiner Hand, ruht fast darin, das Gewicht ist angenehm und strahlt etwas aus, was sich wie Stärke anfühlt, wie Macht, Influence, Bedeutungsschwere. Ich lege sie neben mich auf den Beifahrersitz im PT Cruiser, zu dem Päckchen mit der Kontaktlinsenflüssigkeit, das Vera wohl vorhin mitgenommen hat, als sie in Kalliopes Auto hierhergefahren ist. Der Schlüssel steckt noch im Zündschloss. Ich greife nach hinten, wo mein Hemd von gestern liegt, und winde es mir um die verletzte linke Hand. Angesichts der vier Toten, die hier in der Sonne liegen, habe ich nur die eine Sorge, dass ich Kalliopes Wagen mit Blutflecken versauen könnte. Es ist absurd und fühlt sich logisch an, und auch wie die P99 da auf dem Beifahrersitz liegt, hat etwas absurd Selbstverständliches. Ich sollte meine

Kontaktlinsen spülen, aber vor allem sollte ich Kalliope und Manfred warnen. Ich starte den Motor und zugleich springt das Radio an, harte Musik knallt mir um die Ohren (Vera hat unterwegs den Sender verstellt), und die weckt mich aus dem Trancezustand auf, in dem ich mich offenbar befunden habe, denn mir ist auf einmal klar, wie sehr ich mich beeilen muss. Ich tippe im Navi auf das vorletzte Reiseziel, Manfreds Koordinaten, dann lenke ich den Wagen im Slalom um die gefallenen Helden der Bürgerwehr herum und durch das Tor auf die Straße hinaus, wo ich das Gaspedal durchtrete.

10.48 Uhr

Von dem BMW ist weit und breit nichts zu sehen, als endlich Manfreds Hütte aus dem Walddickicht auftaucht. Die Baustrahler flammen auf, als würden sie meine unerwartete Rückkehr feiern. Ich nehme die P99 vom Beifahrersitz, steige aus und will mich vorsichtig ans Haus heranpirschen, aber ich weiß gar nicht, wie das geht, also Pirschen meine ich, ich hab ja nicht mal als Kind Räuber und Gendarm gespielt. Aber da öffnet sich auch schon die Tür und Manfred steht da.

»Ho, ho«, macht er und hebt beruhigend die Hand, als sei ich ein durchgegangenes Pferd.

»Wo sind die? Sind die hier?«

»Nur wir sind hier«, sagt er, »Kalliope und ich. Nimm das Ding runter, Amir. Was ist passiert?«

Ich lasse die Waffe sinken. Kalliope taucht hinter ihm auf.

»Sie sind tot«, sage ich dumpf. »Alle vier.«

Kalliope schlägt eine Hand vor ihren Mund.

»Oh Gott, Amir, hast du sie ...«

»Was? Nein, Mensch, ich doch nicht. Das waren unsere Verfolger von gestern. Die müssen jeden Augenblick hier sein.«

»Hier ist niemand«, versichert Manfred, »komm rein. Was hast du an der Hand? Bist du verletzt?«

»Aber die kommen bestimmt!«, beharre ich.

»Deshalb sollten wir lieber reingehen«, meint er. »Die Bewegungsmelder werden uns warnen.«

Ich folge den beiden ins Haus und berichte, was geschehen ist. Währenddessen desinfiziert und verbindet Manfred die Schnittwunde an meiner linken Hand.

»Halt gefälligst still«, sagt er.

»Ich halte ja still.«

»Nein, du zitterst.«

Stimmt. War mir überhaupt nicht aufgefallen. Ich presse meine Unterarme auf die Tischplatte und versuche, meine Hände ruhig zu halten.

»Wieso sind die hier?«, fragt Kalliope. »Woher wissen die, wo wir sind? Manfred – hast du irgendwas mit diesen Leuten zu tun?«

»Tja, ich weiß es ehrlich gesagt nicht«, antwortet er und zieht den Verband an meiner Hand stramm. »Jessica sollte eigentlich keine Ahnung haben, wo diese Hütte ist. Sie war nie hier und ich habe ihr bloß ganz allgemein davon erzählt; ich erwähnte ja, dass unsere Beziehung schon lange nicht mehr so … Oder sie haben euch irgendwie verwanzt? Euch einen Peilsender angehängt?«

Er schaut zu Kalliope, dann zu mir, dann wieder zu ihr. »Ihr seid doch gestern in Köln vor den beiden Männern geflohen, richtig? Es kam ja zu keinem Kampf, wenn ich das richtig verstanden habe, bloß ein Tritt von dir, das war die einzige Berührung, ja?«

»Nicht ganz«, sage ich und sehe wieder vor mir, wie Anorakmann gegen mich sackte und versuchte, sich an mir abzustützen, nachdem Kalliope seine Eier volley genommen hatte. »Fuck…«

Ich greife nach meinem blutverschmierten Hemd und fange an, es systematisch abzutasten. Ich fahre mit den Fingern in die Brusttasche. Da sind noch mein Landtagsausweis und diese Visitenkarte der Frau von gestern. Und … ein winziges rundes Ding. Ich ziehe es raus und lege es auf den Tisch. Es ist flach und glänzt, sieht fast aus wie eine winzige Knopfbatterie, kaum größer als ein Stecknadelkopf.

»Das da?«, wundert sich Kalliope. »Aber wie können sie uns ohne Internet anpeilen?«

»Wahrscheinlich eine simple Funktechnik«, meint Manfred.

»Ich Idiot habe sie hergeführt!« Ich bin aufgesprungen. »Ich bringe euch in Gefahr!«

»Sachte«, sagt Manfred.

»Ich bin so ein Riesenidiot«, jammere ich.

»Hör auf«, sagt Kalliope. »Du kannst doch nichts dafür und Selbstmitleid bringt uns jetzt eh nicht weiter.«

»Ach, toll«, entgegne ich, »und was bringt uns stattdessen weiter?«

»Konfrontation.« Manfred steht auf und nimmt das Ding zwischen Daumen und Mittelfinger. »Ich werde versuchen, mit denen zu reden. Wenn sie wirklich für Jessica arbeiten, werden sie es nicht wagen, mir irgendwas zu tun.«

»Und falls nicht?«, fragen Kalliope und ich fast gleichzeitig.

»Das Risiko besteht«, sagt er und lässt den winzigen Sender in seiner Hosentasche verschwinden. »Darum werde ich sie von hier weglocken.«

»Das ist zu gefährlich«, protestiere ich. »Das sind Profis, die haben null Skrupel. Du musst jetzt hier nicht den Helden spielen und dich – also, na ja – opfern.«

Da lacht er auf. »Wollte ich ein Held sein, wäre ich schon viel früher und höchstpersönlich gegen Jessicas Machenschaften vorgegangen, statt euch dafür einzuspannen. Oder ich hätte mich Olena und dem Globalen Kollektiv angeschlossen. Nein, keine Sorge, ich werde nicht den Helden spielen. Aber ich will sie von euch ablenken, weil ich euch das in gewisser Weise schulde. Ohne mich und diesen verdammten Chip wärt ihr nicht in diese Situation gekommen.«

»Ich bin aber dafür, dass wir trotzdem zusammenbleiben«, entgegnet Kalliope. »Alle drei.«

Ohne darauf einzugehen, greift Manfred in ein Bücherregal neben dem Kamin, schiebt ein paar Bücher zur Seite und betätigt einen dahinter versteckt liegenden Knopf. Da schwingt ein Teil des Regales zur Seite und gibt den Blick auf einen winzigen Raum frei, irgendwas zwischen Schrank und Abstellkammer.

»Darf ich vorstellen? Mein Panic Room. Für euch, falls die beiden Killer doch hier auftauchen.«

Kalliope schaut Manfred zweifelnd an. »Heißt das so, weil man da drin Panik bekommt? Da passen niemals zwei Leute rein.«

»Für eine Weile wird es gehen«, sagt Manfred. »Falls die hier auftauchen und das Haus verlassen vorfinden, werden sie höchstens ein wenig herumsuchen und dann weiter dem Funksignal folgen. Durch die Ritzen kommt genug Luft herein.«

Er schaut uns an wie ein Vater, der seine Kinder zum ersten Mal allein zu Hause lassen will. Fast komme ich mir in diesem Augenblick auch so vor: Bitte, Papa, geh nicht weg!

»Bis später«, sagt er.

»Nimm die lieber mit«, sage ich und deute auf die P99, die auf dem Tisch liegt.

Er schüttelt bloß den Kopf. »Wenn die so gut schießen, wie du sagst, hätte ich eh keine Chance. Aber ich will ja reden und nicht kämpfen. Das geht unbewaffnet besser, denke ich. Falls irgendwas schiefläuft – ihr findet mich am Eismaar, das ist ein kleiner See in der Nähe.«

Er nimmt seinen Autoschlüssel und geht hinaus, wir treten auf die Veranda und sehen ihm nach, bis sich der Porsche Cayenne im Wald verliert.

»Und jetzt?«, fragt Kalliope.

»Ist noch was vom Frühstück übrig?«

»Jetzt willst du plötzlich essen? Vorhin fandst du es eklig.«

»Jetzt auch, aber ich hab ein riesen Loch im Magen.«

Wir gehen hinein. Ich mache mir ein Brot, Kalliope setzt sich an den Tisch und schiebt die Waffe weit von sich fort.

»Das Ding macht mir Angst.«

»Mir auch«, sage ich kauend. »Aber gleichzeitig ist es auch ein irres Gefühl. Willst du sie mal in die Hand nehmen?«

»Nee, echt nicht.« Sie winkt ab. »Das ist so schrecklich. Ich kann noch gar nicht fassen, dass sie tot sind. Aber …«

»Ja?«

»Mann, Amir, ich bin einfach froh, dass sie dir nichts mehr antun konnten.«

Ich schweige und kaue. Und schlucke. Eigentlich habe ich echt keinen Hunger, aber meinem leergekotzten Magen tut es gut, was zu essen.

Und dann sage ich leise: »Als die vier mich vorhin in ihren Kachelraum brachten, war da erst so viel Angst und dann plötzlich so viel Hass in mir, und als ich sie dann da liegen sah … ein Teil von mir hat jubiliert. Das gruselt mich.«

»Ich glaube, das ist eine ganz natürliche Reaktion in einem extremen Moment«, meint Kalliope, »oder?«

Ich zucke mit den Schultern. Natürliche Reaktion. Archaisch. Urinstinkte. Daran habe ich gestern schon einmal denken müssen. Entwickeln wir uns alle zu Höhlenmenschen zurück, nur weil wir kein Internet mehr haben? An diesem Morgen kommt es mir fast so vor, als hätte ich längst schon vergessen, dass es je existiert hat.

»Ich versteh nicht, dass sie nicht in den Raum gekommen sind«, sage ich. »Sie haben die Hillbillys getötet und sind nach ein paar Minuten wieder gefahren, anstatt den Hof zu durchsuchen. Sie mussten doch davon ausgehen, dass ich irgendwo stecke.«

»Und wenn es doch nichts mit dir zu tun hat?«, überlegt Kalliope. »Nee, Unsinn, was sollten sie sonst wollen? Oder aber«, sie stülpt wieder die Unterlippe vor, anscheinend ein Zeichen, dass sie sich stark konzentrieren muss, »sie wollten wissen, was dein Ziel ist.«

»Du meinst – fuck, ja.« Ich lasse das Brot sinken, von dem ich gerade abbeißen wollte. »Sie haben mich heute Morgen schon verfolgt, mithilfe des Senders. Sie haben mitgekriegt, dass die vier mich geschnappt haben, und sind uns zu dem Hof gefolgt. Und da haben sie sie getötet, damit … ja, damit ich abhauen kann. Sie haben einfach nur darauf gewartet, dass ich wieder ins Auto steige, weil da ja noch mein Hemd mit dem Sender lag. Sie haben mit ihrem BMW hinter irgendeiner Ecke gelauert und sind jetzt auf dem Weg. Beziehungsweise hinter Manfred her. Sie wollen gar nicht uns, sie wollen ihn! Wir haben sie aus Köln hierhergeführt!« Ich haue mit der Faust auf den Tisch, und weil es die linke ist, sticht ein heißer Schmerz in die frische Schnittwunde. »Wir hätten ihn nicht gehen lassen dürfen.«

»Dann müssen sie schon gestern Abend in der Gegend gewesen sein«, überlegt Kalliope. »Warum haben sie nicht zugegriffen?«

»Weil … na, klar, die wussten, dass diese Hütte gesichert ist. Sie wollten ihn aufscheuchen und weglocken.«

»Dann ist Manfred in höchster Gefahr!«, ruft Kalliope. »Wir müssen hinterher. Wenn wir uns vorsichtig anschleichen, können wir vielleicht irgendwas tun, falls das mit dem Reden nicht klappt.«

Ich schiele zu der P99. Bin ich fähig, sie zu benutzen? Nicht mit entzündeten Augen. Ich stehe auf und gehe nach draußen.

»Hey, warte«, ruft Kalliope, »was hast du vor?«

»Ich hole bloß schnell mein Kontaktlinsenzeug, das ich vorhin … fuck.«

Die Baustrahler! Selbst am helllichten Tag blenden sie. Aus dem Haus höre ich das Piepen.

Schnell laufe ich wieder hinein, werfe die Tür zu, wir blinzeln durch eines der schmalen Fenster. Hoffentlich ist das bloß Manfred.

Der BMW taucht auf.

»Sie sind es«, flüstere ich. »Sie sind hier, warum folgen sie nicht Manfred, sondern sind jetzt hier?« Nichts ergibt Sinn.

»Ich geh da nicht rein.«

Kalliope hat sich umgedreht und zeigt auf die schmale Kammer namens Panic Room.

»Hast du Platzangst?«, frage ich.

»Es heißt Klaustrophobie und – ja, habe ich.«

Der BMW hält. Schnauzbart und Anorakmann steigen aus, sehen sich um, kommen aufs Haus zu.

»Schlechter Zeitpunkt für Phobien«, zische ich, ergreife ihre Hand und ziehe sie mit mir zur Kammer. Schnell stelle ich die

Bücher im Regal wieder so hin, dass der Mechanismus zum Öffnen der Tür verdeckt ist, dann quetschen wir uns hinein. Ich betätige einen innen liegenden Schalter und die Regalwand schließt sich.

Wir sind eingepfercht. Stehen einander nicht einfach gegenüber, sondern kleben einander. Die Innenseite der Tür und die ganze Wand zum Raum hin sind mit Schaumstoff gepolstert, das soll vermutlich jedes Geräusch schlucken. Die Außenwand hingegen besteht nur aus dem rohem Holz und dazwischen gibt es tatsächlich ein paar Ritzen, wie Manfred gesagt hat, wir haben zumindest Luft. Und dünne Lichtfäden dringen hindurch. Auf Kalliopes Stirn glitzern Schweißperlen. Wie gut, dass ich vorhin geduscht habe, denke ich, als wäre das im Augenblick mein Problem. Verdammt, ich habe die Pistole auf dem Tisch liegen lassen. Aber das ändert jetzt wohl auch nichts mehr. Wir hören Schritte und Worte, ganz dumpf dringen sie durch die gepolsterte Tür, aber viel zu undeutlich, um irgendetwas zu verstehen. Trotzdem fällt mir wieder der harte Akzent von Anorakmann auf. Ist er Osteuropäer? Ein Freund von Olena? Oder ein Feind von ihr? Kalliopes Atem geht flach und schnell, sie schließt die Augen und schiebt ihre Unterlippe vor, konzentriert sich vermutlich darauf, nicht in Panik zu geraten. Ich lege einen Arm um ihre Hüfte, vielleicht beruhigt sie das, vielleicht engt es sie aber auch noch mehr ein, ich will halt irgendwas tun, um es für sie erträglicher zu machen. Beziehungsweise für mich selbst, denn solange ich mich auf sie fokussiere, kann ich vielleicht meine eigene Angst ignorieren. Ein Schleifen ist zu hören, als ob Stühle hin und her geschoben würden, dann wieder Worte. Kalliopes Brustwarzen sind stahlhart und bohren sich förmlich in mein T-Shirt. Ihr Atem wird flacher, bitte bloß nicht hyperventilieren. Sie windet sich ein wenig hin und her und ich nehme sofort meinen Arm von ihrer Hüfte, aber sie greift meine Hand und führt sie zurück an ihren Rücken, noch immer mit geschlossenen Augen, und durch die Bewegung ihres Beckens merke ich zu meinem jähen Entsetzen, dass ich die totale Erektion habe. Einer der beiden Männer ruft etwas, der andere antwortet direkt neben meinem Ohr: »I don't think so.«

Kalliope zieht die Unterlippe ein und beißt darauf, ihre eine Hand hält immer noch meine Hand an ihrem Rücken und die andere Hand schiebt sich überraschend energisch zwischen unsere Körper und in meine Hose, sie fasst meinen Penis und tastet sich mit den Fingern vor, umschließt die Eichel und mir bleibt fast die Luft weg – und das ist gut so, denn da steht einer der beiden Killer direkt vor dem Bücherregal und wird im nächsten Augenblick den Mechanismus entdecken. Die Mischung aus Panik und Erregung bringt mich beinahe zum Explodieren, ich ziehe mit meiner freien Hand die von Kalliope aus meiner Hose, sie wehrt sich, es ist ein stummes Gefecht unserer Finger, und dann ist meine Hand auf einmal in ihrer Hose, in ihrem Slip, sie ist total feucht und mein Daumen umkreist ihre Klitoris, während auf der anderen Seite der Wand wieder gesprochen wird, diesmal etwas weiter weg, dann Tritte auf der Leiter zur Schlafstelle auf der Galerie hinauf, Tritte direkt über uns, Kalliope presst ihren Kopf in meine Halsbeuge und ihr Mund saugt sich fest, als bräuchte sie ihrerseits überhaupt keine Luft mehr. Sie bebt und ich drücke sie mit meiner anderen Hand an mich, als hätte ich Angst, dass sie andernfalls unser winziges Gefängnis sprengt, aber sie gibt nicht den allerkleinsten Laut von sich, nicht mal, als sie kommt. Mein Daumen hört auf, sich zu bewegen, auch Kalliope hört auf zu beben, die Tritte kommen zurück, die Leiter hinab, und wir kleben aneinander fest wie eine Skulptur, die ein geisteskranker Künstler aus einem einzigen Klumpen Lehm geformt hat. Ich fange in Gedanken wieder zu zählen an, das hat doch vorhin auch geholfen. Der Schnitt in meiner linken Hand pocht und meine Platzwunde am Hinterkopf pocht und mein Schwanz pocht auch und mein Magen rebelliert gegen Manfreds selbst gebackenes Brot und Kalliopes Locke kitzelt in meinem rechten Auge, ihr Schweiß rinnt in mein T-Shirt, das ist der allerschlimmste Tag meines Lebens und für einen winzigen Augenblick fühle ich mich vollkommen glücklich und eins mit ihr und mit mir selbst, als durch die Ritzen der Außenwand die Stimmen der beiden Männer dringen, sie sind draußen, gehen anscheinend ums Haus herum.

Dann steigen sie in ihren Wagen und fahren weg.

Mein Körper braucht sehr lange, um den Befehl des Hirns durchs Rückenmark an die Hände weiterzuleiten: Bitte die eine Hand von Kalliopes Rücken lösen und die andere Hand aus ihrem Slip nehmen und die Türe öffnen. Aber es geht dann doch, die Tür schwingt auf und eine Welle frischer Luft schwappt herein. Ich nehme Kalliope am Arm und bugsiere sie vorsichtig aus der Kammer heraus, erst dann schlägt sie die Augen auf, weicht meinem Blick aus, saugt die Luft ein, tiefer und noch tiefer, dann erbebt sie unter einem Hustenanfall, schüttelt sich, stürmt hinaus auf die Veranda und ich denke, dass sie jetzt bestimmt ebenfalls kotzen muss, stattdessen greift sie nach ihren Zigaretten, die da draußen liegen, zündet sich eine an und raucht in kurzen, hastigen Zügen.

In dem Raum hat sich auf den ersten Blick nichts verändert. Keine Stühle umgeworfen, keine Regale durchwühlt, selbst die P99 liegt an ihrem Platz. Ich nehme sie an mich und auch den Autoschlüssel und gehe hinaus.

Kalliope zieht noch zweimal hektisch an der Zigarette, dann

pflückt sie den Schlüssel aus meiner Hand und ohne jedes weitere Wort steigen wir in ihren Wagen. Sie lässt den Motor an und ich tippe im Navi das Wort *Eismaar* ein. Das Handy wüsste wohl sofort, was gemeint ist, und würde nicht nur die Strecke anzeigen, sondern auch Fotos und Erfahrungsberichte von Leuten, die schon dort gewesen sind. *Nices Ausflugsziel, man kann in dem klaren Wasser toll schwimmen, aber der Typ von der Pommesbude war unfreundlich, darum leider nur drei Sterne.* So was halt. Dieses Navi hier hingegen scheint fieberhaft zu überlegen, schlägt mir alle möglichen Straßen vor, die so ähnlich heißen, findet dann aber einen gleichnamigen *Point of Interest,* knappe vier Kilometer entfernt, das muss es sein. Schon brettern wir durch den Wald und ich kann kaum das Navi an der Scheibe anpappen, weil ich mich mit der anderen Hand an den Haltegriff krallen muss. Wir schießen aus dem Wald heraus auf die Landstraße, biegen diesmal nicht Richtung Bernscheid ab, sondern in die andere Richtung. Kalliope beschleunigt auf hundertsechzig, hundertachtzig, aber nur kurz, dann tritt sie die Bremse durch, bevor wir einem Wohnmobil hinten reindonnern. Sie schaltet runter und überholt in einem halsbrecherischen Manöver, schaltet wieder hoch, bremst abermals, noch ein Wohnmobil, davor ein Kombi voller Gepäck bis unters Dach, als hätten gerade eben die Schulferien begonnen. Haben sie aber nicht, die beginnen erst nächste Woche. Theoretisch. Wieder überholt Kalliope, schon fliegt die Kurve auf uns zu, und wenn uns jetzt ein Wagen entgegenkommt, ist es um uns alle geschehen. Aber da kommt keiner entgegen, nur ein Schild: *Wanderparkplatz Eismaar.* Kalliope reißt das Lenkrad herum, wir folgen dem Weg und halten kurz darauf auf einem Parkplatz, wo drei Wohnwagen stehen und ein paar Autos, darunter der Porsche Cayenne. Der BMW ist nicht zu sehen.

Vor einem der Wohnwagen sitzt eine Frau in einem Sonnenstuhl, zwei kleine Kinder spielen neben ihr mit Dinosaurierfiguren. Wir steigen aus und die Frau fährt kreischend hoch, presst die Kinder an sich und ruft: »Bitte nicht, wir haben überhaupt nichts Wertvolles.«

Schamesröte schießt mir ins Gesicht, als mir die Waffe in meiner Hand bewusst wird. Ich schiebe sie sehr ungelenk in meine Hosentasche, hebe die Hände und sage: »Das tut mir leid, wir wollten Sie nicht erschrecken. Wir suchen einen Freund von uns, er ist in Gefahr. Haben Sie ihn gesehen? Etwa so groß, zirka fünfzig Jahre, graue Haare, etwa so lang.«

»Oder zwei Männer«, ergänzt Kalliope, »einer mit Schnauzbart – vielleicht bewaffnet?«

Die Frau macht ein entsetztes Gesicht und sagt: »Drüben beim Maar wurde vorhin geschossen. Du lieber Gott, ich dachte, das wären Jäger. Wir sind doch extra aus der Stadt raus, weil wir dachten, hier auf dem Land ...«

Den Rest kriegen wir nicht mehr mit, weil wir schon den Wanderweg entlangrennen, durch einen Streifen von Büschen und Bäumen bis zum Ufer des beinahe kreisrunden Vulkansees.

»O nein, scheiße«, stößt Kalliope hervor und streckt den Arm aus.

Nicht weit vom Ufer treibt etwas an der Wasseroberfläche. Oder jemand. Ein lebloser Körper. Manfred.

Sie reißt sich das T-Shirt vom Leib, streift Schuhe und Hose ab und rennt ins Wasser hinein, prustet, steht bis zum Bauch, jetzt bis zum Hals im See und bekommt ihn zu fassen, dann schiebt sie ihn vor sich her aufs Ufer zu, ich habe auch Hose und Schuhe ausgezogen und wate ihr entgegen. Gemeinsam ziehen wir Manfreds Leiche aus dem Wasser und die niedrige Böschung hinauf. Seine Augen sind zu, das Gesicht wirkt wächsern wie eine

Maske, obwohl er noch gar nicht lange tot sein kann. Erstaunlich, wie schnell alles Lebendige aus einem Körper weicht.

In seiner Stirn ist ein blutiges Loch.

»Scheiße, warum hast du nicht auf uns gehört!« Kalliope trommelt mit den Fäusten auf seine Brust ein. »Warum hast du …« Tränen laufen an ihren Wangen herab und vermischen sich mit dem Schweiß an ihrem Hals. Ich würde auch gern heulen, aber es geht nicht, nichts geht mehr mit meinen Augen.

»Was für einen Sinn hat das nur?«, frage ich dumpf. »Was haben die Schweine davon, Manfred zu töten? Etwa aus Rache? Lässt Jessica Morena ihren eigenen Mann ermorden, weil er sie verraten hat? Und was machen die Kerle jetzt? Haben sie ihren Auftrag erledigt? Oder wollen sie am Ende doch den Chip? Der ist doch jetzt total wertlos.« Ich drehe mich im Kreis, auch wörtlich, ich suche mit den Augen das Ufer des Sees ab und den Saum des Waldes. »Stecken die noch irgendwo und beobachten uns jetzt gerade?«

Kalliope antwortet nicht, ich führe eher ein Selbstgespräch, während sie über Manfreds Leiche kauert und stumm weint.

»Jessica muss das beenden«, sage ich und schaue in Manfreds wächsernes Gesicht. »Deine Frau muss diese Killer abschalten. Und dann muss sie uns Olenas Brief aus deinem Safe geben. Und wir müssen Olena finden, damit sie Herostratos abschaltet.«

Ich fühle in der Gesäßtasche meiner Hose den Schlüssel, den er mir am Morgen gegeben hat.

»Du bist ja besessen von dieser Olena«, stößt Kalliope hervor, zieht die Nase hoch und sieht mich an. »Fünf Menschen sind tot, aber du willst immer noch an deinem bekackten großen Rad drehen?«

»Dieses Rad«, sage ich leise, »das kommt mir inzwischen wie ein riesiger Mühlstein vor, der auf uns zurollt. Wir rennen durch eine enge Gasse und können nirgends raus und das Rad rollt hinter uns her und wir rennen nur weg. Es wird uns zermalmen. Wenn das Internet nicht zurückkommt, gibt es vielleicht Krieg. Und zwar nicht nur im Cyberspace. Wenn Olena wirklich eine Hintertür im Code von Herostratos eingebaut hat und verhindert, dass der Trojaner sich übermorgen von selbst abschaltet, dann muss jemand eingreifen. Das Rad stoppen. Und das sind wir. Verstehst du? Statt vor dem Rad wegzulaufen, müssen wir versuchen, aufzuspringen und es anzuhalten.«

»Wie bei einem Jump-and-Run-Spiel?«, murmelt sie und schaut wieder Manfred an, als sei es an ihm, dazu eine Einschätzung abzugeben. »Du willst gar nicht mehr selber das große Rad drehen, du willst es bloß stoppen, ja? Kein neues Internetzeitalter? Keine Ära Habakuk?«

Ich schüttle den Kopf. »Es soll einfach nur aufhören. Alles. Dass man uns verfolgt. Und die Cyberkalypse.«

»Wie willst du Jessica überhaupt dazu kriegen, ihre Killer zurückzurufen?«

»Ein Deal. Wir geben ihr den Chip, sie lässt uns laufen. Und gibt uns Olenas Brief.«

»Aberwitzig«, sagt Kalliope. »Und wenn die uns vorher kriegen? Bevor es zu irgendeinem Deal kommt?«

Wieder schaue ich mich um. Natürlich keine Spur von den Mördern.

»Hätten sie uns töten wollen, hätten sie mehrmals Gelegenheit dazu gehabt«, sage ich. »Auch jetzt gerade, zum Beispiel. Aber ich glaube, das wollen sie nicht. Sie wollen vielmehr sehen, was unsere nächsten Schritte sind. Dass wir zu Jessica fahren, erwarten sie ganz sicher nicht. Und es bleibt ja auch immer noch die Möglichkeit, dass sie wirklich nur durch uns auf Manfreds Spur kommen wollten. Dass sie ihren Job erledigt haben und wir sie nie wieder zu Gesicht kriegen ... Wie auch immer, wir können uns nicht irgendwo verkriechen und warten, dass es von alleine vorbeigeht. Denn das wird es nicht. Ich geb zu, mein Plan ist wirklich aberwitzig. Aber mir fällt kein anderer ein. Dir?«

»Nee«, murmelt sie. »Es stimmt schon, was du sagst. Das Rad bleibt nicht von allein stehen Wir müssen es anhalten.«

Ich hocke mich zu ihr und streiche die Locke aus ihrer Stirn. »Sind wir noch ein Team?«

»Ja.« Sie steht auf. »Mehr denn je.«

9

14.07 Uhr

Ich sitze wieder am Steuer des PT Cruiser und muss lächeln, als ich die Uhrzeit am Armaturenbrett sehe. Vor fast genau vierundzwanzig Stunden habe ich Kalliope getroffen. Seitdem bin ich bedroht und verfolgt und beinahe gefoltert worden und habe fünf tote Menschen gesehen. Wir gleiten durch die Cyberkalypse wie durch einen dieser irren Träume, die man eigentlich nur hat, wenn man tagsüber irgendwie auf dem Sofa eindöst, so aberwitzig und verstörend – und doch hat in so einem Traum oder Albtraum alles seine eigene zwingende Logik, die nicht hinterfragbar ist. Man wacht auf und wundert sich, wie man so was Groteskes träumen konnte. Aber solange man nicht aufwacht, ist es eben nicht grotesk, sondern folgerichtig.

Immerhin sehe ich inzwischen klar, denn ich habe endlich meine Kontaktlinsen gereinigt. Danach haben wir erst einmal die Camper am Eismaar davon überzeugen müssen, dass wir keine Mörder sind. Es sind Familien aus Köln, denen die Lage in der Stadt zu gefährlich geworden ist. Sie haben ihre wichtigsten Habseligkeiten gepackt und die Häuser verrammelt und sind losgefahren. (Offiziell seien die meisten Schulen zwar nicht geschlossen, aber es gehe kaum jemand hin, sagten sie.) Ohne allzu viel von unserer Geschichte preiszugeben, haben wir ihnen erzählt, dass wir verfolgt werden und nun dringend weitermüssen. Wir haben ihnen erlaubt, unsere Ausweise zu fotografieren, damit sie bei der Polizei unsere Namen angeben können. Als sie Kalliopes Perso in die Hand nahmen, rief eine Frau: »Jetzt weiß ich, woher ich dein Gesicht kenne – du bist Kalliope von Instagram!« Obwohl sich alles in ihr sträubte, ließ Kalliope ein paar Selfies mit sich machen und lächelte dazu; schließlich brauchten wir das Wohlwollen dieser Leute. Sie haben sich dann freundlicherweise bereit erklärt, sich um Manfred zu kümmern – also in die nächste Stadt zu fahren und die Polizei zu informieren, damit ihn wenigstens jemand abholt und kühl einlagert. Spätestens übermorgen, wenn Herostratos das Netz wieder freigibt, wird man nach uns fahnden, als Zeugen oder sogar als Verdächtige, dann werden wir alles aussagen und alles wird sich aufklären; Manfred wird ein ordentliches Begräbnis kriegen und wir werden dabei sein. Aber bis dahin sind wir auf uns allein gestellt.

Im Radio gibt es nichts Neues mehr. Keine Fortschritte beim Entschlüsseln der Malware, bitte keine Panik, bitte ruhig bleiben, bitte den Anweisungen der Behörden folgen, möglichst zu Hause bleiben und öffentliche Plätze meiden; vom Krieg ist weiter die Rede, niemand will ihn, trotzdem droht er, aber Genaues weiß man nicht … Kalliope hat auf Bluetooth umgeschaltet und spielt Musik von ihrer Playlist, klingt düster und zugleich chillig, sie nennt das Slow-Acoustic-Indie-Folk-Songwriting mit Streichern, irgendeine unbekannte lokale Band mit dem prägnanten Namen *Who Is Afraid Of The Big Bad Wolf?*

Berechtigte Frage. Die Musik passt zur Aussicht, wir sehen am Horizont schon die Stadt, die Domspitzen und der Fernsehturm bohren sich in den bleiblauen Hitzehimmel, über allem liegt das Flirren eines weiteren heißen Sommertages, das hat was Urlaubsmäßiges und kommt mir zugleich bedrohlich vor.

Has it always been that quiet?, will der Sänger wissen. Da dreht Kalliope auf einmal den Ton aus und sagt zu mir: »Dir ist schon klar, dass das eine ganz normale körperliche Reaktion war, oder? So was kann vorkommen ... sexuelle Erregung ausgelöst durch gesteigerte Angst, eine Art Kompensationsmechanismus. Ein rein biochemischer Vorgang.«

Natürliche Reaktion. Instinkte. Archaisch.

»Sicher.« Ich nicke. »Bei mir genauso.«

»Dann ist ja gut.«

Je näher wir der Stadt kommen, desto mehr Wohnwagen, Wohnmobile und vollgestopfte Autos kommen uns entgegen. Fast eine Art Flüchtlingstreck. Zumindest in der Gegend um Bernscheid werden sie von keiner selbst ernannten Bürgerwehr mehr behelligt werden, denke ich grimmig.

Eine Raststätte wird angezeigt. Unser Tank ist beinahe leer. Ich drossle die Geschwindigkeit, setze den Blinker und fahre ab.

Doch die Zapfsäulen der Tankstelle sind mit rot-weißem Absperrband gesichert, davor eine lange Warteschlange von Autos. Wir steigen aus und ich wende mich an ein paar Leute, die in einem kleinen Grüppchen beisammenstehen.

»Was ist hier los? Kann man nicht tanken?«

»Benzin, Diesel, alles leer«, antwortet eine Frau. »Es gibt keinen Tropfen mehr und sie können auch nicht sagen, wann Nachschub kommt.«

»Großartig«, brummt Kalliope und wir gehen zurück zum Auto. »Vielleicht haben wir Glück und unsere Reserve reicht bis ... oh, Scheiße!«

Sie starrt den Wagen an, als sähe sie ein Monster.

»Was ist? Fällt dir gerade ein, dass du dringend zum TÜV musst oder was?«

»Ja, so ähnlich.« Mit grimmigem Blick geht sie in die Knie und beugt sich unter das Auto.

»Was wird das?« Ich gehe auf der anderen Seite ebenfalls in die Hocke, da schnall ich es. »Wir Idioten! Natürlich, die haben vielleicht wieder einen Peilsender angebracht, während wir im Panic Room waren.«

Kalliope legt sich auf den Rücken und tastet mit beiden Händen über Kopf den Unterboden ab.

Ich schaue rüber zur Abfahrt, ob vielleicht in diesem Augenblick der rote BMW auf den Rastplatz biegt. Da kommen aber nur ein Lkw aus Bulgarien und ein wuchtiger Jeep mit Bundeswehrabzeichen. *Feldjäger* steht auf der Motorhaube.

»Hilf mir endlich«, knurrt Kalliope.

Ich lasse mich ebenfalls auf dem Boden nieder und wir tasten systematisch die Karosserie ab. Der Wagen liegt zu tief, um komplett drunterzukriechen, aber das hätten Schnauzbart und Anorakmann ja dann auch nicht tun können. Wenn da noch ein Peilsender ist, muss er irgendwo am Rand sein. Und tatsächlich. Unter dem hinteren Stoßfänger kriege ich was zu fassen. Stecknadelkopfgroß wie der andere, den ich in der Hemdtasche hatte. Jetzt klebt er an meinem Zeigefinger. Ich rapple mich auf und halte ihn hoch.

»Sie sind also wirklich noch hinter uns her«, sage ich.

Grübelnd betrachte ich das winzige Ding auf meiner Fingerkuppe.

Kalliope steht auf und klopft sich den Staub von der Hose.

»Schnips ihn einfach ins Gebüsch«, sagt sie, »und dann weg hier.«

»Oder …« Ich blicke mich um. »Oder wir schicken Manfreds Mörder auf eine kleine Reise.« Mein Blick bleibt an dem bulgarischen Lkw hängen. »Zum Beispiel nach Sofia.«

»Spinnst du?« Kalliope deutet auf den Fahrer, der gerade mit einem Handtuch und Kulturbeutel unterm Arm aus seiner Kabine klettert. »Willst du den Mann da zum Tode verurteilen? Wen sollen die noch alles umbringen?«

»Nee, stimmt. Die Killer brauchen ein paar ebenbürtige Gegner.« Ich warte ab, bis die vier Soldaten in Feldjägeruniform mit ihren umgehängten Maschinenpistolen den Jeep verlassen haben und Richtung Toiletten marschieren. Dann schlendere ich rüber und klebe den Sender mit einer schnellen Bewegung unter den Ersatzreifen am Heck.

Kalliope runzelt die Stirn, sagt aber nichts dazu. Wir steigen ein und fahren weiter. Bald schon leuchtet die Tankanzeige knallrot auf. Aber die Reserve reicht normalerweise für rund fünfzig Kilometer, damit sollten wir es schaffen. Zehn Minuten später taucht auch schon unsere Abfahrt auf, wo sich ein langer Rückstau gebildet hat. Im Schneckentempo rollt unser Wagen hinter den anderen her, und als wir wie in Zeitlupe um die Kurve fahren, sehen wir die Straßensperre. Immerhin sind es diesmal echte Polizisten, die hier kontrollieren. Manche Autos werden durchgelassen, andere werden direkt wieder zur Autobahnauffahrt dirigiert. Ich verkrampfe mich ein bisschen bei dem Versuch, möglichst unauffällig dreinzublicken, während die P99 im Handschuhfach blinkt und klingelt und einen Tusch spielt, aber natürlich nur in meinem Kopf.

»Guten Tag«, sagt einer der Beamten durchs Fenster, als wir endlich an der Reihe sind. »Sie haben Ihren Erstwohnsitz in Köln?«

Kalliope nickt an meiner Stelle.

»Zeigen Sie mir bitte Ihren Personalausweis.«

Zum zweiten Mal an diesem Tag zückt Kalliope ihren Perso, beugt sich über mich und reicht ihn dem Beamten heraus. Nach meinem Ausweis fragt er nicht. Anscheinend langt es denen, wenn zumindest eine Person im Wagen aus der Stadt stammt.

»Darf man ansonsten nicht rein?«, fragt Kalliope.

»Wir müssen ein bisschen aussieben«, sagt der Polizist, was die Sache nicht erklärt, sondern bloß noch rätselhafter macht.

Vielleicht ist eine Stadt im Ausnahmezustand ein Anziehungspunkt für allerlei zwielichtiges Volk, während andere Leute mit erhöhtem Sicherheitsbedürfnis sich lieber aufs Land begeben.

»Wie ist denn die Lage?«, fragt Kalliope.

»Stabil«, sagt der Polizist und gibt den Ausweis zurück. »Am besten begeben Sie sich auf direktem Weg nach Hause und bleiben erst einmal dort. Schalten Sie das Radio ein und warten Sie auf weitere Informationen.«

Wenn das das entsprechende Verhalten bei stabiler Lage sein soll, möchte ich nicht wissen, was der Beamte uns im Falle einer *instabilen* Lage raten würde.

Man winkt uns durch und nach einer Weile erkenne ich, dass wir auf der Luxemburger Straße fahren, die ich gestern entlanggelaufen bin. Schon passieren wir das Kino. Kalliope wirft mir ein kurzes Weißt-du-noch?-Lächeln zu, als sei das eine schöne alte Erinnerung aus der Schulzeit. Fühlt sich komischerweise auch genauso an. Wir fahren eine Tankstelle an, aber auch hier gibt es keinen Kraftstoff mehr.

»Angeblich gibt es in ganz Köln nirgends mehr Sprit«, sagt der Tankwart und hebt wie endschuldigend die Hände. »Die Leute ham die halbe Nacht hier angestanden, um sicherheitshalber den Tank noch mal vollzumachen. Viele ham sich direkt zwei oder drei Kanister vollgemacht. Keine Ahnung, was die noch erwarten – also dass tatsächlich Krieg ausbricht oder was? Soll aber auch welche geben, die damit handeln. Also 'ne Art Schwarzmarkt. Natürlich zu Mondpreisen.«

»Und wo findet man solche Leute?«, frage ich und denke dabei nicht so sehr an den restlichen Weg bis zum Haus der Morenas, sondern an eine mögliche weite Reise auf der Suche nach Olena.

»Könn' Se ja mal googeln«, sagt der Mann und lacht sich kaputt. »Nee, im Ernst, sehn Se, da drüben am Zaun?«

Dort hängt ein handgeschriebenes Plakat: *Benzin/Diesel für Notfälle, Pohligstraße 256, bei Radermacher klingeln.*

»So weit kommt's noch!«, schimpft Kalliope. »Gibt es wenigstens noch Zigaretten?« Sie zückt ihr Portmonee, doch der Tankwart hebt bedauernd die Arme und sagt: »Die waren noch schneller aus als der Treibstoff.«

»Dann stehen wir tatsächlich kurz vor der Apokalypse«, seufzt sie.

Wir steigen wieder ein und fahren weiter. Jedenfalls ein Stück, denn nach nicht mal fünfhundert Metern beginnt der Wagen zu stottern, bevor er langsam ausrollt. Ich lenke ihn gerade noch an den Rand der zweispurigen Straße. So weit das Auge reicht, herrscht Parkverbot.

Kalliope löst das Navi von der Scheibe und wischt mit dem Finger auf dem Display herum, um den Rest der Strecke zu studieren. Dann schaltet sie es erst mal aus.

»Wir laufen bis zur Hohenzollernbrücke«, verkündet sie, »das finden wir auch so. Und wenn wir über den Rhein drüber sind, machen wir es wieder an, vielleicht hat es dann noch genug Strom, um uns zum Ziel zu bringen. Sonst müssen wir halt fragen.«

Ich öffne das Handschuhfach und nehme die Pistole heraus, dann steigen wir aus und ich schiebe die Waffe auf meinem Rücken hinter den Hosenbund.

»Soll ich die etwa hierlassen?«, frage ich auf ihren verächtlichen Blick hin. »Stell dir vor, dein Auto wird abgeschleppt und aus Zufall findet jemand diese Waffe darin. Dann stehst du direkt unter Terrorverdacht oder was.«

»Ich glaube nicht, dass irgendjemand heute Autos abschleppt«, meint sie. »Aber bitte, wenn du unbedingt dein Spielzeug bei dir haben willst; ich bin ja nicht deine Mutti.«

Ich weiß selbst, dass es eine doofe Begründung ist. Noch vor ein paar Stunden hätte ich mich empört geweigert, so eine Waffe überhaupt anzufassen. Aber da hatte ich auch noch nicht die Leichen der vier Hillbillys gesehen und die von Manfred.

Wir laufen die Straße entlang. Hier sind wir gestern Richtung Krankenhaus abgebogen, heute gehen wir weiter geradeaus. Alles scheint ziemlich ruhig, ein bisschen wie an einem Sonntag. Die wenigen Leute, die unterwegs sind, haben es nicht eilig, das Leben läuft einen Gang langsamer als sonst. Aber das wirkt nur auf den ersten Blick entspannt. Die Leute weichen einander aus, sehen sich misstrauisch um, und mir fällt auf, dass wir das ebenfalls tun.

Die Straßen werden voller, je mehr wir uns der Innenstadt nähern. Da ist wieder der Barbarossaplatz, Polizisten regeln den Verkehr, und der läuft, anders als gestern, reibungslos. Vor einem Dönerladen hat sich eine große Ansammlung junger Männer gebildet, die mit Raubvogelblicken die Vorbeigehenden taxieren. Ich drücke meine Schultern durch und erwidere ihre Blicke und spüre unterm T-Shirt den Lauf der Waffe auf meiner Haut. Und Schweiß. Es ist wieder so heiß wie gestern, und in der Stadt fühlt sich die Hitze unangenehmer an als auf dem Land. Manchen Leuten steigt sie vielleicht auch zu Kopf. An der nächsten Kreuzung posieren drei Jungs vor einer Überwachungskamera, lassen ihre Hosen runter und präsentieren dem blinden Auge der Staatsgewalt ihre nackten Hintern.

Kalliope grinst. »Das würde Habakuk gefallen«, meint sie.

Die Jungs sehen uns und erkennen Kalliope offenbar, ziehen rasch ihre Hosen wieder hoch und kommen rüber zu uns, um sie nach einem Selfie zu fragen.

»Klar«, antwortet sie, »aber auch mit meinem Handy. Wenn das Netz wieder da ist, poste ich das auf meinem Insta-Kanal.« Die drei strahlen und fühlen sich offenbar total geehrt. »Aber nur, wenn ihr euch umdreht und noch mal eure Ärsche zeigt«, schiebt sie nach.

Da gucken sie konsterniert.

»Na, das sollte doch politischer Protest sein, oder nicht?«, fragt sie.

»Hä?«, macht einer. »Nee, nur 'n Joke halt.«

»Schade«, meint sie. »Was Politisches hätte ich gut gefunden. So style- und fashionmäßig habt ihr ja eher nicht so viel drauf.«

Damit lässt sie die drei stehen und geht weiter, ich mache ein Achselzucken in Richtung der Jungs, was irgendwie verständnisheischend sein soll, als müsste ich mich für sie entschuldigen. Was natürlich Quatsch ist. Es drückt vielleicht eher mein eigenes Unverständnis aus. Man könnte meinen, dass diese Frau an ihrer Kalliope-Habakuk-Schizophrenie irre geworden ist. Vielleicht weiß sie vor lauter Ironie selber gar nicht mehr, wer sie *eigentlich* ist.

Wir passieren die Sportsbar, die gestern noch mit *Happy Hour, solange wir offline sind* geworben hat. Heute ist sie geschlossen, so wie die meisten Läden in der Fußgängerzone. Vor einer Sparkasse stehen Menschen mit ratlosen Gesichtern herum, nicht weit davon entfernt schreit ein Mann einen anderen an: »Das war doch alles in der verfickten Cloud! Wir haben nichts mehr, gar nichts! Drei Jahre Arbeit komplett im Arsch! Ich habe von Anfang an gesagt, wir sollten nicht ...«

Eine Frau schleppt ein Paket Waschmittel und jammert: »Wenn das Netz wieder da ist, bestell ich mir sofort einen Jahresvorrat. Selber einkaufen ist irgendwie total demütigend.«

Ihre Begleiterin brummt: »Weißt du, was ich noch viel schlimmer finde? Dass Alexa nicht mehr mit mir redet. Jetzt hab ich nicht nur einen Mann zu Hause, der die ganze Zeit schweigt ...«

Von irgendwoher kommt Gesang, es klingt wie Kirchenlieder, aber durcheinander, als würden zwei verfeindete Chöre einen erbitterten Wettstreit austragen. Wir sind schon in der Nähe des Domes. Und dann sehen wir sie. Über den großen Platz vor der Kathedrale zieht eine Prozession, voran eine Frau mit einem großen Kreuz, dahinter eine Menschenmenge mit Leuten jeden Alters, auch viele Kinder darunter, einige schwenken Regenbogenfahnen, sie singen irgendwas von Frieden und Schalom, ein kleiner Junge trägt ein selbst gemaltes Plakat, auf dem in großen Buchstaben steht: *Bitte kein Kriek.*

Die meisten Passanten bestaunen den Zug neugierig, viele machen Fotos, manche klatschen zustimmend. Die Prozession zieht vorüber und gibt den Blick auf die zweite Gruppe frei, die sich im Halbkreis um das Portal aufgestellt hat, aus ihrer Mitte steigt schwarzer Qualm empor und im Näherkommen bemerken wir den beißenden Gestank von verbrennendem Kunststoff. Da steht eine große Mülltonne, aus der grünliche Flammen züngeln, und ein Mann in einer altertümlichen Kutte, vielleicht ein Mönch oder Priester oder was, lässt sich von den Umstehenden Smartphones und Tablets und Laptops anreichen, die er mit dramatischem Gestus in der Tonne versenkt. Seine riesige Hakennase ragt aus seiner Kapuze hervor und in seinen Augen lodert der Wahnsinn. Was die Leute singen, kann ich nicht verstehen, es ist vielleicht Latein oder Griechisch, *Kyrie eleison,* es klingt flehentlich. Etwas abseits steht ein Kamerateam (Gibt es noch irgendwo analoges Fernsehen? Oder drehen die auf Vorrat?) und interviewt einen Mann in einer schwarzen Soutane mit einem lila Käppchen auf dem Kopf.

»Das müssen wir uns ansehen«, sagt Kalliope und zieht mich in Richtung der Menge, die ihrerseits von vielen Schaulustigen umringt wird.

Im Vorübergehen höre ich den Käppi-Mann sagen: »... will ich betonen, dass sich das Erzbistum Köln ausdrücklich von dieser Aktion distanziert. Unser Standpunkt ist in jeder Hinsicht ...«

»Sammelt euch nicht Schätze auf der Erde«, ruft der Kapuzenheini und befördert ein weiteres Tablet in die Feuertonne, »sammelt euch Schätze im Himmel, so spricht der Herr! Seht die Vögel des Himmels, sie säen nicht und ernten nicht und der himmlische Vater ernährt sie doch! Schüttelt sie ab, die Diktatur des Digitalen, befreit euch aus der Knechtschaft der ständigen Selbstoptimierung!«

Zwei Helfer gehen umher und sammeln Geräte ein, einzelne Zuschauer lassen sich mitreißen und übergeben ihnen Handys oder iPods. Andere, die gerade fotografieren wollten, stecken ihre Handys erschrocken wieder ein, bevor man sie ihnen aus den Händen reißen kann.

Kalliope schiebt sich zwischen den Leuten hindurch und schaut fasziniert auf den schwarzen Qualm. Ein weiterer Helfer kippt Flüssigkeit aus einem Kanister in die Tonne, irgendein Brandbeschleuniger, um die Flammen weiter anzuheizen.

»Nährt das Fegefeuer der Eitelkeiten!«, ruft der hakennasige Kuttenträger. »Befreit euch von den digitalen Sklaventreibern!«

»Das ist doch Kalliope!« Eine junge Frau hat den Arm und den Zeigefinger ausgestreckt. »Kalliope von Instagram!«

Alle glotzen uns an. Beziehungsweise sie. Sogar das Singen hört für einen Moment auf. Einer der Helfer flüstert dem Kuttenmann etwas ins Ohr, der macht daraufhin einen Schritt auf uns zu.

»Halleluja, was für eine Fügung«, ruft er aus, »da ist eine echte Influencerin unter uns. Hab keine Angst, Schwester, vertrau nur auf den Herrn.«

Er streckt seine Hand aus und kommt weiter auf uns zu, und alle anderen, die um uns herumstehen, weichen unwillkürlich zurück. Obwohl wir selber uns keinen Millimeter bewegt haben, stehen wir plötzlich im Zentrum des Halbkreises. Auch das Fernsehteam hat Notiz von uns genommen. Sie lassen den Käppi-Typen stehen und der Kameramann hält voll auf uns drauf. Kalliope starrt den Kuttenmann an.

»Hast du dein Handy bei dir, Schwester? Gib es mir!« Obwohl er fast direkt vor uns steht, ruft er so laut, dass es auch alle anderen hören können: »Bisher hast du Eitelkeit und Konsumwahn gepredigt, aber heute ändert sich dein Leben von Grund auf. Setze ein Zeichen, Schwester, verbrenne das Gerät in diesem heiligen Feuer.«

Seine geöffnete Hand schwebt vor Kalliope in der Luft. Sie schaut darauf, als müsse sie sich mühsam orientieren, dann schüttelt sie den Kopf.

»Verbrennen!«, ruft jemand. »Verbrennen!« Er ruft es wie einen Rhythmus: »Ver-bren-nen!« Und andere fallen in seinen Ruf mit ein: »Ver-bren-nen! Ver-bren-nen!« Auch die, die ihre eigenen Devices ganz sicher nicht in der Feuertonne sehen wollen, grölen mit, sie filmen sogar, sie haben sich binnen Sekunden in eine geifernde Meute verwandelt, »VER-BREN-NEN! VER-BREN-NEN!«, und ich bin unsicher, ob sie wirklich nur Kalliopes Handy meinen oder vielleicht Kalliope selbst.

»Gib dein Scheiß-Handy ab, du Insta-Hexe!«, brüllt jemand und Spucke fliegt aus seinem Mund. »Leute wie du haben uns lange genug manipuliert!«

»Fürchte dich nicht, Schwester«, ruft der Kuttenmann und versucht, den Sprechchor zu übertönen. Kalliope greift nach meiner Hand.

»Wir gehen jetzt«, sage ich mit fester Stimme.

Wir wenden uns um.

»VER-BREN-NEN!« Niemand weicht zur Seite, keiner macht uns Platz, um uns vorbeizulassen. Der Mob will die Show. Und wenn es nur um ein verdammtes Handy geht.

»Du wirst frei sein!«, ruft der Kuttenmann.

Er ist der Zeremonienmeister, er hat die Fäden in der Hand, er kann die Menge tanzen lassen, wie es ihm beliebt. Nicht nur seine Jünger, vor allem auch die Zuschauer. Die wenigen Überzeugten sind nie das Problem. Das Problem sind immer die vielen Mitläufer und Unbeteiligten, die nicht eingreifen, sondern geschehen lassen. Ohne ihren Meister aber sind sie alle nichts.

Ich lasse Kalliopes Hand los, hebe die Arme zum Himmel und rufe mit lauter Stimme: »*Wahrhaftig, reiche Beute täuscht den hochmütigen Helden; er wird keinen Erfolg haben.* So spricht der Prophet Habakuk.« Ich zeige auf den Kuttenmann. »Wage nicht, dir das Amt des Propheten anzumaßen.«

Das Hakennasengesicht in der Kapuze nimmt einen sehr verdutzten Ausdruck an. Er versteht nicht, was ich damit sagen will. Ich verstehe es ja auch nicht, ich will ihn bloß irritieren und aus dem Konzept bringen. Und das funktioniert. Er lässt seine Hand sinken und überlegt, was er antworten soll. Dieser winzige Augenblick reicht aber schon, um den Bann von den Menschen zu nehmen, die Fäden erschlaffen zu lassen. Ich ergreife wieder Kalliopes Hand und wir gehen mit entschlossenen Schritten durch die Menge hindurch, die sich vor uns teilt wie einst das Rote Meer vor den Kindern Israels.

»So bleib doch, Schwester, wovor hast du Angst?«

Da dreht sich Kalliope noch einmal um und ruft: »Ich bin keine Schwester, Mann. Zum Glück bin ich Einzelkind!«

Sie glotzen uns nach, auch der Kameramann, aber niemand hat den Mut oder die Lust, uns aufzuhalten. Abseits steht der Käppi-Mann und schaut fast sehnsüchtig zu dem Kamerateam hinüber. Niemanden interessiert, wovon sich das Erzbistum Köln distanziert oder nicht. Seine Kirche, über Jahrhunderte wohl die mächtigste Influencerin der Welt, hat offenbar nicht nur lange schon die Deutungshoheit über die Menschen verloren, sondern zum Schluss auch über sich selbst.

Wir lassen den Dom hinter uns. Der Zugang zum Bahnhof ist abgeriegelt, einige Polizisten sichern die Absperrung, ohne sich für den Verbrennungsgottesdienst vor dem Portal zu interessieren. Seitlich an der Sperre vorbei gelangen wir auf die mächtige Brücke aus Stahlbögen, über die ich gestern mit dem Zug in die Stadt gekommen bin. Unter uns glitzert der Fluss und strömt gleichmütig dahin wie seit Jahrtausenden. Dem Fluss ist es egal, ob an seinen Ufern Handys und Computer verbrannt werden oder Hexen und Ketzer, ob die Flussfischer früherer Zeiten in ihren Kähnen hockten und ihre Netze flickten oder der Homo Digitalis am Zusammenbruch des Internets verzweifelt.

Mitten auf der Brücke bleibt Kalliope stehen und sagt: »Eine Sache frage ich mich schon die ganze Zeit. Schon bevor wir uns begegnet sind, schon als wir uns nur geschrieben haben.« Sie sieht mich an. »Warum behauptest du ständig, dass du nicht in der ersten Reihe stehen willst? Schon in einer deiner ersten Mails hast du mir erklärt, dass du dich für jemanden hältst, der im Hintergrund arbeitet. Wer hat dir das bloß eingeredet? Wieso versteckst du dich im Schatten irgendwelcher vermeintlich bedeutender Leute?«

»Ich ... puh.«

Das hat mich noch nie jemand gefragt. Auch ich selbst habe mich das noch nie gefragt.

»Dein Auftritt gerade. Wie du diesem seltsamen Mönch die Tour vermasselt hast. Das war ganz großes Kino.« Sie gibt mir einen schnellen Kuss. »Danke dafür.«

Ich würde dazu gern was sagen, aber die Worte stellen sich nicht in die richtige Reihenfolge. Dass es doch völlig okay ist, im Hintergrund zu sein, würde ich sagen, oder dass sie nicht so tun soll, als könne man nur im Rampenlicht glücklich sein. Oder Einfluss ausüben. Influence. Mir klebt total die Zunge am Gaumen.

»Ich hab so was von Durst«, sage ich. »Lass uns drüben mal nach einem Kiosk suchen.«

»Nö, wir müssen auch gar nicht über persönliche Dinge reden.« Sie zuckt die Achseln und tut auf einmal beleidigt. »Wir sind ja nur Seite an Seite in Todesgefahr durch die Gegend gebraust und haben die Nacht zusammen verbracht und so was Ähnliches wie Sex gehabt, aber das ist ja natürlich noch längst keine Grundlage für ein einfaches persönliches Gespräch.«

Sie zieht das Navi aus ihrer Hosentasche und schaltet es wieder ein. Bis zum Haus von Manfred und Jessica Morena sind es noch neun Komma sieben Kilometer. Sie stöhnt auf.

»Das dauert locker zwei Stunden. Ja, lass uns was zu trinken kaufen.«

Sie schaltet es wieder aus und grinst mich an.

»Was machen eigentlich deine Augen?«, fragt sie. »Besser, oder? Ich frag mich, wie du wohl mit Brille aussiehst.«

Diese Frau verwirrt mich. Aber das heißt nichts, die meisten

Frauen in meinem Leben verwirren mich. Einzige Ausnahme ist eigentlich Solveig mit ihrer bedingungslosen Geradlinigkeit.

Wir verlassen die Brücke, tauchen in das rechtsrheinische Köln ein und folgen dem Rhein nordwärts, verlassen dann die Uferpromenade und passieren ein paar eher heruntergekommene Straßenzüge. Ein großer Kiosk hat seine zweiflügelige Tür verheißungsvoll geöffnet, hier werden wir was zu trinken bekommen. Immerhin habe ich noch meine dreizehn Euro und Kalliope hat auch etwas Bargeld bei sich. Auf der Tür prangt ein Schild: *Zutritt nur ab 18!* Drinnen sitzen viele Männer an Bistrotischen und rauchen. An den Wänden hängen etliche Flachbildschirme, natürlich alle schwarz, auf dem Tresen steht ein Kasten mit Tippscheinen zum Ausfüllen, aber keiner füllt welche aus, alle glotzen nur vor sich hin. Der Kiosk ist eines dieser verkappten Wettbüros, die sich als Café tarnen – ich kenne das Phänomen, weil es dazu kürzlich eine Debatte im Landtag gab. Immerhin sind die zwei Kühlschränke mit den gläsernen Türen noch halb voll. Die Männer heben wie ferngesteuert ihre Blicke und gaffen Kalliope unverhohlen an, einige beginnen zu tuscheln. Kalliope nimmt zwei Cola aus einem der Kühlschränke, ich greife mir zwei Flaschen Wasser und wir stellen sie auf den Tresen. Der dicke Typ mit Basecap hinter der Kasse steht von seinem Barhocker auf, guckt aber nicht uns an, sondern seine anderen Gäste, etwas Ängstliches flattert in seinen Augen. Ich sehe, dass ein paar von den Typen aufgestanden sind.

Ich zücke mein Portmonee.

»Hey«, sage ich zu dem Dicken. »Zwei Cola, zwei Wasser, was macht das?«

»Fünf Euro neunzig«, murmelt er, noch immer ohne mich anzusehen.

Die Typen kommen näher und umringen uns.

Einer sagt: »Du bist doch Kalliope, oder? Von Instagram, richtig?«

»Kann sein«, sagt sie knapp.

»Machst du ’n paar Selfies mit uns?«, fragt ein anderer.

Sie kommen unangenehm nah.

»Bin nicht im Dienst.«

Ich lege einen Zehn-Euro-Schein hin. Der Dicke öffnet umständlich die Kasse.

»Deine Haare sehen ja in echt so aus wie im Internet«, sagt ein dritter Mann und streckt die Hand nach Kalliopes Kopf aus, sie macht einen Schritt zurück. »Aber du könntest auf deinen Fotos ruhig mal ein bisschen öfter lächeln.«

»Na, jetzt ist sie ja live hier«, feixt ein vierter und schiebt sich zwischen sie und mich. »Komm, lächle doch mal.«

Sie macht noch einen Schritt zurück und stößt gegen einen weiteren Mann. Wir sollten verschwinden. Ich nehme die vier Flaschen und sage zu dem Dicken: »Stimmt so.«

Einer baut sich vor Kalliope auf, ein anderer sagt zu mir: »Zisch ruhig schon mal ab. Deine Freundin kommt später nach.«

Ich will ihn zur Seite schieben, da schlägt er mir mit dem Handrücken ins Gesicht, so schnell, dass ich nicht ausweichen kann, es nicht einmal sofort begreife.

»Hey, spinnst du?«, schreit Kalliope. Einer der Kerle hat ihr unters T-Shirt gegriffen.

Meine Lippe ist aufgesprungen. Ich tupfe sie mit dem Verband an meiner linken Hand ab. Scheiße – was soll ich tun? Wie kommen wir hier raus?

Der Dicke guckt sich um, dann sagt er: »Ich muss mal nach hinten. Ich bin gar nicht hier.«

Er will sich verpissen und nicht verantwortlich sein.

Da überkommt mich was, genau wie heute Morgen in diesem

Kachelraum, und plötzlich fällt mir ein, was mich da am Rücken kratzt. Ich setze die vier Flaschen wieder ab und greife ganz langsam nach hinten an meinen Hosenbund.

»Hört auf!«, schreit Kalliope. »Ich werde euch alle anzeigen!« Da sind schon drei, vier, fünf Hände an ihrem Hintern, auf ihren Brüsten, auf einmal hab ich die P99 in der Hand.

»Flossen weg, ihr Wichser!«

Sie erstarren. Der Dicke hinter dem Tresen, der gerade abhauen wollte, hält inne und hebt sofort die Hände zur Decke.

»Rüber an die Wand dahinten«, kommandiere ich. »Alle.«

Meine Stimme zittert, aber nicht meine Hand, die ist völlig ruhig und dirigiert die Typen mit dem Lauf der Waffe in den hinteren Teil des Raumes, wo die Bistrotische stehen.

Kalliope ist leichenblass. Mechanisch nimmt sie die vier Flaschen vom Tresen und klemmt sie unter den linken Arm.

»Geht aufs Haus«, nuschelt der Dicke.

Kalliope angelt sich meinen Zehn-Euro-Schein.

»Wenn das so ist«, sage ich, »hätte ich gern noch 'ne Tüte Chips.«

Kalliope sieht mich entgeistert an. Ich weiß selber nicht, warum ich jetzt einen auf cooler Gangster machen muss. Das bin auch gar nicht ich, das ist die Waffe, die da aus mir spricht. Indem wir nicht einfach schnell abhauen, zelebriere ich mein neues Machtgefühl.

Der Dicke greift mit zitternder Hand zu einer Chipstüte im Regal. Ich beobachte ihn aus dem Augenwinkel, ohne meinen Blick von den Typen an der Wand abzuwenden.

»Nee, die nicht«, sage ich. »Lieber die ungarischen.«

Er schiebt die Tüte wieder zurück an ihre Stelle, zieht eine andere heraus und legt sie brav in Kalliopes vollgepackte Arme. Alles in Zeitlupe, alles in absoluter Totenstille, man könnte eine

Fliege durch den Raum summen hören, aber da summt keine. Die Männer stieren uns an.

»Lächelt doch mal!«, zischt Kalliope. »Warum lächelt ihr denn nicht mal? Ihr seht viel hübscher aus, wenn ihr lächelt.«

Dann geht sie langsam hinaus. Ich folge ihr rückwärts, wobei ich mit dem Lauf der Pistole noch mal die Reihe der Männer abfahre und ihre hasserfüllten Blicke in mich aufsauge wie jede Menge Likes.

Dann sind wir auf der Straße, ich stecke die Pistole weg und wie auf Kommando fangen wir an zu rennen. Wir rennen die Straße hinab und die nächste hinauf, ohne auf das Navi zu sehen, einfach nur weg hier, bis wir einen belebten Platz erreichen. Ein kleiner Wochenmarkt ist hier aufgebaut, alles ist voller Menschen. Sie schlendern zwischen den Ständen herum oder sitzen auf den Bänken und lesen, Kinder spielen Fangen und an der nahen Straßenbahnhaltestelle sitzen ein paar Leute entspannt auf den Gleisen und trinken Bier.

Völlig außer Puste bleiben wir stehen und ich sehe, dass Kalliopes Beine nachgeben, sie lässt sich einfach auf den Bordstein sinken. Ich nehme eine von den Wasserflaschen und öffne sie. Durch das Rennen ist die Kohlensäure ordentlich durchgeschüttelt und der halbe Flascheninhalt schießt mir mit einer harten Fontäne ins Gesicht. Das tut irre gut.

Kalliope lacht, dann hält sie ihre Colaflasche mit weit ausgestrecktem Arm von sich weg, öffnet sie ganz vorsichtig und trinkt sie in einem Zug leer. Es folgt ein sehr beeindruckender Rülpser. Ich nicke anerkennend, lasse mich neben sie plumpsen und drücke meine zweite Wasserflasche gegen meine geschwollene Lippe.

»Du hast mich schon wieder gerettet«, sagt sie. »Zweimal innerhalb einer Stunde.«

»Dann sind wir ja quitt«, sage ich. »Der BMW gestern zählt doppelt.«

»Na ja«, meint sie. »Wir hatten uns doch überlegt, dass die nicht ernsthaft versucht haben, dich zu töten. Insofern zählt das nicht richtig.«

»Machen wir jetzt hier eine Buchhaltung auf oder was?«, frage ich.

»Nee.« Sie öffnet ihre zweite Flasche, setzt sie an den Mund, nimmt sie ohne zu trinken wieder herunter und sieht mich an. »Mann, Amir. Ich hatte echt richtig Angst, gerade.«

»Ich auch«, gebe ich zu. »Was haben die sich gedacht? Haben die gedacht – guck mal, da kommt 'ne Tussi aus 'm Internet, da machen wir mal 'n kleinen Gangbang mit der, oder was? Die ... die hatten überhaupt keine Hemmungen, kein Unrechtsbewusstsein, da war nicht das kleinste bisschen Empathie, die hätten dich alle gemeinsam vergewaltigt. Alles nur, weil sie sich in diesem Augenblick unbeobachtet fühlten? Weil sie dachten, die Polizei ist eh überfordert und ohne Handy kann niemand Hilfe holen? Und es wird niemals Konsequenzen haben? Ich meine – funktioniert diese ganze bekackte Zivilisation denn ausschließlich durch Kontrolle und Furcht vor Strafe? Werden ansonsten alle gleich zu Tieren?«

»Vielleicht haben sie einfach nur ihr wahres Gesicht gezeigt.« Sie macht ein verächtliches Geräusch. »Von wegen: *Lächle doch mal.* Warum denken Männer immer, sie hätten ein Recht auf Zuwendung durch Frauen?« Sie boxt mich gegen die Schulter. »Was bringen euch eure Mütter eigentlich bei, he?«

Empörung regt sich in mir und ich will ihr widersprechen, weiß aber nicht, mit welchen Worten. Kalliope nestelt ihre Zigarettenpackung aus der Hosentasche, zählt die verbliebenen Stängel und kommt auf fünf.

»Wir hätten noch ein Päckchen Kippen mitnehmen sollen«, brummt sie und zündet sich eine an.

Ich öffne die Chipstüte.

Sie bläst eine Rauchwolke aus, schaut ihr nach und sagt: »Manchmal, wenn ich total depri bin, stelle ich mir vor, ich müsste sterben. Zum Beispiel an einer schlimmen Krankheit. Und dann male ich mir in Gedanken aus, wie meine letzten Selfies sein sollen und was ich dazu schreibe. Das hat was total Tröstliches irgendwie. Verstehst du? Die Vorstellung, ich würde öffentlich sterben, vor Publikum, mit all meinen Followern, das hat mir immer ein bisschen die Angst vor dem Tod genommen.« Ihre Augen füllen sich mit Tränen. »Wer so viele Follower hat, ist eigentlich unsterblich«, flüstert sie. »Solange dein Profil on ist, lebst du weiter. Aber es gibt kein Profil mehr, keine Follower, niemand hätte etwas mitgekriegt. Die hätten mich in irgendein Hinterzimmer gezerrt und zerfleischt. Keiner hätte meine Schreie gehört. Niemand hätte mit mir mitgelitten.«

»Doch, ich.«

Da schluchzt sie auf. »Ich will das Internet zurück. Sofort.«

Ich nehme sie in die Arme und sie weint hemmungslos. Ich halte sie, wiege sie ein bisschen hin und her, niemand beachtet uns. Ihre angerauchte Zigarette verglüht im Rinnstein.

Sie zieht die Nase hoch und lächelt. »Ja, du hättest mit mir gelitten.« Sie wischt ihre Tränen ab und greift in die Chipstüte.

»Ich glaube, ich könnte sie niemals benutzen«, sage ich. »Die P99, meine ich. Also abdrücken. Hätte einer von denen ebenfalls eine Waffe gehabt oder mich einfach nur so angegriffen, bloß mit den Händen, ich glaube, ich hätte die Knarre sofort fallen gelassen.«

»Das verstehe ich. Und ehrlich gesagt – ich bin ganz froh darüber.« Sie legt ihren Kopf an meine Schulter, diesmal ohne

Klaustrophobie, ganz easy, als wären wir ein Pärchen. »Wir gönnen uns noch fünf Minuten Pause, bevor wir weitergehen, okay?«

»Okay.«

Ich streichle ihre Schulter und schaue dem Treiben auf dem Platz zu. Das ist ja interessant.

»Schau mal«, sage ich, »da die Einkäufer. Da bei den Marktständen.«

Eine Frau lässt sich gerade Gemüse abwiegen, kramt in ihrer Tasche und hält der Verkäuferin zwei Gläser Marmelade hin, sie diskutieren, die Frau packt die Marmelade wieder weg und holt eine Weinflasche hervor, die Verkäuferin nickt und packt das Gemüse in eine Tüte, reicht sie über die Theke und nimmt dafür den Wein entgegen.

»Tauschhandel«, sagt Kalliope. »Krass. Wahrscheinlich geht den Leuten langsam das Bargeld aus.« Sie steht auf und zieht ihr Portmonee aus der Hosentasche. »Ich hab zwar gerade nichts zum Tauschen, aber noch zwanzig Euro. Und ganz schön Hunger. Du auch? Ich lade dich ein.«

Ich zögere, weil ich wieder daran denke, dass wir Benzin kaufen müssen, wenn wir Olena suchen wollen. Denn die hält sich ganz sicher nicht in Köln auf. Vielleicht ja in Kiew? Bis dahin kann man mit dem Auto fahren, wir hätten zumindest eine theoretische Chance. Aber da kommen wir mit dem bisschen Bargeld auch nicht hin, wir bräuchten eh eine andere Lösung. Also nicke ich. Sie streckt mir die Hand hin und ich lasse mich von ihr auf die Beine ziehen. Kalliope kauft Fischbrötchen für uns und wir schlendern über den Wochenmarkt. Ich höre den Leuten ein bisschen beim Feilschen zu und denke an Theorien über Regionalwährungen, die ich mal gelesen habe.

»Dieser Tauschhandel ist eigentlich gar nicht schlecht«, sage ich. »Ein Wirtschaftssystem ohne Finanzindustrie wäre vermutlich viel gerechter. Im Großen funktioniert das wohl nicht, aber im Kleinen vielleicht schon.«

»Oder auch nicht«, meint Kalliope kauend und zeigt auf ein paar improvisierte Stände ganz am Ende des kleinen Marktes. Hinter Tapeziertischen sitzen drei Männer und eine Frau, bewacht von zwei finster dreinblickenden Gestalten, die ansonsten vermutlich nachts vor Clubs »die Türe machen«. Dort stehen Leute an, bieten Uhren und Schmuck feil, die in einer großen, gesicherten Kiste verschwinden, bevor aus einer stählernen Kasse Banknoten ausgezahlt werden. *Pfandhaus Herbold,* steht auf einem improvisierten Schild. Und darunter: *Bargeld sofort, Laufzeit bis Ende der Cyberkalypse, Zinsen 29 % zzgl. 9 % Gebühren.*

»Der reinste Wucher«, sage ich.

»Den Kapitalismus kriegst du halt nicht so leicht tot.« Kalliope zuckt mit den Schultern. »Das müssen die Menschen irgendwann selber in die Hand nehmen. Zwangsbeglückung hilft da nicht. Weder durch den Kommunismus noch durch eine globale Hackerbande wie Olena und ihr Komitee.«

»Psst, nicht so laut«, mache ich unwillkürlich.

Kalliope lacht. »Denkst du, die beiden Killer haben sich da drüben unter dem Salat versteckt und belauschen uns?«

»Kannst du das ausschließen? Ich nicht. Ich schließe nie wieder irgendwas aus.«

18.23 Uhr

Vor allem können wir nicht ausschließen, dass Schnauzbart und Anorakmann die Verfolgung abgebrochen haben und stattdessen zu ihrer Auftraggeberin gefahren sind. Doch als wir den Seidenpfad erreichen, ist kein roter BMW zu sehen. Andere Autos allerdings auch nicht. In so einer Gegend parkt niemand auf der Straße, denn die verstreut liegenden Anwesen verfügen über großzügige Garagen. Das Haus von Manfred und Jessica Morena ist ein lang gestreckter Bungalow aus Sichtbeton, der sich, soweit sich das von außen sehen lässt, ziemlich verwinkelt über ein großes Grundstück hinzieht. Jedenfalls gehen wir davon aus, dass es der Bungalow der Morenas ist, ein Namensschild gibt es nicht, weder am Gartentor noch an der Haustür. Ich erwidere den Blick der Kamera, die mich wahrscheinlich gar nicht sehen kann, weil sie offline ist, und drücke die Klingel, die kein Geräusch von sich gibt, weil sie sicher ebenfalls offline ist. Trotzdem drücke ich mehrmals drauf, Kalliope klopft, nichts passiert.

Aus Verdruss drücke ich gegen den Türknauf und mit einem leisen Klack öffnet sich die Tür.

»Hallo?«, ruft Kalliope in den Hausflur hinein und klopft nochmals. »Hallo! Ist jemand zu Hause?«

Wir wechseln einen Blick.

»Das ist eine Falle«, sage ich und klinge fast wie Admiral Ackbar in Episode VI.

»Wir müssen trotzdem da rein«, sagt Kalliope.

»Ich hab ein ganz mieses Gefühl«, sage ich.

»Kannst du aufhören, diese Situation mit Star-Wars-Zitaten aufzuheitern?«

»Mann, ich hab Schiss! Ich mach doch so was auch nicht jeden Tag.«

»Denkst du ich? Aber ich geh da jetzt rein. Da drin ist die Frau, die uns durchs halbe Land hat verfolgen lassen. Die ihren Mann hat umbringen lassen. Ich will ihr endlich ins Gesicht sehen!«

»Okay.« Ich atme aus und ziehe die P99.

Sie schiebt sich lautlos in den Flur, ich folge ihr. Der Hausflur ist dämmrig, die Türen zu den einzelnen Räumen sind geschlossen, aber hinter der Ecke wird es hell, da fällt Licht aus dem Wohnzimmer herein.

»Hallo?«, ruft Kalliope wieder.

Keine Antwort.

Das Wohnzimmer ist riesengroß, dafür ziemlich leer. Ein paar Sessel stehen da, die wie vom Sperrmüll aussehen, ein Esstisch mit Stühlen, von denen keiner zum anderen passt, im Hintergrund die offene Küche mit einer großen Kochinsel, auf deren linker Seite ein richtiges kleines Blumenbeet eingelassen ist, wo Kräuter wachsen. Irgendwie passt hier nichts zusammen und gerade dadurch schon wieder sehr. Die bodentiefen Fenster geben den Blick auf einen verwilderten Garten frei, wo zwischen umgestürzten Bäumen Gräser und Bambusstauden wuchern. Alles wirkt irgendwie total gewollt verwahrlost und soll vielleicht Individualität ausdrücken, was weiß ich. An den Wänden hängen sehr abstrakte Bilder, sie sehen fast wie Aufnahmen von menschlichem Gewebe aus, Lungenflügel oder so was, verästelte Gefäße in schillernden Farben, irgendein Organismus, könnte aber auch eine Allegorie auf das Internet sein. Auf der Anrichte steht ein großer hölzerner Messerblock und mir fällt auf, dass eines der Messer fehlt. Vielleicht ist es bloß in der Spülmaschine.

Durch einen weiteren Durchgang verlassen wir das Wohnzimmer und sind wieder im Flur, der nun eine Kurve in die andere Richtung macht, da fliegt plötzlich eine Tür auf, ein Messer blitzt auf und eine Frau stellt sich uns entschlossen in den Weg.

»Stehen bleiben! Was machen Sie hier?«

Die Frau ist vielleicht Ende fünfzig, trägt einen strengen Dutt und ein enges Top, das ihre muskulösen Oberarme betont. Mit der möchte ich mich schon ohne Messer nicht anlegen, geschweige denn mit. Ich richte die Pistole auf sie und ein kleiner Teil meines Bewusstseins stellt fest, wie routiniert ich das mache. Die Frau lässt sich davon aber nicht beeindrucken. Die Klinge ihres Messers kreist angriffslustig.

»Sind Sie Jessica Morena?«, frage ich.

»Wer sind Sie?«, entgegnet sie. »Was wollen Sie?«

»Sie wissen genau, wer wir sind«, sage ich cool. Ich spüre wieder die Macht der Waffe. »Sie wundern sich vielleicht, dass wir noch leben. Oder haben Sie uns sogar erwartet?«

Ihre Gesichtszüge zucken leicht, als würde ich sie verwirren.

»Wieso … erwartet?«

»Die Tür stand offen«, sagt Kalliope.

»Ja, die verdammte Tür!«, schimpft die Frau plötzlich. »Lässt sich nicht mehr verriegeln. Weil das verdammte Smart Home Security System so programmiert ist, dass sich im Krisenfall alle Türen und Fenster öffnen. Falls der Strom ausfällt, gibt es eine Reservebatterie. Aber dass stattdessen das verfluchte Internet gleich ganz ausfällt, hat keiner geahnt. Und jetzt herrscht hier ein verdammter Tag der offenen Tür. Also zum letzten Mal – wer sind Sie und was wollen Sie?«

»Es sind zwei Dinge, die wir von Ihnen wollen«, sage ich. »Als Erstes geht's um einen kleinen Deal. Sie kriegen Ihren verdammten Chip und dafür pfeifen Sie Ihre Killer zurück.«

»Was für einen Chip?« Die Kreise, die ihre Messerklinge beschreiben, beginnen zu eiern. »Was für Killer? Sie sind entweder schlicht verrückt oder Sie haben sich in der Tür geirrt.«

»Sie sind doch Jessica Morena, oder etwa nicht?«, frage ich und ziele mit der P99 auf ihren Kopf.

Und Kalliope sagt: »Wir reden von den Killern, die Ihren Mann getötet haben.«

»Was?«

Sie wird bleich. Anscheinend haben Schnauzbart und Anorakmann es ihr gar nicht gesagt. Hatten wohl gar keine Möglichkeit, ihre Auftraggeberin zu kontaktieren. Das Messer hört auf zu kreisen.

»Er ist tot!«, schreit Kalliope plötzlich. »Kapieren Sie das endlich? Manfred ist tot. Alles nur für diesen bekackten Chip!«

»Ich … weiß nichts von einem Chip!«

Sie lässt die Hand mit dem Messer sinken.

»Der Chip, den Manfred mir gegeben hat«, sage ich. »Um die Verbindung zwischen CAP und der Agentur in St. Petersburg aufzudecken. Der Chip, wegen dem Sie uns die zwei Typen auf den Hals gehetzt haben. Die Kerle haben heute Vormittag Ihren Mann erschossen – und noch ein paar andere Leute.«

»Lächerlich.« Sie schüttelt den Kopf. »Ich weiß nichts von einem Chip. Und ich kenne auch keine – wie Sie sagen – Killer. Was ist mit Manfred?«

»Er ist tot, verdammt«, sagt Kalliope.

Wieder schüttelt die Frau den Kopf.

»Das kann gar nicht sein«, sagt sie. »Manfred ist doch gar nicht der Typ, der sich …«

… der sich ermorden lässt? Sie merkt selber, dass der Satz keinen Sinn ergibt. Aber wie soll man auch angemessen reagieren auf eine solch unglaubliche Nachricht?

»Wie ist das passiert? Was haben Sie damit zu tun?«

Mein Arm wird lahm. Sie scheint die Pistole in meiner Hand völlig zu ignorieren, ist in ihrer eigenen Verwirrung gefangen. Ich nehme die Hand runter, aber bleibe auf der Hut, falls sie uns nur austrickst und plötzlich doch mit dem Messer angreift.

Aber sie wirkt nicht wie jemand, der uns austricksen will. Der uns eine Falle gestellt hat. Oder Killer anheuert. Kann es denn sein, dass sie von alledem wirklich nicht das Geringste weiß?

Also fange ich an, von meinem Treffen mit Manfred in der Tiefgarage zu berichten. (Solveig lasse ich außen vor.) Ich erzähle, wie ich Kalliope/Habakuk den Chip übergeben wollte und wie der BMW auf uns zuraste, wie wir verfolgt wurden, anschließend Shadow trafen und die Stadt verließen, um Manfred zu finden. Kalliope schildert unsere Begegnung mit Manfred und was wir über sein Treffen mit Olena wissen, allerdings ohne das Globale Komitee zu erwähnen, auch Olenas Verbindung mit der Cyberkalypse lässt sie weg. Sie erzählt, wie die Killer heute Morgen wieder auftauchten, dann schluckt sie kurz und beschreibt schließlich den Moment, als wir Manfreds Leiche im See gefunden haben.

Jessica Morena schaut an die Decke, dann geht sie ganz langsam an uns vorbei durch den Flur und ins Wohnzimmer mit der offenen Küche. Es ist, als hätten wir uns für sie in Luft aufgelöst. Sie legt ihr Messer neben den Herd, bückt sich zu einem Kühlschrank und holt eine Flasche Wodka heraus, nimmt ein Glas, schenkt sich ein und kippt es herunter. Wir folgen ihr vorsichtig. Ich schiebe die P99 zurück in den Hosenbund. Jessica gießt ein zweites Glas ein und sagt mit Blick auf den Garten: »Ich hab gar nicht gewusst, dass er noch Kontakt zu Gerd Schattmann hatte. Das hat er mir nie erzählt. Und dass er sich mit Olena Doroschenko getroffen hat …« Sie kippt das zweite Glas und sieht uns an. »Wo ist er jetzt?«

Kalliope berichtet von den Campern, die uns versprochen haben, sich um Manfreds Leichnam zu kümmern.

»Können Sie mir beweisen, dass das alles stimmt, was Sie da sagen? Können Sie irgendwie belegen, dass Sie sich das nicht alles bloß ausgedacht haben?«

»Ich habe den Chip, den Manfred mir gegeben hat«, frage ich. »Der Inhalt dürfte Beweis genug sein. Wollen sie ihn sehen?«

Jessica Morena winkt ab und zuckt mit den Schultern. Zuckt wieder und wieder, hört gar nicht mehr auf zu zucken, schlägt die Hände vors Gesicht und schluchzt. Im nächsten Moment greift sie wieder nach dem Messer, meine Hand schnellt zur Pistole, doch sie richtet die Klinge nicht gegen uns, sondern sticht wie von Sinnen auf die Bilder an der Wand ein.

»Du arrogantes Arschloch, wie konntest du mich so hintergehen? Und lässt dich dann einfach umbringen!«

Wir verfolgen ihren Ausbruch stumm und reglos. Ich versuche mir bewusst zu machen, wer sie eigentlich ist: Die Chefin von CAP, Heerführerin der zigtausend Crowdies, die Frau hinter jenem Algorithmus, den ich noch vor wenigen Monaten um einen Score von 85 Punkten angebettelt habe. Sie zerhackt die Leinwände, bis die abstrakten Gewebeformen in Fetzen aus den Rahmen hängen. Mikrotasking.

Endlich hält sie inne.

»Entschuldigung«, murmelt sie, steckt das Messer in den Holzblock auf der Anrichte und gießt sich noch einen Wodka ein. »Wollen Sie auch einen?«

Wir schütteln beide den Kopf.

»Und was erwarten Sie jetzt von mir? Wollen Sie mich vielleicht erpressen, weil ich sensible Daten an die Russen verkauft habe? Das können Sie sich sparen. Seit der Cyberkalypse interessiert das niemanden mehr.«

»Habe ich doch schon gesagt«, antworte ich »Wir bieten Ihnen den Chip an als Preis dafür, dass Ihre Killer uns in Ruhe lassen.«

Das war zumindest unser Plan. Doch während meine Worte nachhallen, wird mir klar, dass unsere Annahmen völlig falsch gewesen sind. »Aber es sind gar nicht Ihre Killer«, stelle ich fest. »Sie haben überhaupt nichts von dem Chip gewusst. Sie haben nicht im Geringsten geahnt, dass Ihr Mann über Ihren Deal mit den Russen im Bilde war. Geschweige denn, dass er die Sache an die Öffentlichkeit leaken wollte. Darum haben Sie auch keine Killer auf uns angesetzt.«

»Richtig.« Sie lacht kurz auf. »Aber gute Idee, eigentlich.«

Es dauert einen Augenblick, bis ich wirklich begreife, dass der Chip wertlos geworden ist. Und dass wir die Killer auf die Art nicht loswerden.

Kalliope will es noch nicht ganz wahrhaben. »Die Cyberkalypse dauert nicht ewig«, sagt sie. »Wenn das Netz zurück ist, wird die Öffentlichkeit von Ihren Machenschaften erfahren.«

»Lächerlich.« Wieder lacht Jessica Morena auf. »Glauben Sie ernsthaft, das würde mir schaden? Selbst ohne Cyberkalypse – es ist den Leuten doch völlig gleich, was mit ihren Daten geschieht. Ja, es gäbe vielleicht einen kleinen Skandal, ein paar Meldungen auf den hinteren Seiten der Zeitungen, ein paar wütende Blogbeiträge und etwas Aufregung unter netzpolitisch interessierten Leuten. Ich würde vielleicht zu einer Anhörung in irgendeinen Bundestagssauschuss geladen und würde sehr demütig um Verzeihung für diese Panne bitten; ich würde Besserung geloben und meine PR-Leute würden einen kleinen Datenschutzkodex entwerfen, mit dem künftig alles anders werden soll, und dann würde die Geschichte versanden.« Sie lächelt selbstgefällig. »Deutschland hinkt bei der Digitalisierung international dermaßen hinterher, dass es sich die Politik nicht leisten kann, eine erfolgreiche Firma wie CAP kaputtzumachen. Sie sehen – ich habe es überhaupt nicht nötig, Killer anzuheuern.«

»Aber wer dann?«, fragt Kalliope. Sie fragt es nicht in Jessicas Richtung, sondern in meine.

»Das ist ja wohl Ihr Problem, nicht meines.« Da hat sie leider recht. »Ich kann jedenfalls sagen, dass meine Geschäftspartner in St. Petersburg nicht zimperlich sind. Also, wenn Sie nach der Auftraggeberin Ihrer Verfolger suchen, sollten sie lieber bei Olena Doroschenko nachfragen.«

Ich muss an den harten Akzent von Anorakmann denken. Ob sie Russen sind? Aber heute Vormittag im Blockhaus haben sie auch untereinander Englisch gesprochen. Stammen sie aus verschiedenen Ländern?

»Pff«, mache ich. Wir hatten einen richtig guten Plan. Und der hat sich gerade in Luft aufgelöst.

Kalliope denkt dasselbe.

Aber in unsere Gedanken hinein sagt Jessica Morena: »Und was ist das zweite?«

Kurz sind wir irritiert.

»Sie sagten, dass Sie zwei Dinge von mir wollen. Was ist das zweite?«

Olenas Brief. Über das Rätsel der Killer hatte ich das kurz vergessen.

Ich antworte: »Manfred hat uns gebeten, etwas aus seinem Safe zu holen …«

»Netter Versuch.« Jessica Morena lächelt schief. »Sie haben doch gehört, dass hier in diesem Haus zurzeit überhaupt nichts funktioniert. Nicht mal der verdammte Mixer oder der verdammte Toaster, denn die müssen ja zusammen mit der verdammten Türsteuerung und dem Wasserfilter vom Pool und hundert Millionen verdammten anderen Geräten permanente DDoS-Attacken fahren.«

Ich greife nach hinten und Kalliope wirft mir einen erschrockenen Blick zu. Aber ich ziehe nicht die Pistole aus dem Hosenbund, sondern den Schlüssel aus der Gesäßtasche.

»Ach, so ist das.«

Sie ringt kurz mit sich. Sie will uns zwar loswerden, aber sie wüsste sicher auch gern, was ihr verstorbener Mann in seinem Safe aufbewahrt. »Gut, folgen Sie mir.«

Sie führt uns durch den verwinkelten Flur bis fast zum Ende und öffnet eine Tür.

»Das ist Manfreds Schlafzimmer«, sagt sie. »Also *war* es jedenfalls.«

Sie schüttelt unwillkürlich den Kopf.

Der Raum ist spartanisch eingerichtet, das Bett fast eine Kopie von dem Bett im Blockhaus, in dem Kalliope und ich geschlafen haben. Außerdem gibt es einen Kleiderschrank und zwei Bilder, die denen im Wohnzimmer ähneln. Nur unzerfetzt. Die Tür zu einem Badezimmer steht offen.

»Komisch«, murmelt sie. »Dieses Zimmer hab ich seit Wochen nicht betreten. Seit Monaten eigentlich. Und jetzt ... ach.« Sie nimmt eines der Bilder von der Wand. Darunter kommt ein Safe zum Vorschein.

Ich hebe den Schlüssel. »Darf ich?«

»Bitte.« Sie tritt zur Seite.

Ich schiebe den Schlüssel ins Schloss und öffne den Safe. Nichts liegt in seinem Innern außer einem ungeöffneten Briefumschlag. Ich nehme ihn heraus. Der Absender ist in kyrillischen Buchstaben geschrieben bis auf das letzte Wort, da steht in lateinischen Zeichen: UKRAINA.

»Lächerlich«, sagt Jessica und mir ist nicht klar, ob sie damit den Brief meint oder die Tatsache, dass Manfreds Safe ansonsten absolut leer ist.

Ohne zu fragen, öffne ich den Umschlag und ziehe den Brief hervor.

Ja, Manfred,

vielleicht war es tatsächlich ein Fehler. Und wenn schon. Je ne regrette rien.

Die Tür steht dir weiter offen. Allerdings nicht in Kiew. Bevor Herostratos sein Feuer entzündet und das Netz in ein Inferno verwandelt, werden wir alle uns zurückziehen, jeder an einen anderen, seit Monaten gut vorbereiteten Ort.

Erinnerst du dich, wie ich dir sagte, dass am Ende immer die Freiheit siegt? Du glaubst nicht daran, ich aber schon. Weißt du, ich habe nicht nur in Berlin gelebt, sondern eine Weile auch in Frankreich. Ich war am Technik-Institut in Saint-Malo. Wenn man dort an der Pointe de la Varde die Klippen entlangspaziert, sieht man die Reste der Bunkeranlagen, die deine Vorfahren vor fast achtzig Jahren dort gebaut haben, um ihre faschistische Herrschaft über Europa zu verteidigen. Wenn du diese armseligen Betonruinen siehst und dahinter den schäumenden Ozean und darüber den endlosen Himmel, dann weißt du, dass keine Macht der Welt die Freiheit auf Dauer unterdrücken kann.

Cherchez la femme, mein Lieber Und pass auf dich auf.

O.

Jessica nimmt mir den Brief aus der Hand. Ich lasse es zu und sie überfliegt die Zeilen.

»Wer ist O-Punkt?« Ihre Stimme klingt schneidend. »Etwa Olena? Das wirkt ja fast, als hätten die beiden was miteinander gehabt.« Sie guckt mich an, ich gucke weg, sie stößt die Luft durch ihre Nase aus wie ein Pferd durch die Nüstern. »Lächerlich!«

Sie überfliegt den Brief ein zweites Mal und fragt: »Wissen Sie, wie sich das liest?«

Nein, ich möchte nicht mit ihr darüber sprechen, dass Manfred uns seine Affäre mit Olena gebeichtet hat. Doch das meint sie gar nicht.

Sie sagt: »Als ob Olena davon gewusst hat. Von der Cyberkalypse.« Sie dreht das Blatt hin und her, hebt den Umschlag auf, den ich aufs Bett geworfen hatte, und studiert den Poststempel. »Sie hat das gewusst, bevor es passiert ist. Und so, wie sie formuliert ... muss Manfred es auch gewusst haben. Wer oder was ist *Herostratos?*«

»So nennen sie diesen Trojaner«, sagt Kalliope.

»Unglaublich«, sagt Jessica. »Aber was hatte mein Mann mit diesem *Herostratos* zu schaffen?« Sie hebt das Blatt hoch, als stünden wir vor Gericht, Beweisstück der Anklage. »*Cherchez la femme.* Also hat Olena diesen Trojaner entwickelt? Oder was soll diese Redewendung besagen?«

»Dass Manfred nach ihr suchen soll«, sage ich achselzuckend. »Also ich war nie gut in Französisch ...«

»Aber ich«, sagt Jessica. »Die Redewendung besagt, dass bei bedeutsamen Dingen oft eine Frau im Hintergrund die Fäden zieht.«

Im Hintergrund. Da haben wir's wieder.

Kalliope sagt: »Olena hat Manfred wohl eine Mitarbeit an diesem ... Projekt angeboten. Aber er hat abgelehnt.«

»Pah«, macht Jessica, »das sieht ihm ähnlich. Niemals wollte der für irgendwas Verantwortung übernehmen.« Sie lässt das Blatt sinken und legt unwillkürlich die andere Hand auf ihren Bauch. »Er wollte keine Kinder, weil die Firma angeblich wichtiger wäre. Und dann hat er mich mit der Firma sitzen lassen, wie andere Männer ihre Frauen mit den Kindern sitzen lassen. Und anstatt mich einfach machen zu lassen, hat er vorgehabt, mir auch noch in den Rücken zu fallen. So ein Arschloch.«

Ich schweige betreten.

Kalliope räuspert sich und sagt mit belegter Stimme: »Das stimmt nicht ganz. Heute Morgen hat er Verantwortung übernommen. Für Amir und mich. Hätte er das nicht getan, würde er noch leben.«

Jessica schaut sie an, dann mich, mit einem Blick, als wären Kalliope und ich jetzt plötzlich die Kinder, die Manfred und sie nie hatten. Dann wendet sie sich ab.

»Lächerlich!«

Wieder kommen ihr die Tränen.

»Es tut mir wirklich sehr, sehr leid, was geschehen ist«, sagt Kalliope leise. »Ich denke, wir gehen dann jetzt.«

»Ja.« Jessica nickt, ohne uns anzusehen.

»Dürfen wir den Brief mitnehmen?«, frage ich vorsichtig.

»Wozu?« Sie fährt herum. »Cherchez la femme, oder was? Wollen Sie Olena suchen? Sehen Sie in dem Geschreibsel einen Hinweis auf ihren Aufenthaltsort?«

Ich zögere und suche nach einer unverfänglichen Antwort. Aber das ist Unsinn. Stattdessen gehe ich in die Offensive und sage: »Ja, genau. Wollen Sie nicht mitkommen? Wir müssen Olena dazu kriegen, Herostratos abzuschalten. Sie können uns bestimmt helfen, Sie kennen Olena.«

Kalliope runzelt die Stirn.

Jessica schüttelt den Kopf. »Das verdammte Internet ist mir schnuppe. Und Olena erst recht. Nein, ich werde meinen Mann suchen. In die Eifel fahren und diese Camper finden und klären, wohin man ihn gebracht hat. Das ist es, was ich tun werde.« Sie wischt ihre Tränen weg. »Ich bin ihm nie nachgelaufen, echt nicht. Nicht als er noch lebte. Hier.«

Sie streckt mir den Brief hin. Ich falte ihn zusammen und stecke ihn ein.

Wir treten aus der Kühle des Bungalows ins Freie, noch immer liegt drückende Hitze über der Stadt. Kalliope zieht ihre viertletzte Zigarette aus der Packung und zündet sie an.

Sie inhaliert und murmelt: »Kackscheiße. Ich dachte, wenn wir aus dieser Tür lebend wieder rauskommen, dann wären wir den Chip und die Killer endlich los. Mann, Amir, wer sind die? Wer schickt die?«

»Olena?«, überlege ich. »Hat sie Manfred umbringen lassen, weil er zu viel über Herostratos wusste?«

Kalliope schüttelt den Kopf. »Dann hätte sie ihm doch diesen Brief nicht geschrieben.«

»Oder«, sage ich, »sie arbeiten für irgendwen anders aus dem Globalen Komitee.«

»Wieso das?«

»Na, Olena hat das Komitee hintergangen, oder? Indem sie bei Herostratos die Hintertür eingebaut hat.«

»Moment!« Kalliope lässt die Hand mit der Zigarette sinken. »Dann jagen sie weder uns, noch haben sie Manfred gejagt – sondern sie jagen Olena! Sie wissen nicht, wo sie steckt, aber sie dachten, dass Manfred es weiß oder wir. Und ... dass wir sie hinführen?«

»Richtig!«, rufe ich aus. Alles ergibt auf einmal Sinn. Eine Woge aus Panik rollt auf mich zu. Doch dann fällt sie in sich zusammen. »Da können sie lange warten«, sage ich. »Vielleicht verfolgen die jetzt gerade immer noch den Bundeswehr-Jeep. Oder sitzen inzwischen längst im Knast. Oder sie haben sich eine

Schießerei mit den Soldaten geliefert und liegen in einer Leichenhalle Seite an Seite mit Manfred.«

Kalliope zieht an ihrer Zigarette.

Dann sagt sie: »Saint-Malo. Bretagne, oder? Dort wartet sie auf ihn.« Sie pustet Rauch aus. »Olena tut mir fast leid. Sie erwartet Manfred. Stattdessen kommen wir.«

»Bleibt die Frage, wo wir Benzin herkriegen«, sage ich. »Beziehungsweise wie wir Geld auftreiben, um welches bei einem Schwarzmarkthändler zu kaufen. Sehr viel Geld vermutlich.« Ich trete missmutig gegen einen Laternenpfahl. »Ich kenne überhaupt niemanden hier in der Stadt. Wenn wir wenigstens in Düsseldorf wären – Solveig würde sicher alle Hebel in Bewegung setzen, um uns zu helfen. Man kann ja nicht mal telefonieren.«

»Ich kenne im Grunde auch niemanden hier«, sagt Kalliope.

»Ich weiß«, ich winke ab, »hast du mir ja erzählt.«

»Zumindest fast keinen«, schiebt sie nach. »Ich fürchte, mir fällt jemand ein, der uns vielleicht helfen kann.« Sie zieht ihr Handy hervor und wischt über den Bildschirm.

Ich schaue ihr über die Schulter und sehe, dass sie eine vCard öffnet. Enno Küsters, CEO bei *connecting_zed, Influencer-Agentur.*

»Das ist der Typ, der mir vorgeschlagen hatte, mich und Habakuk gemeinsam zu inszenieren«, sagt sie. »Hab dir gestern unterwegs von dem erzählt. Der Idiot hatte ja keine Ahnung, dass ich das die ganze Zeit schon gemacht hab. Sein Büro ist irgendwo beim Mediapark, dafür müssen wir wieder rüber auf die andere Rheinseite.«

»Und inwiefern kann er uns helfen?«, frage ich.

Wir setzen uns Bewegung und Kalliope sagt: »Ich hab mich damals mit ihm getroffen. Der Typ ist noch total jung, gerade aus der Schule raus, falls er überhaupt einen Abschluss hat, keine Ahnung. Aber er verdient ein Schweinegeld mit seiner Masche, allen möglichen Senior Marketing Managern zu erklären, wie angeblich die Generation Z tickt. Die fahren da voll drauf ab. Und er hat natürlich haufenweise Influencer unter Vertrag. Der ist selbst erst achtzehn oder neunzehn und redet wie ein Vierzigjähriger, der wie ein Zwanzigjähriger rüberkommen will. *Credibility schafft Brand Awareness,* bla bla, immer auf der Suche nach *the next big thing.*«

»Und das solltest *du* sein?«, frage ich. »The next big thing?«

»Ich und Habakuk, ja. Weil er meint, dass es mehr Storytelling braucht. Die *audience* will es *more edgy.* Der Beef zwischen mir und Habakuk sei dafür perfekt, weil das Identifikation schafft, und daraus kann man *connectivity* herstellen ...«

»Ich versteh kein Wort.«

»Denkst du, ich? Ich hab mich nur mit ihm getroffen, weil er so dermaßen scharf auf Habakuk war. Ich wollte halt abchecken, ob er mich nicht vielleicht durchschaut hatte. Hatte er aber nicht, der war einfach nur in seinem eigenen Film, dass Habakuk ja so ein schräger Vogel sei und in allem das Gegenteil von dem, wofür Instagram steht.« Kalliope lacht. »Damit lag Enno natürlich total richtig. Er meinte, Instagram wäre ja ursprünglich eine Plattform für Schnappschüsse gewesen, für ganz spontane Fotos, *instant* halt, statt stundenlang Bilder durch Filter zu jagen. Und das würden die Leute bald wieder suchen.«

»Ich versteh immer weniger«, brumme ich. »Und am allerwenigsten, wie uns dieser Kerl jetzt helfen soll.«

»Am Ende unseres Treffens hat er was Krasses getan«, erzählt Kalliope. »Er hat einen Fünfhundert-Euro-Schein hervorgeholt und ihn auf den Tisch gelegt. Ich seh es noch genau vor mir. *Neuen Klienten gebe ich immer ein kleines Handgeld mit,* hat er gesagt, *ich will damit zeigen, dass Geld nicht so wichtig ist – dass wir vor allem Spaß zusammen haben wollen und das Geld von ganz allein kommt.* Er nannte das *Fuck Off Money.*

»Was meint er damit?«

»Na, dass man, wenn man Geld hat, auf alles scheißen kann, was einen nervt. *Darum hab ich immer diesen Fünfhunderter bei mir,* hat er erklärt. *Damit sage ich den Leuten: Arbeite für mich – und du wirst frei sein.* So fixt er sie an.« Sie lacht verächtlich. »Kann mir gut vorstellen, dass die meisten seiner Klienten nach diesen fünfhundert Euro nie wieder so viel Geld auf einmal gekriegt haben. Jedenfalls nicht von ihm.«

»Was für ein peinlicher Poser«, stoße ich hervor. »Du hast die Kohle doch hoffentlich nicht angenommen?«

»Natürlich nicht. Und im Grunde hatte er das Geld gar nicht *mir* in Aussicht gestellt, nicht direkt jedenfalls. Ich glaube, er verstand das eher als so eine Art – wie soll ich sagen – Kopfgeld? Für Habakuk.«

»Und das willst du jetzt einlösen. Verstehe. Bloß – wir haben nicht seine Privatadresse. Nur die vom Büro. Was macht dich so sicher, dass wir ihn dort wirklich antreffen?«

»Leute wie Enno«, antwortet Kalliope, »haben kein anderes Zuhause als ihr Büro.«

10

20.08 Uhr

Im Erdgeschoss jenes Gebäudes aus Stahl und Glas, in dem laut Messingschild an der Tür unter anderem die Influencer-Agentur *connecting_zed* residiert, zuckt eine von Stroboskopblitzlicht zerschnipselte Menschenmenge in einem harten Technobeat hin und her. Die Tür klappt auf und ein Mann mit weit aufgeknöpftem blauem Businesshemd torkelt heraus, um sich kurz in den Rinnstein zu erbrechen. Mit ihm schwappt für einen Moment der elektrische Höllenlärm auf die Straße hinaus, bevor der Mann eine Krawatte aus der Hosentasche zieht, damit seinen Mund abwischt und wieder hineinwankt. Was auch immer das Erdgeschoss dieses Gebäudes normalerweise beherbergt – ein Bistro oder einfach ein Foyer oder was –, es hat sich in die Location für eine orgiastische Weltuntergangsparty verwandelt. Die restlichen Stockwerke dagegen scheinen völlig verlassen, zumindest kann man von der Straße aus durch bodentiefe Fenster große Räume voller Schreibtische sehen, an denen niemand sitzt.

Kalliope zieht die Tür auf und sagt: »Nach dir, bitte.«

Lärm, Hitze, Schweiß- und Biergestank umschlingen mich wie Tentakel und ziehen mich machtvoll hinein. Spontan gefällt mir das – die Musik, die zuckenden, schwitzenden Leiber, die krassen Mengen leerer Flaschen auf und neben der Theke, der irre Blick in den Augen der Leute. Falls wir kein Geld auftreiben und kein Benzin, können wir immer noch hier versacken und uns den Ausbruch des Dritten Weltkrieges irgendwie schöntrinken. Überhaupt müsste man sich hier einiges schöntrinken, denn die meisten Leute sehen extrem fertig aus. Sie sind nicht am Limit, sondern schon lange drüber. Einer hockt wie ein Huhn auf einem Tisch, trägt nichts als Krawatte und Shorts und versucht, irgendeine Substanz in seiner Nase unterzubringen. In einer kleinen Sitzgruppe haben sich vier Männer und zwei Frauen ineinander verknotet, die Hosen der Männer stehen offen und ich will gar nicht genauer hinschauen, was da passiert. Mitten im Raum ragt eine Pyramide aus aufeinandergestapelten Devices auf: Handys, Tablets, Notebooks und so weiter, ein bizarres Denkmal der Epoche.

Kalliope packt mit beiden Händen einen Typen am T-Shirt, der sich gerade an uns vorbeiquetschen will.

»Hey!«, sagt sie.

Aus befremdlich geweiteten Augen glotzt er uns an, seine Lider flattern.

»Wir suchen Enno Küsters!«, schreit Kalliope gegen die laute Musik und die Dumpfheit dieses Typen an.

»Freunde von Enno sind auch meine Freunde«, lallt er, »fühlt euch wie zu Hause! Feiert mit uns.«

»Was feiert ihr denn?«, will ich wissen.

»Happy Cyberkalypse. Die meisten von uns saufen schon seit gestern durch. Und wir machen weiter, bis es vorbei ist und das Netz zurückkommt. Work hard, party harder!« Er hebt eine Hand und versucht, mit zwei Fingern die Pommesgabel zu formen, aber er kriegt es nicht koordiniert. »Ihr versteht schon.«

»Und Enno?«, fragt Kalliope. »Ist er auch hier? Hast du ihn irgendwo gesehen?«

»Nee, Enno ist ein Volltrottel, der will nicht feiern.«

Ich sehe Kalliopes enttäuschten Blick, doch der Typ redet weiter: »Enno will lieber arbeiten, der Spast. Wie kann man so lame sein?«

»Wo?«, frage ich.

»Hä?« Er grinst dümmlich.

»Wo arbeitet er?«, schreie ich ihm direkt ins Ohr.

Da hebt er einen Finger und zeigt nach oben.

»Siebter Stock.«

»Danke!«

Kalliope lässt ihn los, und anstatt weiterzugehen, sackt er seitlich weg. Wir schlängeln uns zwischen glitschigen Körpern hindurch Richtung Aufzug und ich drücke den Knopf. Der Aufzug schwebt herab und ist natürlich auch ganz aus Glas, sodass wir schon von außen sehen können, wie in seinem Innern gerade zwei Männer einen dritten von hinten und von vorn nehmen.

Wir benutzen die Treppe. Sieben Stockwerke sind ein langer Weg, und nur langsam lassen wir den Partylärm unter uns zurück. Schließlich erreichen wir den obersten Stock und verschnaufen. Alle Türen stehen auf und durch die gläsernen Wände kann man vom Flur durch die Büroräume hindurch bis nach draußen sehen. Ich frage mich, ob das Klo wohl auch durchsichtige Wände hat. Die Arbeitsplätze sind verlassen, aber es gibt eine große Dachterrasse, dort hockt ein kleiner Typ vor einem Flipchart und kaut auf einem dicken Filzstift herum. Wir durchqueren das Büro, kurven um die Gruppen von Schreibtischen herum und treten auf die Terrasse hinaus. Er ist wirklich unglaublich jung, sieht kaum wie achtzehn aus. Erstaunt hebt er den Kopf.

»Kalliope! Wie nice! Nur leider ein halbes Jahr zu spät, schade.« Er klemmt sich eine Haarsträhne hinters Ohr. »Und wer bist du?«

Er meint mich. Bevor ich antworten kann, sagt Kalliope: »Das ist Habakuk.«

Er schaut überrascht. Ich wahrscheinlich auch.

»Interessant.« Er weist mit der Hand auf die freien Stühle.

Wir nehmen Platz und ich betrachte das Wirrwarr an Zeichen, Abkürzungen, Pfeilen und Linien auf dem Flipchart.

»Was machst du?«, fragt Kalliope.

»Die Zukunft planen. Während alle anderen da unten sich besaufen und zukoksen und gegenseitig zerficken, weil sie ohne Internet unfähig sind, irgendwas zu arbeiten – weil sie offline nicht mal ihre Bewirtungsbelege sortieren können oder ein paar Bleistifte anspitzen oder auch nur eine Runde Mau-Mau spielen – nehme ich mir die Zeit, nach vorn zu blicken. Und zwar ganz nach vorn. Und ihr so? Was führt euch her?«

»Um es kurz und schmerzlos zu machen: Wir brauchen Geld. Bargeld. Viel. Jetzt.« Kalliope schaut ihn herausfordernd an. »Hast du immer noch ständig einen Fünfhunderter in der Tasche? Dein Fuck Off Money?«

»So ganz fuck off scheint es für dich aber nicht zu sein.« Er grinst. »Klingt, als sei es dringend.«

»Ist es auch. Du sollst uns nichts schenken. Nur leihen. Du kriegst es zurück, sobald die Cyberkalypse vorüber ist. Und dann hast du was gut bei mir.«

»Tja, was könnte das sein?« Er mustert sie von oben bis unten, während er auf seinem Stift kaut. »Damals, als wir zusammen gefrühstückt haben, da hatte ich einen ziemlich guten Plan für dich. Für euch beide. Kalliope versus Habakuk, super ironisch, super authentisch, die endgeile Story. Aber inzwischen denke ich weiter. Der Influencer-Hype hat seinen Höhepunkt längst erreicht, der Markt ist gesättigt. Wobei … hm. Vielleicht könntet ihr mir doch nützlich sein.«

Er legt den Stift zur Seite, fummelt an seiner Hosentasche und zieht einen Geldschein hervor. Fünfhundert Euro. Genau wie Kalliope es vorhin erzählt hat.

»In letzter Zeit reden alle von Micro-Influencern«, sagt er. »Manche sprechen sogar schon von Nano-Influencern. Das sind Leute mit deutlich unter zehntausend Followern. Bisher war Reichweite der Fetisch, um den alle tanzten. Der neue Fetisch heißt Authentizität. Ein Mega-Influencer erreicht zwar Millionen Leute mit Mode, Reisen, Uhren, Schmuck, Make-up und so weiter, aber die ganzen Brands werden immer beliebiger. Ein Nano-Influencer interessiert sich vielleicht nur für ein einziges Modelabel oder nur für eine einzige Reise-Destination, aber dafür ist seine Begeisterung absolut echt und damit ist seine Glaubwürdigkeit höher.« Er rollt den Geldschein zusammen. »Natürlich ist es für die Industrie schwieriger, die passenden Leute für genau ihre Marke herauszufiltern, aber dank der Hashtags ist das technisch kein Problem. Für so was gibt es schließlich Agenturen. Ein Wettbewerber von mir hat angeblich schon über 20 000 Nano-Influencer in seiner Datenbank. Doch das Potenzial ist um ein Zehnfaches höher. Ach, Quatsch, um ein Hundertfaches. Jeder auf Insta sieht sich doch inzwischen als Influencer. Da gibt es eine ganze Generation von Influencern.« Mit dem zusammengerollten Geldschein klopft er auf eine Stelle seiner verwirrenden Zeichnung auf dem Flipchart. *P2P* steht da. »Peer-to-Peer-Influencer sind die Leute, die wir brauchen. Jeder User wird ein Influencer sein. Jeder einzelne! Schon jetzt wimmeln die Plattformen von Fake Ads. Da haben die Marketingleute jahrelang alles darein investiert, das Image ihrer Marke mit dem Image der Mega-Influencer aufzuladen. Aber inzwischen hat sich die Fließrichtung umgekehrt. Jetzt wollen die User ihr eigenes Image mit dem Image der Marke aufladen. Für unsere Eltern war das vielleicht verpönt, dass man sein Geld verdient, indem man als wandelnde Litfaßsäule durch die Gegend rennt und dabei dauernd Selfies von sich macht. In unserer Generation aber ist das keinem peinlich, im Gegenteil, es ist eine Ehre, wenn man Werbung machen *darf.* Wollt ihr übrigens 'n Kaffee oder so was? Nur Sojamilch ist leider alle. Just sayin'.«

Wir schütteln die Köpfe, ich setze mich aufrecht hin. Nicht, weil ich so gebannt zuhöre, sondern weil mir, wenn ich mich im Stuhl anlehne, der Stahl meiner Waffe gegen die Nieren drückt.

»The next big thing ist also genau diese Umkehrung«, sagt er und strahlt, als habe er gerade ganz alleine die Weltformel ausgerechnet. »Nicht mehr die Aufmerksamkeit der Kunden auf die Marke zu lenken, sondern die Aufmerksamkeit der Marke auf die Kunden zu lenken, die Sehnsucht der Kunden nach Resonanz zu stillen. Träumen wir nicht alle davon, dass wir von Zara oder Hollister oder Converse beachtet werden? Dass *sie* ihre Aufmerksamkeit *uns* schenken?«

Kalliope wirft ihre Locke aus der Stirn und verfolgt seine Ausführungen mit reglosem Gesicht. Ich würde gern wissen, was sie gerade denkt. Was Habakuk denkt, ist mir irgendwie klar. Logisch, ich bin ja er, zumindest jetzt gerade.

»Das ist das Mindset der Zukunft, Leute«, fährt er fort. »Die Rollen verschwimmen, fließen ineinander – Customer und Producer, Influencer und Follower, wir werden alle alles zugleich sein, ein einziger riesiger Organismus, das ganze Internet. Und der Clou dabei ist, dass man, wenn erst mal jeder einzelne User ein Influencer ist, die Influencer nicht mehr bezahlen muss. Die gegenseitige Aufmerksamkeit ist ja schon der Lohn. Und das wiederum wird sich die Markenindustrie was kosten lassen. Leute wie ich werden den Kuchen aufteilen.«

Er schiebt sich den zusammengerollten Geldschein wie einen

Bleistift hinters Ohr, strahlt uns an und wartet auf eine Reaktion. Auf Resonanz.

Kalliope sagt: »Das klingt alles ganz und gar faszinierend. Wieso meinst du, dass wir dir da nützlich sein könnten?«

»Ich will den ganzen Kuchen ja nicht allein verdrücken.« Er lächelt selbstgefällig. »Meine Millionen von Influencer-Follower-Hybriden brauchen Vorbilder, Role Models. Ein paar der jetzigen Influencer werden deshalb überleben und weiter Geld verdienen, aber als eine Art Meta-Influencer. Ich brauche Leute, die schon ein bisschen älter sind und die die ganzen Kids ein bisschen an die Hand nehmen, so wie eine große Schwester. Leute mit besonders hoher Credibility. Authentizität. Und der gewissen Ironie, natürlich. Du zum Beispiel. Mit Habakuk.«

»Große Schwester?« Kalliope runzelt die Stirn.

»Na, nimm es nicht persönlich, aber du bist ja immerhin auch schon ... wie alt doch gleich?«

»Sechsundzwanzig.«

»Na, siehst du. Und zusammen mit Habakuk wärst du unschlagbar.« Er fixiert mich. »Ich mag deinen Blog, echt jetzt. Du würdest voll viel Consciousness reinbringen. Die Generation Z ist ja nicht blind auf Konsumgeilheit gepolt, wie viele behaupten, im Gegenteil: Wir wollen das Klima schützen und Frieden und soziale Gerechtigkeit und so weiter. Ihr beiden bildet eine perfekte Synthese, um zum Beispiel Klima und Konsum zu versöhnen.«

Ich würde ihm gern ein kleines Stehgreifreferat halten über den Versuch der Sozialen Marktwirtschaft, der meiner Meinung nach durch die Globalisierung komplett in den Arsch gegangen ist; nicht zuletzt auch durch solche *Mindsets,* wie er sie beschreibt. Aber das gehört hier wohl nicht hin und ich komme eh nicht zu Wort, denn bevor ich irgendwas antworten kann, sagt er: »Also ich fänd es echt nice, wenn du deine Anonymität aufgibst und auch auf Insta mitmischst. Bloß brauchst du irgendwas, was dich ein bisschen interessanter macht, so als Typ halt, nicht so abstrakt, das wirkt sonst schnell ein bisschen lame, irgendwie so ... hm, weiß nicht ... Kannst du irgendwas?«

Ich hab mich wohl verhört!

Was glaubt dieser kleine blasse Wicht eigentlich, wer er ist?

»Er tanzt«, sagt Kalliope schlicht.

Ich werfe ihr einen vernichtenden Blick zu.

»Hey, das ist doch was.« Er steht auf und geht hinein.

»Spinnst du?«, zische ich Kalliope zu.

»Wir brauchen die Kohle«, knurrt sie aus dem Mundwinkel.

Enno kommt zurück, stellt eine Bluetooth-Soundbox auf den Holzboden und fummelt an seinem Handy rum. Hiphopbeats rumsen aus der Box, der Boden vibriert.

»Tanz mal was«, sagt er und setzt sich wieder.

Ich starre ihn an, dann Kalliope. Meine Füße zucken und wollen es, der Rest von mir ist blanke Empörung. Enno zieht den Geldschein hinter seinem Ohr hervor und klopft damit rhythmisch auf seine Kniescheibe. Bin ich ein Tanzbär oder was? Ich habe eine verfickte P99 in meinem Hosenbund, deren Lauf ich einfach an seine Schläfe halten könnte, die hat nämlich auch eine ziemlich hohe Credibility.

Kalliope errät meine Gedanken. Sie steht auf und beginnt, sich zu den Beats zu bewegen. Sie stupst mich an und raunt mir zu: »Als ob niemand dich sehen könnte.«

Mit fließenden Bewegungen macht sie zwei, drei Schritte von mir fort, auf die freie Fläche der Terrasse hinaus, ihre Moves sind reduziert, als wären sie nach innen gerichtet, in ihren Körper hinein, sie geht in einen Freeze und verharrt einen Augenblick, bevor mit dem folgenden Beat ihre Arme und Beine explodieren. Im nächsten Augenblick bin ich bei ihr, hinter ihr, vor ihr, um sie herum, der vibrierende Boden pumpt die Energie in meine Glieder, als hätte ich völlig vergessen gehabt, dass so was wie Musik überhaupt existiert, ohne Spotify. Enno hat den Kopf schräg gelegt und guckt uns zu, das registriere ich zwar, aber ich mache es mir nicht bewusst. In meinem Bewusstsein sind wir ganz allein, Kalliope und ich, unsere Welt ist ein einziger Dancefloor, ein winziger Panic Room und eine unendliche offene Ebene zugleich, ein weiter Horizont.

Als die Musik abbricht, falle ich beinahe hin, so abwesend war ich.

Enno legt sein Handy weg und klatscht Applaus.

»Das wird was ganz Großes mit euch beiden«, sagt er.

»Absolut«, sagt Kalliope, geht auf ihn zu und pflückt den Geldschein aus seiner Hand. »Danke schon mal für das – wie sagst du? Handgeld. Fuck Off Money. Wir telefonieren.«

»Ich ruf dich an, sobald die Cyberkalypse vorbei ist«, ruft Enno uns nach, während wir schon rausgehen. Wir winken ihm noch einmal von der Treppe aus durch die gläsernen Wände zu.

Kalliope sagt: »Erinnere mich dran, dass ich meine Handynummer ändere, sobald wir wieder Netz haben.«

20.29 Uhr

Es wäre nochmals ein langer Fußweg zurück zu jener Tankstelle, an der wir heute Nachmittag die *Werbung* für Benzin gesehen haben. Aber anscheinend sind noch viele andere Leute auf die Idee gekommen, in den Treibstoff-Schwarzmarkt zu investieren. Nicht weit vom Mediapark treffen wir bereits auf einen florierenden Hinterhofverkauf. Zwei Rentner bieten Benzinkanister feil – dreißig Liter kosten hundert Euro. Angesichts der Umstände ist das noch moderat. Trotzdem liegt ein unterdrücktes Murren über der Warteschlange, die beiden alten Männer müssen sich ein paar Beschimpfungen anhören. Aber das lassen sie lächelnd über sich ergehen, denn trotzdem bezahlen alle natürlich umstandslos. Wir auch. Vier Kanister, das sollte reichen, um bis in die Bretagne zu kommen. Wie wir anschließend wieder zurückkommen, steht ebenso in den Sternen wie das, was uns dort in Saint-Malo überhaupt erwartet. Hundert Euro von unserem ertanzten Geld bleiben uns als Reserve für – was auch immer.

»Eure Masche ist echt zum Kotzen«, sagt gerade ein junger Typ, der nach uns dran ist. »Ihr nutzt die Situation schamlos aus. Ich könnte das mit meinem Job genauso machen, aber ich habe genug Ehre im Leib, um ganz normale Preise zu nehmen. Obwohl wir hier gerade die absoluten Kings sind, mit unserem Business.«

Ich mustere ihn. Er trägt eine Art Uniformjacke, darauf steht: *Express Kurier.* Und darunter sein Name: *Murat Bayraktar.*

»Hey, Bruder«, spreche ich ihn an. Eigentlich hasse ich so pseudo-communitymäßiges Gelaber, aber weil mich eine Idee durchzuckt, frage ich: »Wohin fährst du?«

»Ruhrgebiet«, sagt er ganz selbstverständlich, als sei die Anrede eine Art Code. »Über Düsseldorf. Und dann Duisburg, Essen, bis Dortmund. Warum? Soll ich für dich was mitnehmen?«

»Ja, das wär super. Was kostet ein Brief bis nach Düsseldorf? Also zum Landtag?«

»Was soll das werden«, mischt Kalliope sich ein. »Wem willst du schreiben? Doch nicht etwa dieser Solveig Sander?«

»Das wären 89 Euro«, sagt Murat. »Inklusive Mehrwertsteuer. In einer Stunde ist er beim Empfänger.«

»Spinnst du?«, fährt Kalliope mich an. »Das ist fast alles, was wir noch haben.«

»Ich kann dir hier auf die Schnelle aber keinen richtigen Zahlungsbeleg geben«, sagt Murat noch.

»Egal«, sage ich und frage laut in die Runde: »Hat hier irgendeiner was zu schreiben? Zettel und Stift oder so?«

Und zu Kalliope sage ich flüsternd: »Wir machen eine Reise ins absolut Unwägbare. Keine Ahnung, ob Olena allein ist oder eine Horde wilder Krieger um sich hat; ob die Killer nicht doch noch irgendwo stecken ... Falls uns was passiert, wird niemand jemals erfahren, was es mit Herostratos auf sich hat.«

Einer der Verkäufer reicht mir ein weißes Blatt Papier und einen Kugelschreiber.

»Ist kostenlos«, feixt er.

»Okay, ich verstehe das«, flüstert Kalliope. »Aber muss es unbedingt deine Politikerin sein? Schreib meinetwegen an deine Eltern.«

»Es muss«, sage ich. »Sie verlässt sich auf mich. Immerhin bin ich ja irgendwie in ihrem Auftrag unterwegs.«

»Ja, klar, Hintergrundscheiße, bla bla«, knurrt Kalliope und wendet sich ab, während ich in aller Eile ein paar Zeilen aufs Papier kritzle. Dass ich mit Kalliope Lisitzki unterwegs bin, dass wir nach Saint-Malo fahren, dass es so was wie eine echte Chance auf ihre Vision gibt – den Neustart des Internets. Beste Grüße Amir, fertig. Ich falte das Blatt zusammen, schreibe Solveigs Namen drauf und die Adresse des Landtags und zögere kurz. Von wegen Vision ... hatte ich nicht zu Kalliope gesagt, dass ich nicht mehr am großen Rad drehen will? Habe ich es nicht sozusagen bei Manfreds Leiche geschworen? Nein, natürlich nicht so melodramatisch. Aber irgendwie doch. Egal.

»Bist du fertig?«, fragt Murat. »Ich muss los.«

Ich reiche ihm den Zettel, zusammen mit dem Hundert-Euro-Schein. »Danke dir. Stimmt so.«

»Ich hoffe, du hast nicht vergessen, noch ein paar Herzchen draufzumalen«, knurrt Kalliope. »Hast du überhaupt keine Angst, dass irgendjemand das abfangen könnte?«

Tatsächlich muss ich einen Augenblick lang nachdenken. Bei E-Mails, WhatsApp-Nachrichten oder irgendwelchen Chats würde ich diese Frage jederzeit ohne zu zögern mit *Doch, klar* beantworten. Aber dieser einfache Fetzen Papier, von Hand beschrieben, gut verstaut in Murats Postkiste, scheint mir absolut sicher zu sein.

»Nein«, sage ich schlicht.

»Pff«, macht sie ebenso schlicht.

Wir greifen unsere Benzinkanister und laufen los.

Das ist nicht schön. Unsere Arme werden immer länger und unsere Schritte immer kürzer, bis wir an einem Supermarkt vorbeikommen und kurzentschlossen einen weiteren wertvollen Euro in einen Einkaufswagen investieren. Darin schieben wir unsere Kanister durch die halbe Stadt, bis wir irgendwann wieder vor dem Auto stehen, das natürlich niemand abschleppt hat, im Gegenteil, jetzt ist die Straße voll von geparkten Wagen. Die Fahrbahn hingegen wirkt ziemlich leer. Sicher fürchten sich die Leute vor einer weiteren Nacht voller Gewalt und haben sich zu Hause verschanzt.

Wir kippen Benzin in den Tank, werfen die Kanister in den Kofferraum und brechen auf. Als Erstes setzt sich Kalliope ans Steuer, während ich ein bisschen döse. Wir fahren der untergehenden Sonne hinterher, immer nach Westen. Auch die Autobahnen sind jetzt viel leerer, der Himmel ist klar und wird langsam dunkelblau, als wir bei Mons kurz anhalten und die Plätze tauschen. Auch in Belgien wenig Verkehr, keine Kontrollen, kein Chaos, jedenfalls nicht auf der Autobahn. Nur die Parkplätze sind überfüllt mit gestrandeten Lkw. Ohne ihre ausgeklügelten Logistikprogramme können die Speditionen und Handelsunternehmen ihre Lieferwege nicht mehr koordinieren – das alles wieder analog zu handhaben wie früher ist denen vielleicht viel zu aufwendig, es könnte Tage dauern, und alle hoffen doch schließlich, dass die Cyberkalypse bis dahin längst vorbei ist. Nicht nur, damit sich die Regale in den Supermärkten wieder füllen, sondern vor allem, um die drohende Kriegsgefahr abzuwenden.

Reste von Licht versickern hinter wallonischen Scherenschnitthügeln, wo ungefähr die belgisch-französische Grenze liegen muss. Werde ich in dreißig Jahren an diesen Sonnenuntergang zurückdenken, an diese Dämmerung, den letzten Abend vor dem Dritten Weltkrieg? Ich weiß nicht mal, welches Datum wir haben, ich hab es schon komplett vergessen, fast wie im Urlaub, weil Kalender und Termine gerade keine Rolle mehr spielen. Die letzten Meldungen, die wir vorhin im Auto gehört haben, klangen so diffus wie am Vormittag schon – alle Optionen offenhalten, bla bla. Ich frage mich, was *unsere* Optionen sind.

Kalliope lehnt neben mir im Beifahrersitz, Kopf an die Scheibe gelegt, und schläft. Kleine blaue Schilder mit zwölf goldenen Sternen kündigen die nahe Grenze an, dann sind wir plötzlich in Frankreich, was man vor allem daran merkt, dass es keine Straßenlaternen mehr gibt. Auch hier keinerlei Grenzkontrollen, das macht mir irgendwie Hoffnung. Schon vorhin, an der deutsch-belgischen Grenze, habe ich das als beruhigend empfunden, vor allem nach unseren Begegnungen mit der Bernscheider Bürgerwehr. Schilder mit dem Hinweis *Péage* kündigen die erste Mautstation der Autobahn an, ich verringere die Geschwindigkeit und sehe am Straßenrand im Lichtkegel des Wagens ein Transparent vorbeihuschen: *Bienvenue à la 6ème République.* Willkommen in der sechsten Republik.

Bis gestern galt in Frankreich noch die Verfassung der fünften Republik. Entweder hat es einen landesweiten Umsturz gegeben, von dem wir noch nichts mitbekommen haben, oder in dieser Gegend wird gerade ein Fantasiestaat gebildet. *Reichsbürger* gibt es bestimmt überall, nur heißen sie sicher anders. Die Mautstelle ist hell erleuchtet. Nicht von Scheinwerfern, sondern von Flammen, Feuertonnen sind zwischen den einzelnen Fahrspuren aufgestellt, sie erinnern mich an den Brandopferaltar vor dem Kölner Dom, den wir heute Mittag passiert haben. Davor hat sich ein kleiner Stau gebildet, Männer und Frauen in gelben Warnwesten gehen umher und kontrollieren die Wagen. Fast wie gestern Abend, bei unserer ersten Begegnung mit Vera und ihren Kameraden, oder auch bei der Polizeisperre an der Autobahnabfahrt in Köln. Fühlten wir uns nicht alle ständig vom Internet kontrolliert, überwacht, ausgeforscht? Ich muss sagen, ich bin noch nie so oft angehalten und kontrolliert worden wie während der inzwischen rund vierzig Stunden der Cyberkalypse.

Kalliope wacht auf und reibt sich die Augen.

»Wo sind wir? Was sind das für Leute?«

»Gilets jaunes«, sage ich. »Gelbwesten.«

»Die gibt es noch? Ich dachte, das wäre längst vorbei.«

»Dachten die selbst bestimmt auch«, sage ich und ordne mich ziemlich in der Mitte der zirka zehn oder elf Fahrspuren ein.

Manche der Gilet jaunes sind bewaffnet, mit Schrotflinten oder Jagdgewehren, einige haben sich mit Skimasken oder Schals vermummt. Darunter müssen sie ganz schön schwitzen, denn es ist noch immer ziemlich warm. Eine herrliche Julinacht, die man in einer Strandbar verbringen sollte und nicht am Kontrollposten einer ausgedachten sechsten französischen Republik. Die Gelbwesten gehen jeweils zu zweit von Auto zu Auto und sind noch drei oder vier Wagen von uns entfernt.

»Wie ist diesmal unsere Strategie?«, frage ich.

»Was heißt hier: *diesmal?*«, fragt Kalliope zurück. »Gestern hatten wir überhaupt keine Strategie.«

Plötzlich sind sie nur noch zwei Autos vor uns. Der eine ist ein untersetzter Typ, der einen Motorradhelm trägt, der andere ein breitschultriger Mann mit einem Fanschal des OSC Lille vor dem Mund.

»Eine Strategie zu haben, wäre ja mal ein Anfang«, sagt sie.

»Ach so«, brumme ich. »Und ich dachte, du hättest gestern eine Strategie gehabt.«

»Und welche, bitte?«

»Kooperation«, sage ich. »Man könnte es auch Unterwerfung nennen. Du erinnerst dich? Wir sind brav mit denen mitgegangen und haben uns von denen verhören lassen.«

»Du willst doch nicht behaupten, das sei meine Schuld, oder was?«, empört sich Kalliope.

Die beiden Gelbwesten kontrollieren gerade den Wagen vor uns.

»Na, von Schuld spreche ich doch gar nicht«, sage ich.

»Wer hat denn die Nerven verloren und sich von diesen Idioten provozieren lassen?«, schimpft sie.

Der Wagen vor uns gibt Gas und fährt an das Mauthäuschen heran; der Wagen vor diesem wiederum passiert gerade die Schranke. Mir fällt auf, dass Autos mit ausländischen Kennzeichen zur Seite fahren müssen, französische dürfen passieren. Ein Banner, das quer über die Mautstelle gespannt ist, fordert: *Les*

Français d'abord! – Franzosen zuerst. Damit ist vermutlich nicht nur diese Kontrollstation gemeint.

»Wer musste denn unbedingt einen auf beleidigt machen und mit dieser Terroristenwitznummer ankommen?«, schimpft Kalliope weiter.

Der Dicke mit dem Motoradhelm beugt sich zu uns herab. Sein Visier ist zwar geöffnet, trotzdem klingt seine Stimme dumpf.

»Bonsoir, Monsieur, pouvez-vous me dire …«

Ich unterbreche ihn mit einer knappen Geste und sage: »Un moment s'il vous plaît«, drehe mich wieder zu Kalliope und sage: »Das war absoluter, purer Rassismus, und wenn man einmal anfängt, so was auch nur entfernt zu tolerieren, dann …«

»Excusez-moi!«, sagt der Lille-Fan.

»Zwischen Nicht-Tolerieren und diesen Leuten deine eigene Verachtung dermaßen arrogant ins Gesicht zu sagen, während sie mit Waffen herumfuchteln, da liegt ja wohl immer noch ein Unterschied«, ruft Kalliope. »Du hast uns beide so was von reingeritten.«

Im Rückspiegel registriere ich, dass zwar weitere Autos ankommen, aber sie reihen sich in andere Fahrspuren ein. Direkt hinter uns ist alles frei. Meine rechte Hand legt sich auf den Schaltknüppel.

»Niemand hat von dir verlangt, dass du dich verbiegen sollst«, fährt Kalliope fort, »aber ein kleines bisschen Diplomatie wäre …«

»Pardon, Madame!«, poltert es aus dem Helm.

Ich lege den Rückwärtsgang ein.

»No! Stop!«

Ich trete das Gaspedal durch und der Wagen schießt mit quietschenden Reifen rückwärts aus der Fahrspur, ich dreh das

Lenkrad nach links, sodass der Wagen vorne nach rechts ausbricht, dann schmeiß ich den ersten Gang rein und drücke drauf, dass der Motor aufheult und der Wagen sich so anfühlt, als wolle er hochsteigen wie ein Pferd, und wir schießen rüber auf die ganz rechte Spur für Lkw, die gerade völlig frei ist, ich schalte hoch, Kalliope klammert sich an den Haltegriff. Den Knall, mit dem wir die Schranke durchbrechen, hören wir erst, als das Teil schon hinter uns meterhoch durch die Luft fliegt. Ein feiner Riss zieht sich über die Windschutzscheibe.

»Diese Strategie ist natürlich viel besser!«, schreit Kalliope mit einer Mischung aus Jauchzen und Entsetzen. »Wie gut, dass wir das alles ganz in Ruhe ausdiskutiert hatten!«

Schüsse fallen, aber sie klingen schon ziemlich weit weg. Trotzdem ducken wir uns instinktiv und der Wagen schlingert kurz, aber wir sind nicht getroffen. Wir richten uns wieder auf und sehen uns um. Die Mautstation mit ihren brennenden Tonnen entfernt sich, schmilzt auf einen Punkt zusammen und ist verschwunden, während der PT Cruiser weiter in die anbrechende Nacht hineinbrettert.

Kalliope kramt fahrig ihre Zigarettenpackung hervor, zündet sich ihren drittletzten Stängel an und lässt das Beifahrerfenster ein Stückchen runterfahren. Sie inhaliert tief, entspannt sich und sagt: »Du hast es echt drauf, dir Ärger zu suchen. Vielleicht hätten die uns einfach weiterfahren lassen, wenn wir ihnen unsere Ausweise gezeigt hätten.«

»Hast du nicht gesehen, dass sie alle Ausländer an der Weiterfahrt gehindert haben? Hast du das Banner nicht gesehen? Franzosen zuerst – ein Slogan der Rechtsextremen in Frankreich.«

»Ich dachte immer, diese Gelbwesten sind eher linksorientiert«, meint Kalliope.

»Vor allem sind die rückwärts orientiert«, sage ich, »jedenfalls ein großer Teil von ihnen. Sogenannte Modernitätsverlierer. Sie fühlen sich von der Globalisierung abgehängt, von der Digitalisierung überrollt – und eigentlich auch zu Recht, aber sie suchen die Schuld nicht bei der neoliberalen Politik und den globalen Konzernen, sondern bei Flüchtlingen oder Schwarzen oder Juden oder Homosexuellen ... Ich kann mir vorstellen, dass solche Leute den Zusammenbruch des Internets richtig feiern.«

»Was aber paradox ist«, meint Kalliope.

»Inwiefern?«

»Na, weil gerade diese Leute überhaupt erst durch das Internet die Möglichkeit gekriegt haben, sich Gehör zu verschaffen. Ohne diese ganzen Facebook-Gruppen und so weiter hätte sich das doch nie so hochgeschaukelt. Da gäbe es sicher keine Pegida und auch keine AfD, jedenfalls nicht in diesem Ausmaß. Sag mal, hast du auch so 'n Hunger?«

Aus dem Dunkel taucht Werbung für einen *Autogrill* auf, ich sehe unwillkürlich einen saftigen Hamburger vor mir und merke, dass ich tatsächlich auch sehr hungrig bin.

»Ja«, sage ich, »ich hoffe bloß, dass die Raststätte noch nicht von der sechsten Republik annektiert wurde.«

Doch als wir vor dem Autobahnrestaurant parken, ist von Gelbwesten nichts zu sehen. Die Tankstelle ist geschlossen wie alle Tankstellen, an denen wir bisher vorbeigekommen sind, aber das Restaurant hat geöffnet und ist trotz der späten Stunde gut besucht. Kurz überlege ich, die Pistole aus dem Handschuhfach zu holen und vorsichtshalber mit hineinzunehmen, aber das lasse ich doch lieber bleiben, hier wirkt nichts bedrohlich. Auf der Treppe empfangen uns zwar drei grimmig dreinblickende, muskelbepackte Kerle, die offensichtlich als eine Art Türsteher fungieren, aber nachdem sie uns rasch mit den Augen gemustert haben, grüßen sie freundlich und lassen uns eintreten. Wir investieren unser letztes Bargeld in Burger und eine riesen Portion Fritten sowie mehrere Tassen Kaffee und ich versuche mich bei der Bedienung nach der Lage im Land zu erkundigen, indem ich möglichst beiläufig die Gilets jaunes von vorhin erwähne.

Das ganze Land sei ein einziges Chaos, berichtet die Frau, an vielen Orten hätten seltsame Gruppierungen versucht, die lokale Macht an sich zu reißen, manche mit Erfolg, aber ihre Ziele seien unklar, den meisten reiche es wohl schon, wenn sie mal einem Bürgermeister ins Gesicht spucken könnten – sofern ich das jetzt richtig verstanden habe. Wir sollten bloß einen großen Bogen um Paris machen, da sei die Armee im Einsatz, es gebe Straßenkämpfe. Ich versichere, dass wir einen Bogen um Paris machen.

Dann setze ich mich zu Kalliope an den Tisch.

»Was tun wir eigentlich, wenn wir Olena gefunden haben?«, fragt sie mich. »Wir zwingen sie, das Internet wieder hochfahren zu lassen – also beziehungsweise ihren Herostratos abzuschalten. Und dann?«

»Weiter habe ich nicht gedacht«, sage ich. »Immerhin müssen wir sie erst mal so weit kriegen, dass sie es tut. Falls wir sie überhaupt finden.«

Ich seufze, ziehe mein Handy aus der Hosentasche und bemerke, dass ich diese Alltagsgeste seit vielen Stunden zum ersten Mal mache. Meine Hand hat sich erstaunlich schnell daran gewöhnt, dass es keine Neuigkeiten mehr zu checken gibt, keine Mails, nichts über WhatsApp oder Threema oder Facebook-Messenger, keine Push-Nachrichten, Updates, keine News, keine Likes oder Kommentare. Ich wische über den Bildschirm. Kein Netz. Natürlich nicht.

»Ich will das Internet auch zurück«, sage ich. »Es fehlt mir ganz entsetzlich. Ich fühle mich, als wäre die Welt plötzlich schwarzweiß geworden oder zweidimensional oder irgendwie so – halt, als hätte man uns einen unserer Sinne geraubt. Ich will es wiederhaben, bloß ohne die ganze Scheiße wie Fake News, Cybermobbing, Überwachung … «

»Die Ära Habakuk«, sagt Kalliope, es klingt ein wenig spöttisch. »Das neue Internetzeitalter. Ich dachte, von dem Gedanken hattest du dich verabschiedet?«

»Ja, für jetzt. Aber ist das denn langfristig so utopisch?« Mir geht diese Formulierung von Solveig durch den Kopf. »Die Menschheit hätte die Chance, mit dem Internet noch mal ganz von vorn anzufangen. Ein Art Stunde null. Wie 1945.«

»Jetzt überdrehst du dein großes Rad aber ziemlich«, meint Kalliope, kaut auf einer Pommes und sagt: »Du wolltest es einfach nur anhalten. Schon vergessen? Mir persönlich würde schon reichen, dass ich selber noch mal von vorn denke. Ist dir bei unserem Treffen mit Enno eigentlich auch aufgefallen, dass er ständig Authentizität mit Ironie gleichgesetzt hat? Da stimmt doch was nicht.«

»Nee«, sage ich, »bei dem stimmte sowieso ganz gewaltig was nicht. Und er wird nach dem Ende der Cyberkalypse auch noch mal ganz von vorn denken. Aber ich glaube nicht, dass mir das gefallen würde, was er vorhat. Die Welt, von der seine Zukunftsvision handelt, ist ein absoluter Albtraum für mich. Und genau darum geht es doch – dafür zu sorgen, dass solche Irrwege nicht wiederholt werden. Es gibt genug Ideen dafür, wie man die Macht der großen Konzerne brechen könnte. Die Kommerzialisierung zurückdrehen. Privatsphäre schützen. Teilhabe ermöglichen, all das. Allein auf deinem Blog – Habakuks Blog – findet man eine Anleitung dafür.«

Sie sieht mich an und kaut, schluckt und fragt: »Was wirst

du ganz persönlich denn anders machen, wenn das Netz zurück ist?«

»Es geht doch nicht um mich«, gebe ich zurück. »Ist dir eigentlich klar, dass Olena in diesem Augenblick die mächtigste Person der Welt ist? Die einflussreichste? Die größte Influencerin, die es jemals gab? Sie hat es in der Hand, das Internet an- oder abzuschalten. Wie viel Gutes könnte man mit dieser Machtfülle tun. Und wie viel Böses.«

»Sicherlich.« Sie wischt sich mit der Serviette über den Mund. »Aber mit so einer Fantasie kann ich ehrlich gesagt wenig anfangen. Das Gute, das Böse – was ist das denn konkret? Was heißt das für den einzelnen Menschen?«

»Na, dass …« Ich muss überlegen.

Kalliope sagt: »Das Internet zu verändern bringt überhaupt nichts, wenn wir uns selbst nicht verändern. Das Netz ist ein Medium, nichts weiter. Du denkst, ein gutes Internet könnte die Menschheit irgendwie … besser machen. Aber es funktioniert nur umgekehrt. Fang am besten bei dir selbst an.«

Ich versuche ja mir vorzustellen, wie es für mich weitergehen könnte nach dem Ende der Cyberkalypse. Aber ich kriege kein richtiges Bild davon. Könnte auch daran liegen, dass ich in Kalliopes Augen noch eine andere Frage zu sehen glaube.

Wie es nach der Cyberkalypse mit *uns* weitergeht.

Statt einer Antwort greife ich nach ihrer Hand. Da lächelt sie, beugt sich vor und drückt mir einen Kuss auf den Mund.

»Eins nach dem anderen«, sagt sie.

Und meint damit das Internet und die Menschheit. Und sich und mich.

11

05.47 Uhr

Identität ist eine vertrackte Sache. Ein Mitschüler hat mich mal gefragt, ob ich mich eigentlich auch für den Holocaust verantwortlich fühle, ich sei ja schließlich Deutscher, wenn auch meine Eltern aus Tunesien kämen. Ich habe die Stirn gerunzelt und gemeint, dass niemand von uns irgendeine Schuld hat, egal, wer seine Vorfahren sind, schließlich sind wir alle Jahrzehnte danach geboren. Aber dass wir alle eine Verantwortung dafür haben, dass das niemals wieder passiert. Selbst in Grönland oder Honolulu. Das hat ihm aber nicht gereicht. Ihm ging es irgendwie darum, dass seine Urgroßeltern eben auch schon Deutsche waren und zur Nazizeit gelebt haben, vielleicht als Täter oder Mitläufer oder Weggucker, und meine eben nicht. Ich weiß ehrlich gesagt nicht, was meine Urgroßeltern während des Zweiten Weltkrieges gemacht haben. Tunesien wurde damals von einer faschistischen französischen Partei beherrscht, die mit den Nazis im besetzten Frankreich kooperierte. Vielleicht waren meine Vorfahren auch Täter oder Mitläufer oder Weggucker. Solange wir uns gegenseitig in Schubladen stecken, wird es eh niemals aufhören. Oder solange wir Mauern bauen. Schutzwälle. Wir lieben Wälle. Brandmauern. Firewalls. Paywalls. Bezahlschranken. Antifaschistischer Schutzwall. Atlantikwall. So irrsinnig wie die Idee, man könne die Sehnsucht der Menschen nach Freiheit hinter dem Eisernen Vorhang wegsperren, so irrsinnig war der Plan, ganz Europa mit einer endlosen Kette von Bunkern gegen die Invasion der Alliierten zu verteidigen.

Sie werfen lange Schatten, diese Bunker, obwohl sie nur knapp aus den Dünen hervorlugen. Strandgras weht über ihren Betondächern. Die Schatten fallen nach Westen, den steilen Abhang hinab, wo das Meer gegen die Felsen brandet, denn im Osten schiebt sich die Sonne über den Horizont. Wer jetzt angreifen würde, müsste im Gegenlicht angreifen, keine gute Ausgangslage. Aber wir kommen ja nicht von der Seeseite, wir kommen aus dem Landesinnern, mit dem Licht im Rücken, wir sind im Schritttempo durch das schlafende Saint-Malo gefahren, während hinter uns der Himmel langsam von schwarz zu blau zu wechseln begann. Keine Gelbwesten, kein Chaos. Unser Ziel ist eine felsige Halbinsel, die draußen vor der Stadt weit ins Meer ragt. Auf einem Parkplatz haben wir angehalten. Ich habe die P99 aus dem Handschuhfach genommen und wieder in meinen Hosenbund am Rücken geschoben, es ist beinahe schon ein vertrautes Gefühl, als hätte es mir während der letzten Stunden gefehlt, diesen Stahl dort zu spüren. Wir wissen nicht, wie viele Bunkeranlagen es hier rund um diese kleine Stadt überhaupt gibt, geschweige denn, ob Olena sich wirklich einen dieser verwitterten Betonklötze als Refugium ausgesucht hat und nicht ein süßes kleines Hotel mit Blick auf den Hafen. Wir können es aber herauskriegen. Schweigend passieren wir ein Schild mit der Aufschrift *Site naturel protégé* und steigen über den niedrigen Zaun, der die Natur vor Wanderern und Neugierigen schützen soll, bevor wir uns einem Ensemble von ineinander verschachtelten Bunkern nähern. Ihre Betonhaut ist von Narben übersät, Spuren der damaligen Kämpfe und Spuren vom Zahn der Zeit, der Stahl eines völlig verrosteten Geschützturms trägt verschlungene Graffiti. Ich höre die rollende Brandung und schmecke Salz und Tang in der Luft, wie es sicher die deutschen Soldaten vor über fünfundsiebzig Jahren auch gehört und geschmeckt haben, als sie hier mit ihren Maschinengewehren lauerten und den Angriff des Feindes erwarteten. Was haben sie gedacht? Dass sie ihre Heimat verteidigen, ihre Frauen und Kinder? War ihnen nicht bewusst, dass mit jedem Tag, den sie die Angreifer aufhielten, tausende Menschen mehr ins Gas geschickt, in die Gruben geworfen, in die Verbrennungsöfen geschoben wurden? Dass sie ihr junges Leben hingaben, um das größte Verbrechen der Geschichte um noch einen Tag zu verlängern und noch einen und noch einen? Es ging dem Nationalsozialismus doch im Kern nicht um Volk und Heimat und so Zeugs, sie wollten nichts bewahren oder gestalten, sie wollten vernichten. Der absolute Nihilismus. Tod und Zerstörung als Selbstzweck.

Ich glaube, dass Tod und Zerstörung immer das Ergebnis sind, wenn zu viel Macht in wenigen Händen konzentriert wird, vielleicht sogar in einer einzigen. Gestalten, entwickeln, aufbauen, das können nur die vielen, das geht nur im Plural. Pluralistisch. Kein Alleinherrscher kann Pluralismus fördern, selbst wenn er wollte. Es gibt nicht den guten Diktator, hat es nie gegeben, wird es nie. Das gilt auch im Internet. Von wegen Gut und Böse … Durch Machtkonzentration verschwinden Freiheit und Vielfalt, egal ob mit Absicht oder aus Versehen. Und selbst wenn Olena Doroschenko die allerbesten Absichten hat – es ist eine Geiselnahme, eine Freiheitsberaubung und sie muss damit aufhören. Große Räder haben sich genug gedreht.

Die Bunker haben niedrige Eingänge und enge Fenster wie Schießscharten. Manche sind zugemauert und ebenfalls von Graffiti überzogen, andere bloß vergittert. Man kann hineinspähen, aber außer Resten von Bierflaschen deutet im Innern nichts auf die Anwesenheit von Menschen hin.

»Hier ist niemand«, stelle ich fest.

»Lass uns an den Klippen schauen«, sagt Kalliope.

Wir laufen am felsigen Abhang entlang, der sich ab und an zu einer kleinen Bucht mit einem verführerischen Sandstrand öffnet, aber zum Baden wäre es zu kalt, selbst wenn wir nicht in welthistorischer Mission unterwegs wären. Es hat merklich abgekühlt, die Sommerhitze hat sich im Laufe der Nacht verflüchtigt. Über unseren Köpfen kreisen Möwen, zehn Meter unter uns klatschen die Atlantikwellen gegen die Klippe. Ich sehe den Bunker erst, als Kalliope draufzeigt.

»Da, schau.«

Sie hat geflüstert.

Etwa dreißig Meter vor uns krallt sich eine verwitterte Betonformation in den Fels, die Fensterspalte gehen aufs Meer hinaus. Nach ein paar Schritten stoßen wir auf einen schmalen Pfad zwischen Gräsern und Sträuchern, der sich zur Felskante schlängelt und von dort dicht am Hang entlang steil abwärts führt. Kalliope geht voran, ich folge ihr, eine Hand auf dem Rücken, an der Waffe. Ein Stein löst sich, poltert abwärts, wir halten inne, der Stein platscht entfernt ins Wasser. Nichts rührt sich, wir sehen uns um. Vor uns, hinter uns, über uns ist niemand außer den Möwen, die sich nicht für uns interessieren. Wir steigen weiter hinab, bis der Pfad um einen vorspringenden Felsen biegt und sich dahinter etwas verbreitert. Da ist eine Holztür seitlich in den Bunker eingelassen.

Kalliope klopft an. Keine Reaktion. Sie drückt gegen die Tür und die Tür schwingt auf. Wie bei Jessica Morena. Laut Marx geschieht alles zweimal, geht es mir durch den Kopf – zuerst als Tragödie, dann als Farce. Ich erwarte eine dunkle, leere Betonhöhle, in der wir vielleicht ein paar Ratten aufscheuchen. Stattdessen riecht es nach Kaffee.

Das Innere des Bunkers ist viel größer, als man von außen meint, er ist ein ganzes Stück in den Felsen hineingebaut. Das Interieur erinnert fast an Manfreds Blockhaus – die vielen Konservendosen, dazu Wasserkanister. Ein Feldbett, ein großer Campingtisch, darauf Tastatur und Bildschirm (ausgeschaltet), unter dem Tisch steht ein wuchtiger Turm von Computer, winzige Lichter blinken. Ein seltener Anblick, seit alle Welt nur noch Laptops benutzt. Sieht wie ein Server aus. In einer Ecke brummt ein Stromgenerator, daneben stehen Benzinkanister. Niemand ist hier, aber wer immer den Kaffee gekocht hat, kann noch nicht lange fort sein, denn auf einem kleinen Klapptisch steht neben allerlei anderem Küchengerät ein kleiner Gaskocher, darauf eine Espressokanne, und die dampft vor sich hin.

»Wir haben uns nicht geirrt«, murmle ich.

»Nein«, flüstert Kalliope.

Ich gehe zu dem Kocher und öffne den Deckel der Espressokanne, als könne das schwarze, dampfende Gebräu all meine Fragen beantworten. Dann gehe ich zum Schreibtisch hinüber und tippe testweise auf die Tastatur. Der Bildschirm bleibt schwarz.

»Ist er das?«, frage ich, fast mit einem Hauch Ehrfrucht. »Herostratos? Beziehungsweise der Server, der ihn kontrolliert?«

»Fass lieber nichts an«, sagt Kalliope.

Ich öffne eine Schublade am Schreibtisch. Notizbücher, Nähzeug, Taschenmesser, ein rechteckiges schwarzes Metallkästchen, durch einen schmalen Spalt sieht man im Inneren etwas wie eine Perlenkette funkeln. Aber es sind keine Perlen, sondern Patronen, das Kästchen ist das Magazin einer Pistole, so ähnlich wie die in meinem Hosenbund. Ich lege es zurück und hole eine kleine durchsichtige Tüte hervor. Darin befindet sich eine Spritze. Igitt, wie ich Spritzen hasse! Die Kanüle kommt mir ungewöhnlich dick vor. Außerdem birgt die Tüte ein weiteres Tütchen, darin liegt eine winzige längliche Kapsel, die vermutlich genau in die Kanüle der Spritze passt.

»Oh Shit«, sage ich. »Keine Ahnung, was das für eine Droge sein könnte, aber wer sich so was spritzt, hat vermutlich echt Probleme.«

Kalliope kommt zu mir, fischt das kleine Tütchen heraus und hält es gegen das Licht, das durch eine der schmalen Fensteröffnungen hereinfällt. Jetzt sehe ich, dass die Kapsel aus Glas ist, und darin befindet sich eine winzige Spule, in der eine ebenso winzige Platine steckt – oder was auch immer.

»Das ist keine Droge«, sagt Kalliope.

»Da wäre ich inzwischen auch draufgekommen. Aber was zur Hölle ist es dann?«

»Ein RFID-Chip.«

»Warte – ist das nicht so was, was man Haustieren unter die Haut pflanzt, damit man sie orten kann?«

»Richtig. Und Menschen auch. Ich hab da mal drüber gelesen. Du kannst dir so einen Chip in die Hand spritzen und damit dann Daten übertragen. Zum Beispiel deine Visitenkarte auf ein anderes Handy. Oder auch deine Tür öffnen, wenn da ein entsprechender Empfänger eingebaut ist. Angeblich soll man damit in Zukunft alles Mögliche machen können: bargeldlos bezahlen, das Auto starten, generell seine Identität nachweisen.«

»Was will Olena mit so einem Chip?«

»Gute Frage.«

Sie legt die Tüte zurück und schließt die Schublade, und ich denke, warum quietscht das so? Aber das Geräusch kommt nicht von der Schublade, sondern von der Tür. Wir fahren herum.

»Hands up!«

Olena ist klein und drahtig, wie Manfred sie beschrieben hat, sie trägt ein leichtes Sommerkleid und eine eindrucksvolle Pistole in beiden Händen, mit der sie auf mich zielt. Kalliope streckt die Arme hoch, ich lasse zögernd meine Pistole los, nach der ich gegriffen habe (inzwischen tue ich das schon ganz instinktiv) und mache es ihr nach.

»Qui êtes-vous? Who are you?«

»Sind Sie Olena Doroschenko?«, frage ich. »Wir sind Freunde von Manfred Morena.«

»Woher kennt ihr Manfred?«

»Können wir erst die Hände runternehmen?«

»Kommt drauf an, was ihr mir zu sagen habt.«

Zum zweiten Mal spulen wir unsere Geschichte ab und überbringen die Todesnachricht nach seiner Frau nun auch seiner Geliebten. Meine Arme werden schwer.

Als sie versteht, dass Manfred nicht mehr lebt, zuckt etwas in ihrem Gesicht, aber ganz unmerklich. Sie hört uns zu, die Pistole auf mich gerichtet, bis ich sage: »Das ist alles. Können wir bitte die Hände runternehmen?«

»Seid ihr bewaffnet?«, fragt sie.

Fast will ich diese Frage empört zurückweisen. Ich meine – wir sind ein Student und eine Influencerin, wieso sollten wir bewaffnet sein? Absurderweise sind wir es aber tatsächlich, jedenfalls ich. Ganz langsam, wie man es in Filmen sieht, ziehe ich die P99 am Lauf aus dem Hosenbund, gehe in die Hocke und lege sie behutsam auf den Boden.

»Und du?«

Sie richtet ihre Pistole auf Kalliope.

»Ich hasse Waffen«, knurrt sie.

»Na gut.« Olena bückt sich, nimmt die P99 auf und legt sie aufs Bett, das neben der Tür steht.

Erleichtert lassen Kalliope und ich die Arme sinken.

»Entschuldigt, aber man muss sich den Umständen anpassen«, sagt Olena. »A la guerre comme à la guerre, wie die Franzosen sagen.«

»Krieg? Genau darum sind wir hier«, sage ich. »Eben damit es keinen Krieg gibt. Hast du in den letzten Tagen mal Nachrichten gehört?«

»Ja, leider.« Sie legt ihre Pistole auf den kleinen Klapptisch, nimmt eine Blechtasse und gießt Kaffee ein. »Die ganze Geschichte ist etwas außer Kontrolle geraten. Herostratos ist viel mächtiger, als wir es uns jemals erträumt haben.« Sie trinkt einen Schluck und hält uns die Tasse hin. »Möchte jemand? Ich habe leider nur diese eine, ich war nicht auf Besuch eingerichtet, muss ich zugeben.«

»Danke.« Kalliope nimmt die Tasse und nippt an dem heißen Kaffee.

»Was war denn euer Traum?«, frage ich.

»Wir wollten der Welt einen kleinen Schreck einjagen. Ein paar Börsen abstürzen lassen. Amazon lahmlegen. Dieses wahnsinnige Überwachungssystem in China aus dem Takt bringen. Ein bisschen Sand ins Getriebe werfen. Aber aus dem Sand sind Felsbrocken geworden.«

Kalliope reicht mir die Tasse und sagt zu Olena: »Umso wichtiger, dass du Herostratos abschaltest.«

»Wieso glaubt ihr, dass ich das kann?«

»Weil du eine Hintertür eingebaut hast«, sage ich und nehme auch einen Schluck. Der Kaffee schmeckt und tut richtig gut. »Manfred hat die Malware analysiert und herausgefunden, dass der Trojaner sich wohl nicht wie geplant von selbst abschalten wird.« Ich reiche den Kaffee an Olena weiter. Wie wir hier die Tasse kreisen lassen, das ist ein bisschen so, als würden wir Friedenspfeife rauchen.

»Manfred hat ihn analysiert?« Olena trinkt und schaut kurz versonnen an die Decke. »Er hatte echt was drauf.«

»Ich frage mich bloß«, sagt Kalliope, »warum du das getan hast? Warum hast du deine Freunde von diesem Globalen Komitee so hintergangen? Weil du ganz allein die Kontrolle über alles haben wolltest? Über das ganze Internet?«

»Hintergangen …«, wiederholt Olena. »Eher geschützt, würde ich sagen. Kurz vor dem Start von Herostratos habe ich herausgefunden, dass unser Komitee infiltriert worden ist. Von westlichen Geheimdiensten. Ich wollte verhindern, dass jemand Herostratos zerstört, bevor es überhaupt erst losgeht. Da habe ich alles auf eine Karte gesetzt, um die ganze Kontrolle über ihn zu gewinnen. So sagt man doch? Eine deutsche Redewendung, nicht wahr? Alles auf eine Karte setzen. Im wahrsten Sinne des Wortes.«

»Versteh ich nicht«, sage ich.

»Der Chip«, ruft Kalliope. »Wir haben diesen RFID-Chip in der Schublade gesehen. Und die Spritze. Sorry – wir haben ein bisschen geschnüffelt.«

»Nicht schlimm«, meint Olena und grinst. »Dieser Chip in der Schublade ist leer, ich hatte mir bloß einen zweiten als Reserve besorgt, falls mit dem ersten irgendwas nicht klappt. Aber es *hat* geklappt.«

»Was hat geklappt?«, frage ich.

Olena hält ihre linke Hand hoch und deutet mit der Rechten auf die Haut zwischen Daumen und Zeigefinger.

»Da sitzt der Chip«, sagt sie, »mit dem ich mich an dem Command-and-Control-Server anmelde.«

»Das Ding da?« Ich zeige auf den Turm unter dem großen Tisch. »Damit kontrollierst du Herostratos?«

»Theoretisch. Ich weiß ehrlich gesagt nicht, ob ich überhaupt noch zu ihm durchkomme, nach alledem, was er angerichtet hat.«

»Dann finde es heraus!«, sage ich und bemerke, wie ein Teil meines Gehirns die Abstände zwischen mir und ihr sowie zwischen ihrer Pistole auf dem Tisch und meiner P99 auf dem Bett berechnet. Würde ich im Zweifel Gewalt anwenden? »Schalte ihn ab«, wiederhole ich.

»Mit Gewalt würdest du nichts erreichen.« Olena lächelt. Sie hat meine Gedanken erraten. »Ich habe den Chip so modifiziert, dass er meine Körperfunktionen wahrnimmt – den Puls, die Temperatur und so weiter. Und *solange* er sie wahrnimmt, bleibt alles, wie es ist. Falls mir aber was passiert, also falls ich sterbe, löscht sich meine Anmelde-ID auf dem Chip. Dann kann sich niemand mehr in den Server einloggen und an Herostratos herankommen.«

»Was heißt das?«, frage ich. »Wird dann das Internet für immer zerstört sein? Also – muss man es dann komplett neu aufbauen?«

»So ähnlich. Es wird zumindest Monate dauern, wenn nicht Jahre, den Trojaner zu isolieren und die betroffenen Systeme zu reparieren. Da wäre es vielleicht wirklich am besten, alles noch mal ganz von vorn aufzubauen.«

Komisch. Sie sagt genau die Worte, die mir die ganze Zeit im Kopf herumgegangen sind. Hatte ich nicht vorgestern Abend noch getönt, ich würde mich am liebsten mit ihr verbünden? Und nun steht Olena vor mir, die all das als eine echte, reale Möglichkeit verkörpert – und ich finde es nur noch absurd.

Kalliope sagt: »Du hast also das ganze Internet in deiner Hand. Und nicht nur im übertragenen Sinn. Sondern ganz physisch.« Sie wirft mir einen Blick zu und ich bin mir nicht sicher, ob sie Olena für größenwahnsinnig und durchgeknallt hält oder …

vielmehr bewundert? Vielleicht beides. »Du hast die ganze Macht in deiner Hand, Olena«, fährt sie fort. »Was wirst du damit anfangen?«

»Ich …«, beginnt Olena, da erhebt sich irgendwo ein leises Wummern. Fast wie die steinalte Waschmaschine meiner Bochumer WG im Schleudergang. Das Wummern kommt näher und ist natürlich keine Waschmaschine. Wir stürzen alle drei zum Fenster und sehen den Hubschrauber, der knapp über den Wellen einen Halbkreis fliegt, dann hochzieht und über unseren Köpfen verschwindet. Aber der Lärm ebbt nicht ab, sondern wird zu einem Kreischen, als ob der Hubschrauber ganz in der Nähe zur Landung ansetzt.

»Wen habt ihr da mitgebracht?«, zischt Olena und nimmt sofort wieder ihre Pistole an sich.

»Niemanden«, ruft Kalliope und sieht mich bestürzt an. »Wer kann das sein?«

Olena öffnet die Tür.

»Wohin gehst du?«, frage ich.

»Ich muss sehen, wer da noch alles ungebeten zu Besuch kommt«, knurrt sie.

»Wir gehen mit«, sagt Kalliope entschlossen.

Ich will die P99 wieder an mich nehmen, aber Olena sagt scharf: »Liegen lassen. Falls ihr mich reingelegt habt …«

»Nein, wir wissen echt nicht, wer das ist«, beharre ich.

Aber ich lasse die Waffe zurück, schlage nur die Bettdecke darüber. Sie muss ja nicht so offen hier herumliegen. Dann folge ich Olena und Kalliope nach draußen.

Geduckt huschen wir auf dem Pfad die Klippe hinauf und sehen den Hubschrauber etwa hundert Meter entfernt, er steht dort im Gras, die Rotorblätter drehen sich noch. Im Schutz der Büsche schleichen wir zur nächsten Bunkeranlage, wo wir hinter dem Geschützturm in Deckung gehen, und spähen rüber. Drei Personen springen aus dem Hubschrauber, sie tragen Pilotenhelme, aber man erkennt, dass es sich um zwei Männer und eine Frau handelt. Und die Frau kommt mir ... bekannt vor, wie sie sich bewegt, ihre sehnige Gestalt. Sie nimmt den Helm ab.

»Solveig?«, rufe ich ungläubig, und bevor ich nachdenken kann, bin ich schon aufgesprungen und laufe auf sie zu. Sie hört mich nicht im Lärm des Hubschraubers, aber dann dreht sie sich um, erkennt mich und winkt, das ist ja verrückt, denke ich noch, sie hat meine Nachricht tatsächlich gekriegt und irgendwie diesen Hubschrauber organisiert, um zu uns zu stoßen, und in dem Augenblick nehmen auch ihre beiden Begleiter ihre Helme ab und ziehen ihre Pistolen und sind Schnauzbart und Anorakmann.

Ich bremse so abrupt, dass ich stolpere und beinahe stürze, und durch meinen Kopf strudeln Wörter und Bilder und passen nicht zusammen ... wie nur sind die Killer auf Solveig gekommen und auf meine Nachricht? Olena und Kalliope müssen in Deckung bleiben, ich darf mich nicht zu ihnen umdrehen, um die Killer nicht auf sie aufmerksam zu machen, aber ich tue es unwillkürlich doch und sehe, wie beide Frauen mit erhobenen Händen hinter dem Geschützturm hervor und auf mich zukommen, hinter ihnen geht ein Mann im Anzug, zwei Pistolen im Anschlag – Olenas und vermutlich seine eigene. Er muss aus Richtung des Parkplatzes gekommen sein, ohne dass wir ihn bemerkt haben. Der Rotorenlärm steigert sich noch mal, dann hebt der Hubschrauber wie in Zeitlupe ab. Und wie in Zeitlupe kommen alle auf mich zu, Olena und Kalliope und der Anzugträger von der einen, die beiden Killer mit Solveig von der anderen Seite. Der Hubschrauber gewinnt an Höhe, dreht ab und fliegt davon, während wir auf dieser Klippe einen dramatischen Kreis bilden, als wäre das eine Personenaufstellung, eine Versuchsanordnung.

»Entschuldigen Sie, dass wir so unangekündigt hier erscheinen«, sagt der Mann im Anzug. Sein Akzent ist unverkennbar amerikanisch. Mit der Pistole in seiner Rechten dirigiert er Olena und Kalliope zu mir und ich drehe mich im Kreis und sehe Solveig fragend an. Ich erwarte, dass sie sich auch zu uns stellt, aber das tut sie nicht, sie bleibt zwischen Schnauzbart und Anorakmann stehen.

»Lassen Sie Frau Sander gehen«, rufe ich den Killern zu, sinnlos, denn die können ja kein Deutsch. »Sie hat nichts mit der ganzen Sache zu tun!«

»Doch, Amir«, widerspricht Solveig, »ich befürchte, ich habe sehr viel damit zu tun.«

Der Hubschrauberlärm ist fort und der Wind trägt Solveigs Worte zu mir, lässt sie mit den ganzen ungesagten anderen Wörtern im Kreis strudeln – was ist das hier?

»Wie unhöflich von mir«, sagt da der Amerikaner, ich fahre zu ihm herum. »Ich sollte mich vorstellen. Mein Name ist Miller, ich arbeite für die Administration der Vereinigten Staaten. Das sind Herr Osmond, der im Auftrag der kanadischen Regierung hier ist«, er nickt zu Schauzbart hinüber, dann zu Anorakmann, »und Herr McNally, der die Regierung des Vereinigten Königsreiches vertritt.« Dieser harte Akzent – natürlich, Anorakmann ist Schotte. Er wirft Kalliope einen bösen Blick zu. Vermutlich tun seine Eier immer noch weh.

Sie erwidert seinen Blick voller Hass und ruft: »You killed Manfred! You bastards!«

»Collataral damage«, brummt Anorakmann aka McNally.

»Wen Frau Sander vertritt«, fährt Miller fort, »kann sie sicher selbst besser erklären.«

Ich drehe mich wieder um und starre Solveig an.

»Es tut mir wirklich sehr leid, Amir, dass ich dich mit hineingezogen habe«, sagt Solveig. »Aber vielleicht hättest du an meiner Stelle genauso entschieden.«

»Was entschieden?«

»Du weißt, dass ich Manfred Morena auf einer Tagung kennengelernt habe«, sagt Solveig. »Wenig später tauchte Herr Miller bei mir auf. Er und seine Kollegen wussten bereits vom Globalen Komitee und auch von Ihnen, Frau Doroschenko, aber die Herren hatten keinen Anhaltspunkt, um Sie zu finden. Außer einem, nämlich Manfred Morena. Sie wussten, dass Morena sich mit Ihnen, Frau Doroschenko, in Kiew getroffen hatte. Aber auch Morena war plötzlich von ihrem Radar verschwunden. Sie dachten, ich könnte sie zu ihm führen, aber ich hatte selber auch keine Möglichkeit, ihn zu kontaktieren, er hat sich immer nur bei mir gemeldet. Und damit warst du, Amir, auf einmal das Bindeglied. Ich habe den Herren die Information gegeben, dass du dich mit Habakuk treffen wolltest und wann und wo. Der Plan war, dich unter Stress zu setzen, in der Hoffnung, dass du in Panik gerätst und Kontakt zu Morena aufnimmst. Genauso kam es ja auch. Dann bist du irgendwie an Frau Lisitzky geraten.« Solveig streift Kalliope mit einem abschätzigen Blick. »Osmond und McNally konnten nicht nur dich verwanzen, sondern später auch euren Wagen. Dass Manfred Morena getötet wurde, ist ein schrecklicher Fehler, das habe ich den beiden hier auch schon gesagt. Sie hatten anschließend eine unschöne Begegnung mit der Bundeswehr, aber das ging für alle glimpflich aus. Deine Spur hatten sie leider verloren. Zum Glück hast du mir dann diesen Zettel zukommen lassen. Das war sehr pfiffig von dir.«

»Pfiffig!« Ich schnappe nach Luft. »Wie … wie haben sie dich gezwungen, Kalliope und mich zu verraten?«

»Verrat ist ein hartes Wort«, sagt Solveig, »auch wenn ich verstehe, dass es sich für dich so anfühlt. Ich bin aber nicht gezwungen worden. Die Herren haben mir ein Angebot gemacht. So eine Chance gibt es nur einmal im Leben. Ach was – einmal in *hundert* Leben. Vielleicht hast du schon mal von den Five Eyes gehört. So nennt man einen Verbund von angelsächsischen Geheimdiensten. USA und Großbritannien, Kanada, Australien und Neuseeland. Diese fünf Regierungen jagen Herostratos. Die Bundesrepublik gehört nicht dazu. Aber da die Herren auf meine Mitarbeit angewiesen sind, bin ich quasi persönlich dem Verbund beigetreten. Es war ein Deal – ich sage ihnen, was sie wissen müssen, dafür lassen sie mich mitspielen.«

»Wie – beigetreten? Wobei mitspielen?«

Je mehr Solveig sagt, desto weniger kapiere ich.

»Sie wollen Ihren Anteil am Ruhm«, sagt Kalliope kühl. Sie legt den Kopf schräg und wirft ihre Locke aus der Stirn. »Nicht wahr, Frau Sander? Wenn heute Mittag auf allen Nachrichtenkanälen der Welt gemeldet wird, dass Herostratos gefunden und neutralisiert worden ist, wird man Ihr Gesicht auf den Bildschirmen sehen.«

»Das ist leider ein Missverständnis«, erwidert Solveig. »Wir sind nicht hier, um Herostratos abzuschalten.«

»Das wäre viel zu schade«, meldet sich Miller wieder zu Wort und wendet sich an Olena, die das ganze Gespräch mit verschränkten Armen und eisiger Miene verfolgt hat. »Wo Sie und Ihre Freunde sich doch so viel Mühe gemacht haben, diesen Trojaner zu entwickeln. Wir möchten ihn kaufen.«

»Hallo?« Wieder schnappe ich nach Luft.

»Nennen Sie Ihren Preis«, sagt Miller. »Was immer Sie möchten, Frau Doroschenko – mein Präsident hat mir Carte blanche gegeben. Sie überlassen uns den Zugang zu Herostratos und sind auf einen Schlag die reichste Frau der Welt. Überlegen Sie – was wollten Sie immer schon gerne mal kaufen? Einen Flugzeugträger? Eine Insel? Die amerikanische Football-Liga? Sie könnten auch in die kommerzielle Raumfahrt einsteigen … Ihre Möglichkeiten sind nicht limitiert.«

Olena fixiert Miller lange. Dann sagt sie: »Danke. Ich bin nicht interessiert.«

»That's truly sad«, sagt Miller, »she's not interested.« Er spricht zu Schnauzbart-Osmond und Anorak-McNally, die bisher wie Wachsfiguren dagestanden und das Gespräch auf Deutsch unbewegt angehört haben.

»Very sad indeed«, meint Anorakmann und glotzt Olena an. »Where is the server? Your command and control server?«

Olena breitet die Arme aus und sagt: »There is no server. There's only the cliffs and the ocean and a fucking lot of seagull shit.«

Miller zuckt mit den Achseln und ruft den beiden Killern zu: »Go and find her hiding place.« Und an uns gewandt: »Wir anderen bleiben so lange hier und genießen ein wenig die Morgensonne.«

Er lächelt in die Runde.

Die Killer nicken und gehen rüber zur Klippe, passieren den Geschützturm und beginnen, nach Olenas Bunker zu suchen. Miller scheint wohl der Boss zu sein. America first. Olena lässt sich im Schneidersitz im Gras nieder. Sie wirkt absolut ruhig, fast als würde sie Yoga machen. Hat sie mit so etwas gerechnet? Fühlt sie sich derart sicher mit diesem Chip in ihrer Hand?

Kalliopes Hand fährt zur Hosentasche. Sofort richtet Miller die beiden Pistolenläufe auf sie.

»Ich brauch 'ne Zigarette«, sagt sie grimmig. »Was dagegen?«

»Es schadet Ihrer Gesundheit«, sagt Miller.

»Die Dinger in Ihren Händen auch«, knurrt sie und zieht die Zigarettenpackung raus.

»Darf ich auch eine?«, fragt Olena.

Kalliope nimmt die beiden letzten Zigaretten heraus und reicht eine weiter. Ich verfolge das alles stumm, mit offener Kinnlade, ich kriege den Mund nicht mehr zu, selbst wenn mir gleich der Speichel raustropfen würde. Wie kann Kalliope in diesem Augenblick so cool sein und einfach rauchen? Oder muss sie das tun, um nicht durchzudrehen?

Sie gibt Olena Feuer, zündet ihre Zigarette an und sagt: »Ich kann überhaupt nicht glauben, dass Sie drei wirklich für westliche Regierungen arbeiten. Ich *will* es nicht glauben.«

Olena lacht trocken und fragt: »Seit wann fragen Geheimdienste ihre Regierung, was sie tun und lassen sollen?«

Kalliope schüttelt bloß den Kopf und lässt sich neben Olena ins Gras plumpsen. Ich stehe weiter starr auf der Stelle.

Miller lächelt und meint: »Eine Regierung möchte nicht mit den Details des operativen Geschäfts behelligt werden. Regierungen wollen Ergebnisse sehen.«

Da klickt was bei mir und ich fahre zu Solveig herum und schreie sie an: »Und du? Welches Ergebnis willst *du* sehen?« Ich raufe mir die Haare. »Wie konntest du dich auf so was einlassen? Wie kannst du jemals wieder in den Spiegel schauen? Du hast dich und alle deine Ideale verkauft!«

»Ja, vielleicht.« Sie seufzt. »Der Preis ist hoch, aber angemessen. Hey, stell es dir doch mal vor. Wir hatten die Vision, das Netz zu verstaatlichen. Eine Utopie eigentlich, völlig illusorisch – bis jetzt. Aber mit Herostratos können wir sie wahr werden lassen. Ich weiß nicht, was die anderen Regierungen tun werden. Keine Ahnung, ob sie die Macht von Herostratos auf kluge Art einsetzen oder ob sie ein Zensur- und Überwachungsregime errichten wollen wie in China. Vielleicht haben die darüber noch gar nicht richtig nachgedacht, weil sie erst mal alles tun, um Herostratos überhaupt in ihren Besitz zu bekommen und damit die komplette Kontrolle. Aber ich – ich habe lange darüber nachgedacht. Und sie haben mir versichert, dass wir für die EU freie Hand haben. Mit dem Zugang zu Herostratos können wir der ganzen EU diktieren, wie das Internet in Zukunft auszusehen hat. Wir können endlich alles selbst gestalten.«

»Wir? Wer soll das sein?«

»Du und ich, Amir. Wir gründen eine europäische Trägergesellschaft, mit mir als Präsidentin und dir als meinem persönlichen Stabschef. Ich sehe es genau vor mir: volle Transparenz, Bürgerbeteiligung, demokratische Spielregeln, eine eigene Suchmaschine ohne Datenklau und Manipulation, eigene soziale Netzwerke ohne Hate Speech oder Fake News und Online-Händler, die nur fair produzierte, klimafreundliche Waren verkaufen und ihren Mitarbeitern faire Löhne zahlen. In den Schulbüchern werden die Kinder über Google und Amazon lesen, wie wir in unserer Schulzeit über das soziale Elend der frühen Industrialisierung gelesen haben. Amir! Das faire Netz ist greifbar!«

Ich sehe Solveig in ihrem Büro, nur ein paar Wochen ist das her. *Du bist ein Sechser im Lotto.* Ich hielt das für übertrieben. Welch ein Irrtum.

Ich würde gern irgendwas dazu sagen, aber mir fällt nichts mehr ein. Solveig ist irre geworden. Über unseren Köpfen schreien die Möwen.

»Was Sie vorhaben, wird kein faires Netz werden«, sagt Kalliope, »sondern ein faschistisches. Ihr Internet wird eine Diktatur sein. Sie können mit autokratischen Mitteln keine Freiheit erschaffen. Freiheit kann sich nur selbst erschaffen.«

»Ich glaube nicht, dass ein Insta-Sternchen wie Sie so was beurteilen kann«, entgegnet Solveig mit einer Spur Hohn in der Stimme. »Wie bist du überhaupt an sie geraten, Amir? Sie klingt ja fast wie Habakuk.«

»Sie *ist* Habakuk«, sage ich und drücke meinen Rücken durch. »*Wir beide* sind Habakuk.«

»Hey, Miller!« Das ist Osmond. Er steht an der Stelle, wo der Pfad runter zum Bunker beginnt, und winkt uns zu.

»Na, bitte«, sagt Miller und dirigiert uns mit einer Handbewegung in Osmonds Richtung. »Schön, dass Sie uns doch noch Ihr Quartier zeigen, Frau Doroschenko.«

Zögernd stehen Olena und Kalliope auf, schnipsen ihre Kippen weg und wir drei trotten zum Abhang, gefolgt von Solveig und Miller.

»Im Ernst?«, fragt Solveig mich. »Sie ist Habakuk?«

Ich frage zurück: »Wie hast du diese Typen eigentlich über meinen Brief informiert? Ohne Handy und so?«

»Die Herren haben mir ein Satellitentelefon überlassen«, antwortet sie. »Irgendwie hatte ich damit gerechnet, dass du einen Weg findest, dich bei mir zu melden.«

Kalliope äfft meine Stimme nach: »Sie verlässt sich auf mich.« Mein Satz von gestern Abend.

Mir fällt keine Antwort ein. Wir steigen nach unten und betreten den Bunker, wo McNally an Olenas Schreibtisch hockt und unter leisen Flüchen auf die Computertastatur eintrommelt.

Mit einem schnellen Blick streife ich das Bett. Die Bettdecke liegt, glaube ich, noch so da wie vorhin, sie haben die P99 nicht entdeckt. Ich will mich aufs Bett setzen, aber Miller schiebt mich weiter und bleibt selber an der Tür stehen, bis alle im Bunker sind. Es wird beinahe eng. Als Letztes kommt Kalliope herein und verharrt vor Olenas Bett.

Osmond richtet seine Waffe auf Olena und sagt: »Enter your password, please.«

»There is no password.« Sie zuckt mit den Schultern.

»Are you kidding me?«, schimpft McNally. Genau wie vorgestern, unter dem Baugerüst. Diesmal wird ihm leider niemand in die Eier treten. »Give me any access!«, fordert er.

Olena wiederholt ihr Schulterzucken, nimmt ihre Blechtasse mit dem inzwischen wohl kalten Kaffee und trinkt in kleinen, langsamen Schlucken.

Osmond wendet sich an Miller: »We have to use the fallback option.«

Miller nickt bloß.

»You don't have any fallback option«, meint Olena gelassen. »Natürlich könnt ihr mich umbringen, aber dann ist Herostratos für immer verloren. Und euer Internet erst recht.«

»Frau Doroschenko.« Miller wirkt plötzlich sehr förmlich. »Sie haben die Wahl, ein Vermögen zu gewinnen. Oder aber ein paar Teile Ihres Körpers zu verlieren. Wenn Sie weiterhin nicht kooperieren wollen, sind wir gezwungen, den Zugang zu Ihrem Server auf etwas rustikale Weise zu erzwingen.«

Sofort krampft sich mein Magen zusammen. Wie gestern in dem Augenblick, als sie mich in den Kachelraum stießen. Für einen Moment klammere ich mich an die Hoffnung, dass Miller blufft. Aber sein kaltes Lächeln lässt keinen Zweifel daran aufkommen, dass er gerade von Folter gesprochen hat und das genau so meint, wie es klingt. »Die Geheimdienste meines Landes haben seit dem Irakkrieg erstaunliche Fortschritte gemacht auf dem Weg, die eigenen Hemmschwellen hinreichend abzusenken«, sagt er. »Und auch, was die Kenntnisse der Chirurgie betrifft.« Zu Schnauzbart und Anorakmann sagt er: »I'll go to my car and get my surgical instruments.«

»Alright«, sagt Osmond.

Operationsbesteck! Meine Hände zittern, Säure schießt mir in die Kehle, mein Kiefer zuckt, aber ich schlucke die Kotze runter und brülle aus vollem Hals: »Absolut fucking nichts ist alright hier! Ihr habt alle den Verstand verloren!«

»Shut up!« Osmond richtet seine Waffe auf mich.

»Nein! Solveig!« Meine Stimme hallt von der niedrigen Betondecke wieder. »Solveig, beende das!«

Sie ist bleich geworden und steht starr an der Wand gegenüber dem Bett. Sie schaut mich an, dann wendet sie sich zögernd an Miller.

»Das ist nicht in Ordnung«, sagt sie. »Wir haben abgemacht, dass Sie ab sofort auf Gewaltanwendung verzichten! Das war meine Bedingung dafür, dass ich Sie überhaupt über Amirs Nachricht informiert habe.«

»Sie sehen doch selbst, dass wir mit Diplomatie nicht weiterkommen«, widerspricht Miller und wendet sich zum Gehen. »Wir sind so kurz vor dem Ziel, da sollten wir uns nicht durch Sentimentalitäten aufhalten lassen.«

Solveig streckt eine Hand aus, um ihn am Arm zu fassen und aufzuhalten. Sofort macht Osmond einen Schwenk und zielt mit der Waffe in ihre Richtung. Solveig lässt die Hand sinken.

»Sie dürfen zwar mitspielen, Frau Sander«, sagt Miller, »aber niemand hat Ihnen ein Vetorecht eingeräumt. Ich bin gleich zurück.«

Damit verlässt er den Bunker. Ein Hauch von Meeresbrise weht herein. Einen Moment lang herrscht verstörendes Schweigen.

Mit brüchiger Stimme sagt Solveig in die Stille: »Dass Habakuk in Wahrheit Kalliope Lisitzky ist – man hätte draufkommen können.« Sie versucht ein Lächeln und ihre Mimik ist so maskenhaft wie das wächserne Gesicht des toten Manfred. Kalliope setzt sich ganz langsam auf das Bett und schaut so verpeilt drein wie auf ihren Instagram-Fotos. Authentisch. Ironisch. Sie hat ihre Fassade angeknipst, vielleicht arbeitet sie dahinter an einem Plan. Ihr Blick streift mich und dann Olena. Die trinkt scheinbar gelassen an ihrem Kaffee. Die andere Hand baumelt herab und nur an den Spitzen ihrer Finger sehe ich das Zittern. Kalliope schaut wieder zu mir, aber nur ganz kurz, während ihre rechte Hand ganz langsam unter die Bettdecke wandert. Sie hält inne, als McNally vom Schreibtischstuhl aufsteht und uns alle der Reihe nach mustert. Er und Osmond verschieben ganz leicht ihre Positionen im Raum, so wie eine Fußballmannschaft sich verschiebt, wenn sie während des Spiels die Taktik ändert. Solveig gehört nicht mehr zu ihnen, das schnallen alle hier im Raum, ohne dass jemand das sagen muss. Zu spät, leider. Zu uns gehört sie auch nicht mehr.

Das Schweigen ist wie Vakuum, es saugt an meinem Hirn, wir müssen doch irgendwas tun können …

Beinahe wundere ich mich über mich selbst, als ich mich jetzt an die beiden Killer wende: »Have you ever heard of the Stanford prison experiment?«

Manfreds Mörder glotzen mich an.

»In the year 1971 …«

»Shut up!«, ruft Osmond wieder. »You don't need to …«

Die Kaffeetasse trifft ihn hart am Kopf und Olena fliegt katzengleich durch den Raum, um sich auf McNally zu werfen, da zerfetzt der Schuss aus Osmonds Waffe beinahe mein Trommelfell, aber vor allem Olenas Kleid in Höhe ihrer linken Brust. Trotzdem schafft sie es noch, McNally die Waffe zu entreißen, jetzt drückt sie ab, McNally prallt mit einem überraschten Aufschrei gegen die Wand und geht blutend zu Boden. Osmond feuert nochmals seine Waffe ab, trifft aber nur die gegenüberliegende Wand, ein Pfeifen im ganzen Bunker, Querschläger wie beim Flipper, Solveig bricht mit einem Schrei zusammen, ich sollte mich auf den Boden werfen, meine Beine verstehen das aber nicht; schon zielt Osmond auf mich, der Schuss fällt und ich zucke zusammen, völlig unversehrt. Stattdessen kippt Osmond vornüber und knallt auf den Boden zu meinen Füßen.

Vor dem Bett steht Kalliope, leichenblass, die P99 in beiden Händen, eine kleine Rauchfahne kräuselt sich aus dem Lauf. Ich stehe wie festgefroren, hab mich keinen Millimeter bewegt, um uns herum Röcheln, der Geruch von Blut, ich könnte was tun, mich bücken, mich kümmern, was zum Verbinden suchen, keine Ahnung, irgendwas halt, aber wo anfangen und bei wem? Stattdessen zähle ich wieder, was soll das verdammte Zählen? Bei zwölf röchelt niemand mehr, sie sind alle tot.

Kalliope kommt auf mich zu, drückt mir die Waffe in die Hand, sagt tonlos wie ein Cyborg: »Behalt den Eingang im Blick.«

Ich nehme mechanisch die P99 und behalte den Eingang im Blick. Würde gern was sagen, aber meine Stimmbänder sind offline.

Kalliope kniet sich neben Olena, unter deren Körper sich eine Blutlache ausbreitet und zäh mit dem staubigen Betonboden verschmilzt, sie drückt zwei Finger an ihre Halsschlagader, schüttelt den Kopf. Dann springt sie plötzlich auf, öffnet die Schublade, holt das Taschenmesser heraus.

What the fuck …

Schon kniet sie wieder neben Olena, hebt die leblose linke Hand, tastet, drückt, flüstert: »Tatsächlich. Wie ein Reiskorn fühlt es sich an.«

Sie schluckt, klappt das Taschenmesser auf, schluckt wieder, durchstößt die tote Haut.

»Was tust du?«, krächze ich. »Was hast du vor?«

»Wenn der Chip sich löscht, ist das Internet verloren«, sagt sie.

»Sinnlos«, höre ich mich sagen, »der Chip braucht Körpersignale …«

»Ja, eben, genau. Guck, da ist er.« Kalliope hält die winzige Kapsel in der Hand, etwas Blut klebt daran, sie wischt es ab, steht wieder auf, holt die Spritze aus der Schublade. Ich verfolge ihre Bewegungen fassungslos.

»Wir müssen diesen Chip retten«, sagt sie, »und abhauen, bevor Miller wiederkommt oder der Hubschrauber. Wir müssen Hilfe holen und zurückkommen, um Herostratos abzuschalten. Und das geht nur mit dem Chip. Verstehst du das nicht?«

Doch, natürlich, mein Gehirn versteht das, aber der Rest von mir nicht.

Sie schiebt die Kapsel in die Kanüle, hält mir die Spritze hin und ihre linke Hand, spreizt den Daumen ab.

»Los, mach schon, wir haben nicht viel Zeit. Miller ist jeden Augenblick zurück, und dann müssen wir hier weg sein, denn ein zweites Mal schieße ich nicht, das weiß ich.«

Sie macht mir trotzdem Angst. Ihre Hand macht mir Angst. Ihre Entschlossenheit. Die Spritze sowieso. Ich hasse Spritzen!

»Ich kann das nicht.«

»Dann mach ich es halt bei dir«, sagt sie, »gib deine Hand her.«

»Nein, nicht.« Ich ziehe die Hand weg wie ein kleiner Junge beim Kinderarzt. Als sei der Chip ein allmächtiges magisches Artefakt. Ist er ja auch.

»Ich kann es nicht bei mir selber«, flüstert sie. »Tu es.« Sie schaut mich genauso an wie vor zwei Tagen, bei unserer ersten Begegnung, als wir unter der Leiter standen und sie mich fragte, ob ich nicht eine Verbündete bräuchte. »Vertraust du mir?«

Sie fragt das, wie man fragt: *Liebst du mich?*

»Ja«, sage ich.

Ich schiebe die P99 in den Hosenbund, nehme die Spritze in die eine Hand und drücke mit der anderen an ihrer Linken die Haut zwischen Daumen und Zeigefinger zusammen, steche die Kanüle hinein und schiebe den Kolben bis zum Anschlag. Als ich die Kanüle wieder herausziehe, perlt ein einziger purpurner Blutstropfen hervor, ganz langsam, ein Strahl Morgensonne fällt durch die schmale Fensteröffnung darauf, fast kommt es mir vor, als würden sich unsere Gesichter in dem Tropfen spiegeln, unwillkürlich küssen wir uns.

»Gut. Und jetzt raus hier.« Kalliope presst ihren rechten Daumen auf die Einstichstelle und läuft zum Eingang.

Ich springe auf, muss aber innehalten. Solveigs totes Gesicht wirkt beinahe entspannt. Alles noch mal von vorne denken ... Das große Rad drehen ... Ich muss an Berkant und Loresa denken, an Malte in der WG, an meine Eltern; komischerweise auch an Flo und Lelle, Kalliopes Leute, die ich nie getroffen habe, aber es kommt mir vor, als würde ich sie kennen, weil Kalliope so lebendig von ihnen erzählt hat. *Eigentlich bist du schön.* Manfred. Der mich manipuliert hat und dabei selber manipuliert wurde und sich für uns geopfert hat. Ob Jessica ihn gefunden hat? Schnauzbart und Anorak liegen leblos in ihrem Blut, tot wie Vera und ihre Leute. Und Olena. Drei Tage lang die mächtigste Influencerin der Welt. Verworrene Fäden von Ursachen und Wirkungen, von Leben und Scheitern, und alle treffen sich in dem winzigen Chip.

»Komm!«

Ich folge ihr hinaus ins Freie. Das helle Licht blendet mich für einen Moment, der salzige Wind lässt Kalliopes Locken flattern wie das Banner einer siegreichen Armee in der Schlacht, ich zieh mich am Felsen hoch, der gleich neben dem Bunkereingang aufragt, denn wir müssen in die andere Richtung, weg von dem Pfad, der zum Parkplatz führt, weg von Miller und seinen Folterwerkzeugen und von seiner Pistole, denn Kalliope schießt kein zweites Mal und ich schieße kein erstes Mal, ich habe genug Tote gesehen, ich laufe schon über das Dach des Bunkers, Kalliope ist dicht hinter mir. Ich ziehe die P99 aus meinem Hosenbund, hole aus und schleudere sie aufs Meer hinaus. Mit einer schaumbekrönten Woge schnappt der Ozean danach und verschlingt sie für immer. Kalliope verharrt, dreht sich um. Auf dem schmalen Pfad taucht Miller auf. Er trägt etwas, das wie eine Arzttasche aussieht. Er bemerkt uns nicht. Kalliope läuft an mir vorbei.

»Komm, weiter!«

Das Dach des Bunkers geht in die Felswand über, sie ist so zerklüftet, dass man ohne große Mühe daran hochklettern kann. Schon haben wir eine vorspringende Klippe umrundet und sind vollkommen außer Sichtweite. Bloß in Hörweite sind wir noch, in Reichweite eines Gebrülls aus ohnmächtiger Wut.

Reichweite.

Unter uns der Atlantik. Über uns der offene Himmel.

Kein Limit.

Kalliope klettert weiter, ich folge ihr im Hintergrund. Ihre linke Hand packt die nächste Felszacke, die Einstichstelle ist leicht gerötet. Sie hat das ganze Internet in ihrer Hand.

Ja, Mann, sie hat es in der Hand.

Sie hat jetzt siebeneinhalb Milliarden Follower.

Sie ist die Influencerin.

Ich folge ihr.

#readbold

Alles zu unseren Büchern und Autoren findest du auf
www.readbold.de
@read_bold
@READboldWRITEbold

bold